王立群

妙品古诗词

人民东方出版传媒
東方出版社

王　立　群　妙　品　古　诗　词

代序

看起来很遥远，其实就在身边

什么最能够简洁却不粗暴地呈现大千世界的寒来暑往、人类生活的秋收冬藏、百姓平常日子的仪态万千，答案毫无疑问，当然是诗词。

因此，南朝的钟嵘在《诗品序》中说：春日的暖风，处处啼鸟；秋日的明月，寒蝉凄切；夏天的乌云，狂风暴雨；冬日的冷月，彻骨严寒。这些四时节令气候的变换，肯定会触动人类敏感的心灵，诗人自然就把它写在诗歌中。大家聚在一起，其乐融融，诗人却想到了未能聚会的亲朋，于是就写诗来寄托思念；离开家人朋友，一个人形单影只，诗人就写诗来表达忧伤哀怨。至于那楚国的大臣被迫离开不舍的国都，汉朝的女子无奈辞别汉家的宫阙；疆场上的士卒尸骨横在北方的荒野之中，魂魄追逐着飞去的蓬蒿；守边的士兵扛着戈矛镇守一方，战斗的豪气直冲云霄；在边关的客子衣裳单薄，闺中寡居的女子眼泪哭干；有的士人解下佩印，辞官离朝，一去不归；有的女子有蛾眉扬起，入宫受宠，再次顾盼，倾国倾城……所有的这些场景，所有的这些遭际，深入内心，让心灵悸动，不写诗用什么来展示其中的情义？不歌咏用什么来抒发其中的情怀？

由此看来，诗词这种凝练的、短小的文学体裁，其实容纳了人类所有的生活，浸润了全部的情感。

诗词中有故事。大致而言，一首诗歌，一阕歌词，都有其生成的“现场”，而这个现场是可以被叙述的，这就是故事，只不过，有的明显，有的隐晦罢了。杜甫的诗，被称为“诗史”，他用如椽大笔，全面记录了那一个兵荒马乱、江河日下的时代，的确是一句诗歌一掬泪；岑参的诗，写尽了大唐边地的奇异风光，到处洋溢着守边将士的豪情万丈；李商隐的“夕阳无限好，只是近黄昏”，许浑的“溪云初起日沉阁，山雨欲来风满楼”，龚自珍的“九州生气恃风雷，万马齐喑究可哀”，写的都是一个末世王朝的悲哀和无奈；崔护的“人面不知何处去，桃花依旧笑春风”，写的是一次艳遇、一段情感，其中有惊喜，有落寞，有感伤，有团圆；孟郊的《游子》，写的是年迈的母亲日日伫立门前，遥望远方，明知不会却依然如故地盼望游子归来的身影；陆游的“王师北定中原日，家祭无忘告乃翁”，辛弃疾的“了却君王天下事，赢得身前身后名，可怜白发生”，写尽了一个半壁江山的无奈和其中的铮铮铁骨……总之，每一首诗词，都是一个故事；每一个故事，都是一段历史——个人的经历，百姓的往事，家国的历史。读诗词，就是读历史。

诗词中有生活。诗词高于生活，但从来没有脱离生活。一首首诗词，就是一幅幅风俗画，它们真实、细致地记录了古人平凡的、不平凡的日子，画出了他们日常生活的艰辛、快乐与平凡中的不平凡。《诗经·七月》写了西周时期百姓一年四季的日常生活、衣食住行，其中有春耕、采桑、染绩、缝衣、狩猎、秋收、冬藏、建房、酿酒、劳役、宴飨，全面展示了那个时代；陶渊明的组诗《归园田居》则写了他从官场归隐到田园之后的劳动体验及欣喜之情，“方宅十余亩，草屋八九间。榆柳荫后檐，桃李罗堂前。暧暧远人村，依依墟里烟。狗吠深巷中，鸡鸣桑树颠。户庭无尘杂，虚室有余闲”，这种自给自足的桃源世界，有东晋那个时代的真实，也有陶渊明式的理想；范成大的《四时田园杂兴》六十首，辛弃疾的“稻花香里说丰年，听取蛙声一片”，写尽了八百年前江南乡村的春、夏、秋、冬四个季节自然流转的景色，写尽了农民生产劳作、日常生活的风俗面貌，有艰辛中的欢乐，有苦难中的哀愁，有现实的自足，有渺茫的向往。每一句诗词，无不是古人生活的投射，是古人日常的白描。阅读古诗词，就是阅读古人的生活。

诗词中有文化。孔子说，阅读《诗经》，就能够认识大量的鸟兽草木虫鱼。这是因为，诗词本来就是文化的构成部分，其中包含着丰富的知识。“七月流火”，这是说的天象；王昌龄的“青海长云暗雪山，孤城遥望玉门关”，王维的“楚塞三湘接，荆门九派通”，这是说的地理；苏轼的“谁道人生无再少？门前流水尚能西”，这是说的河流的局部走向；杜甫的“好雨知时节，当春乃发生”，韩愈的“天街小雨润如酥，草色遥看近却无”，这是写的气候节气；“清明时节雨纷纷，路上行人欲断魂”，这是写的节令；李贺的《李凭箜篌引》，这是写的音乐；李贺的《马诗》，写的动物，杜荀鹤的《小松》，写的植物；蔡京的《听琴图》，王冕的《墨梅》，这是写的绘画；范成大的“青枝满地花狼藉，知是儿孙斗草来”，柳永的《破阵乐·露花倒影》，这是写的风俗、写的游戏；“横看成岭侧成峰，远近高低各不同”，“欲穷千里目，更上一层楼”，“山重水复疑无路，柳暗花明又一村”，这是写的哲理……阅读诗词，就是阅读古人的思想；阅读诗词，就是学习古人的知识；阅读诗词，就是继承古代的文化。

诗词中有情感，诗词中有哲理，诗词中有古人的责任与担当、豪情与抱负，诗词中有古人的创造与深思……

读诗词，怎么读?

读诗词中的故事，读诗词背后的故事，读诗词记录的生活，读诗词隐藏的生活，读诗词记载的文化，由此触摸古人的心灵，感受古人的心跳，阅读古人的人生，体验他们的日常生活，体验他们经历的兵荒马乱，体验他们的豪情壮志，体验他们的爱恨情仇。以前有位老先生给学生讲诗词，总是喜欢闭着眼睛，用他那独特的方言慢慢吟诵一过，然后一句“妙哉”就完成了，至于如何妙，则是从来不讲的。其实，吟诵的过程中，早已穿越，从今到古，又回到了古人的现场，又回到了古人的世界，重新体验了古人的内心世界，灵魂相通，而一句“妙哉”，则又回到了现在，完成了这次穿越。一句“妙哉”，就足够了。很多时候，我们需要的不是无穷的言说，而是吟诵、体验与不期而来的心悸，然后才会有“心有戚戚焉”的感同身受。

中华几千年的历史，产生了数不胜数的诗词。在这些浩如烟海的诗词中，总有一首诗会令你怦然心动，总有一句词会让你泪流满面，为什么？因为他们描写的生活，我们还在继续；他们抒发的情感，也是我们的所思所想；他们创造的文化，我们在继承发扬。一句话，古诗词看上去很遥远，其实就在我们身边。因为诗词的存在，我们的日常生活，多了一丝诗意，多了一些文化，多了一份精彩。

目录

王 立 群 妙 品 古 诗 词

《诗经》时代的"白富美"

（《诗经·卫风·硕人》）

她是春秋时期齐国的公主，是一位绝色美人。

她嫁给了卫国的国君卫庄公，后人称她为庄姜。

卫庄公为庄姜量身定做了一场世纪婚礼，豪华、轰动、浪漫、温馨。

王子与公主童话故事的最后，每每都是一句："从此他们过上了幸福的生活。"但是，卫庄公与庄姜的婚姻本来就是一桩政治联姻，在童话中生活的白雪公主，她的一生是否都能那么童话呢？

中国最早的诗歌总集《诗经》中有一首诗，专门写了这位美人，记载了这场世纪婚礼。这首诗歌收在《卫风》中，题目叫《硕人》。

《硕人》是中国早期历史上的一幅美人图，是一幅生动细致的人物肖像画，极力深描了卫庄公夫人庄姜之美。

硕人其颀，衣锦褧衣。齐侯之子，卫侯之妻，东宫之妹，邢侯之姨，谭公维私。

手如柔荑，肤如凝脂，领如蝤蛴，齿如瓠犀，螓首蛾眉，巧笑倩兮，美目盼兮。

硕人敖敖，说于农郊。四牡有骄，朱幩镳镳，翟茀以朝。大夫夙退，无使君劳。

河水洋洋，北流活活。施罛濊濊，鳣鲔发发，葭菼揭揭。庶姜孽孽，庶士有朅。

《诗经》称颂女性之美的诗作不算少，但大多类似写意画，人物朦胧，比如那首著名的《桃夭》，“桃之夭夭，灼灼其华”，将女子比作花，娇艳欲滴的桃花，感觉确实美，人人看了都喜欢，但是如同桃花般美丽的女子到底长啥样子，则全靠读者去想象，正所谓“开头一片花，其余全靠想”。《硕人》这首诗不一样，是工笔画，千载之后，犹如亲见其音容笑貌，所以清代的学者姚际恒评价说：“千古颂美人（庄姜）者无出其右，是为绝唱。”姚际恒说庄姜美到极致，他的评价也是高到极致了。庄姜到底是怎样的美，让学者如此夸赞？

庄姜是典型的“白富美”，而且是高配版、豪华版的白富美。

先看白：“手如柔荑，肤如凝脂，领如蝤蛴，齿如瓠犀”，柔荑、凝脂、蝤蛴、瓠犀，这些物象共同的特点：白。白白的、细腻的，整个一“璧人”“玉人”，体现的是我们中国人一贯的审美传统：以白为美。

再看富：庄姜不仅富，而且贵。家世尊贵，她是齐国的公主，父亲是齐庄公，哥哥是东宫太子，邢侯、谭公是她的姐夫。齐国是当时的大国，是诸侯联姻的最佳对象。

最后看美：庄姜之美，概括而言，美在“三高”。

第一，身材高。

《硕人》开篇第一句就说“硕人其颀”。硕，大；颀，长。对女子而言，意思是说个头首先要高高的，其次不能瘦骨嶙峋，要丰满，甚至要有点胖乎乎，那个时候好像还不怎么推崇“骨感”。《诗经》的时代是以高大丰满为美的。如《陈风·泽陂》中写美人用“硕大且卷（quán，好）”，《小雅·白华》中写美人用“维彼硕人”，《齐风·猗嗟》中写美男用“颀而长兮”，《邶风·简兮》中写美男用“硕人俣（yǔ，高大）俣”，等等。可见，不管美女还是美男，要达到美的标准，既要“硕”，又要“颀”。

第二，颜值高。

“手如柔荑，肤如凝脂，领如蝤蛴，齿如瓠犀，螓首蛾眉”，这是怎样的美？手像白茅之芽柔嫩洁白，皮肤如凝脂一般白润可餐，脖子似蝤蛴一样白皙且长，牙齿若葫芦籽一样既白又齐，额头丰满似螓首之宽正，眉毛像蚕蛾触角般细长弯曲，如此众多的美好集于一身，一切都恰如其分，恰到好处，这样的颜值只能用爆表来形容了。

第三，情商高。

美，却非高冷，而是“巧笑倩兮，美目盼兮”。莞尔一笑，拉近了与人们的距离；顾盼生姿，顿时让纸上美人活了起来，传神写照，正在于此。一顾倾人城，再顾倾人国，三顾倾倒了天下众生。清代的方玉润说，千古颂美人者，无出此二语，绝唱也。和姚际恒的看法不谋而合。

《硕人》一诗，描写的时刻、场面很重要，写的是庄姜与卫庄公的“世纪婚礼”，举世瞩目，是卫国的头等大事，超级受关注。卫国百姓对女神一般的国母，发自内心地喜欢、爱戴，举国上下，陷入狂欢，他们一下子都成了“庄姜粉”，成了“姜丝”。于是，他们将这种欢喜写成了诗，来歌颂身世、样貌、性情都极佳的庄姜。可见，庄姜走入卫国，是与欢喜同行的。

《硕人》给人的感觉是，庄姜很完美，一切都完美。但是，世上哪有十全十美的事，所以人们往往猜中了开头，却猜不到结局。

庄姜惊艳了岁月，却黯淡了自己。

卫庄公与庄姜结婚之后，他们或许是过了一段童话般的美妙生活，毕竟美人与王侯是绝配啊，这段时光是庄姜一生中最为珍贵的记忆。

作为卫国国母，庄姜为卫庄公诞下嫡子，不仅是爱的结晶，也是她的职责所在。

但是，时间一天天流逝，庄姜身材依旧，有点慌了，卫庄公也有些不满，此前的种种之美，现在则成了绝顶罪过。中国人特别看重子嗣，“不孝有三，无后为大”，更何况是一国之主！

后来，陈国的厉妫被娶进了宫，生了一个男孩孝伯，厉妫的陪嫁戴妫也生了一个男孩，还有一个嬖人也生了一个男孩。卫庄公的后宫越来越大，孩子也渐渐多了起来，热闹了不少，卫庄公的脸上多了很多笑容，时不时地去看看孩子们。

与他处的热闹相对的，是庄姜处的孤寂、凄凉。卫庄公很少到庄姜那里了，即便去，也是如例行公事一般。这就是后宫的现实，这就是后宫的悲哀。绝世美人再美，没有子嗣，在后宫中也是悲哀；国母身份再高贵，没有孩子，在后宫亦不受尊宠。

庄姜陷入一种焦灼的煎熬中。

后来，庄姜将戴妫所生的儿子视为己出，最终扶助此子做了君主，是为卫桓公。

庄姜从公主的童话，走入国母的神话，但最终童话还是破灭了，神话被现实击败，庄姜在卫国的大半生悲凉无比，这便是李清照所说的“庄姜之悲”。

庄姜之悲，有卫庄公的原因，有制度的原因，最关键的还是“无后为大”的观念。

女神凋零了，人们很感慨，就想补偿她点什么，于是，她成了“女诗人”，后人将《邶风》中五首诗《燕燕》《终风》《柏舟》《绿衣》《日月》的著作权归在了庄姜名下，并且还给庄姜冠以“中国第一位女诗人”的称号。尽管著作权与称号存在一些争议，但大家宁愿相信庄姜有才情，也想象着她靠着自己的诗性才华，排遣掉了生活中的糟心事，淡然地过着自己的生活，成了“佛系”女神。这种诗人身份或许也是庄姜之美的效应吧，人们愿意她能过得岁月静好。

庄姜很美，绝代美色；庄姜有才，中国历史上第一位女诗人；庄姜有身份地位，齐国的公主，卫国的国母。但是，地位、才华、美色，拥有这一切又能怎样呢？红颜薄命，庄姜没有能力改变自己悲情的命运；庆幸的是，她惊艳的美和绝世的才定格在时光的字里行间，从春秋到今天，依然传唱。

被误解的天蝎座

（《诗经·豳风·七月》）

春秋时期的雍姬在丈夫与父亲之间抉择时，母亲一句“人尽夫也，父一而已，胡可比也”让她坚定地站在父亲一边，告发了丈夫，丈夫被杀，但她没想到“人尽可夫”却成了坏女人、花女人的专属。辛弃疾“还记得，眉来眼去，水光山色”，写山水之美，水是眼波横，山是眉峰聚，他也没想到“眉来眼去”被用成了男女的眉目传情。纪渻子训练斗鸡，其最高境界不是斗鸡多么善斗，而是“望之似木鸡”，这是不战而屈人之兵，后来则用来形容人呆得像木头鸡一样。《诗经》的“凡民有丧，匍匐救之”，被宋代的儒生陈烈演绎成一场真实的匍匐爬行吊丧。中国的汉字、成语、典故，历史悠久，在时光流逝中，人们给它们赋予了新的意义，现在我们部分接受了此种新解读，但在当时是否也被看作像陈烈一样的笑话呢？误读、误解与接受，的确是个问题。

《七月》是一首叙事诗，是《诗经·国风》中最长的一篇，共八章八十八句，写了当时民众从年初到年终一年的生产活动，是一幅西周时代的风俗画卷。

诗歌第一章，从岁寒写到春耕。

七月流火，九月授衣。一之日觱发，二之日栗烈。无衣无褐，何以卒岁？三之日于耜，四之日举趾。同我妇子，馌彼南亩，田畯至喜。

此章有几个物候，下面只说说开头“七月流火”四个字，因为这个词语经常被误用。

火，不是指燃烧的熊熊烈火，也不是指太阳系中的行星、火星，而是指恒星中的大火星。

在中国，大火星属于二十八星宿之一，属于东方青龙七星（角、亢、氐、房、心、尾、箕）中第五星宿。每一个星宿又包括多颗星，大火星即心宿二。

在西方，大火星属于天蝎座，是天蝎座 α 星，是天蝎座中最亮的星。

大火星什么时候才能看到呢？公历八月，晚上七八点的时候，向正南方望去，距地平线三十度左右红色的亮星，那就是美丽的大火星。

因为大火星显眼，好找，所以古人用它来计时，记录季节的变化。大火星大约每年夏历六月出现于正南方，位置最高，到七月后逐渐偏西下沉，故称“流火”。因此，“七月流火”用来表示季节的变化，意思是说：夏去秋来，寒天将至。

今天的时代，除非我们专门学习研究，否则对星宿不是特别清楚。但在古代，这是常识，是古人记录时间、表达节序的最基本方法。古人没有精密的仪表记录时间，就通过共同的参照物来说明。天上的星星人人可见，恒星的位置又相对稳定，所以成为首选的参照物。明末清初的顾炎武曾说：夏商周三代以上，人人皆知天文，“七月流火”，农夫之辞也。农夫春种秋收，对季节的变化最为关注，熟知此类天象也是很自然的。

七月流火，对古人而言是常识，对今人则是比较生僻、陌生的领域，因此现在常被误解、误用。究其原因，除了不熟悉之外，主要缘于望文生义、想当然。两个方面，一是将古诗中的七月想当然地认为是公历七月，这是一年中最热的时候。其实夏历七月，公历一般都快到九月了。二是望文生义，感觉公历七月最热，就想当然地把“流火”理解成空气像火一样在流动那般炎热。这种意义的理解与使用当然是大错特错了。

《诗经·周南》中有首《桃夭》，是写女子出嫁的诗。开头两句“桃之夭夭，灼灼其华”，写桃花盛开，色彩艳丽，以此来写新娘子漂亮，后来竟演化出一个“逃之夭夭”来，形容逃得无影无踪，这可能是只听其音、不知其字，想当然、凭感觉误用而形成的。会不会有一天，“七月流火”也有此命运，不再表示“凉凉”，而是表示“炎热”之意了呢？

希腊神话中，太阳神阿波罗有一个儿子叫巴野顿，他听信别人的话，疑心自己不是阿波罗的儿子。为了证实自己的身份，巴野顿驾驶着阿波罗的太阳车疾驰而去。没想到，这一举动害苦了天下众生，人们被烤死的烤死，冻死的冻死，哀号一片。天后赫拉放出一只蝎子咬住了巴野顿的脚踝，众神之王宙斯用雷电击中了巴野顿，亦击中了那只蝎子。灾难结束了，为了警示众人，那只蝎子便升到天上，成为天蝎座。

中国传说中，高辛氏帝喾有两个儿子，大的叫阏伯，小的叫实沈，二人自小就不对付，整天干架，日寻干戈，以相征讨。帝喾很头疼，为了避免兄弟相残，他将阏伯赶到商丘，主商星；把实沈赶到大夏，主参星。参星商星，东升西落，永远不能相见，因此杜甫诗歌中说“人生不相见，动如参与商”。商星即天蝎座，天蝎座 α 星，属二十八宿中的心宿，为心宿二。

由此可见，无论是希腊神话，还是中国传说中，天蝎都很“毒”，爆发力极强，战斗力十足。

神话传说中的天蝎座威力如此巨大，但威力过去之后，一切都趋向秩序，走向安宁了。当大火星西沉以后，天气转凉，也可以通过神话来辅助理解、记忆了。

《生僻字》的知音之叹

（《诗经·小雅·伐木》）

巍峨的高山，屈曲的流水，白云出岫，清风徐来，一人静坐抚琴，一人侧耳倾听，琴声时而高亢，时而低缓，听琴之人时而严肃，时而舒缓。曲罢音终，相视无言，会心一笑，这是伯牙、钟子期《高山流水》的合音。空山百鸟散还合，万里浮云阴且晴。川为静其波，鸟亦罢其鸣。迸泉飒飒飞木末，野鹿呦呦走堂下。这是唐人董庭兰的胡笳音。七条弦上五音寒，此艺知音自古难。唯有河南房次律，始终怜得董庭兰。这是房琯与董庭兰的知音之交。

知音者诚希，故知音者诚贵，知音者诚难。

近期，一首《生僻字》火遍了抖音视频，仔细一听一看，出自《诗经》的还比较多。

踽（jǔ）踽独行，《诗经·唐风·杕杜》：“独行踽踽，岂无他人，不如我同父。”

绵绵瓜瓞（dié），《诗经·大雅·绵》：“绵绵瓜瓞，民之初生。”

涕泗滂（pāng）沱，《诗经·陈风·泽陂》：“寤寐无为，涕泗滂沱。”

不稂（láng）不莠（yǒu），《诗经·小雅·大田》：“既坚既好，不稂不莠。”

其雷虺（huǐ）虺，《诗经·邶风·终风》：“曀曀其阴，虺虺其雷。”

其实，《生僻字》里的生僻字还是有所选择的，不那么高难，如果真去读读《诗经》，您或许会感叹：“这才是生僻字嘛！”

《诗经》收录的诗歌，最早的在公元前11世纪，最晚的也在公元前6世纪，用的是当时活跃的汉字，经过了三千多年的历史沉淀，时至今日，《诗经》中的一些字一些词，尤其是雅诗、颂诗中的字，有的从来没有见过，有的看着熟悉而不知其意，有的则不知其音其意还不会写，不仅有生僻字，还有生僻意。

字变得生僻了，再读诗，再解诗，就费劲很多。所以，读《诗经》，亦需要先学字。

那就读读《伐木》一诗，比较一下。

伐木丁丁，鸟鸣嘤嘤。出自幽谷，迁于乔木。嘤其鸣矣，求其友声。相彼鸟矣，犹求友声。矧伊人矣，不求友生？神之听之，终和且平。

伐木许许，釃酒有藇。既有肥羜，以速诸父。宁适不来，微我弗顾。於粲洒扫，陈馈八簋。既有肥牡，以速诸舅。宁适不来，微我有咎。

伐木于阪，釃酒有衍。笾豆有践，兄弟无远。民之失德，干糇以愆。有酒湑我，无酒酤我。坎坎鼓我，蹲蹲舞我。迨我暇矣，饮此湑矣。

《伐木》生僻字亦不少，主要集中在第二和第三章，写精心准备宴会招待友朋。藇（xù），甘美之意；羜（zhù），指小羊羔；簋（guǐ），古时盛放食物用的圆形器皿；牡，雄畜，此处指公羊；有衍，满溢；笾（biān）

豆，盛放食物的两种器皿；践，陈列；干糇（hóu），干粮；湑（xǔ），滤酒。这些字、这些意一出来，大体意思就明白了，杀羊备酒，做好饭食，整齐有序地排列，心意十足，亦很有待客之道。

但是，这首诗最为有名、影响最大的，却是在生僻字较少的第一章。当然，其原因不仅仅在于没有字词障碍，易于理解，还在于意象、意境很棒。

《诗经》比较常用的一种有名的写诗手法，叫“兴”，何谓兴？朱熹的解释最为经典，“兴者，先言他物以引起所咏之词也”。一般的兴，也就两句，但是《伐木》里的兴，却非如此，字句增多，且是兴中有赋，赋中有兴。

此一章“未见其人，先闻其声”，一声声清脆的“丁丁”伐木声一阵阵传来，一声声悦耳的“嘤嘤”鸟鸣声，似乎与其相互呼应，那么，这是哪里的声音？

“出自幽谷，迁于乔木”，原来这是空旷的幽谷啊。空旷、深邃、清脆、悦耳，有山谷、有高木、有鸟儿，意境很空灵，颇有王维《鸟鸣涧》的意味。

嘤嘤鸣叫的鸟儿，一边鸣叫着，一边从幽谷中飞出，飞到了高高大大的乔木上。这时作者直接点题，“嘤其鸣矣，求其友声”，鸟儿的鸣叫，是有诉求的，它是在寻求它的知音，很显然，“丁丁”的伐木声不是它的知音，它的知音是它的同类。

鸟儿尚且如此，又何况我们人呢？

知音，是同声相应，同气相求；

知音，是高山流水的相遇相知；

知音，是心有灵犀一点通的悸动；

知音，是归属感的一种体现。

知音，是可以帮我们驱逐孤独的人，与知音在一起，我们可以毫无芥蒂地袒露心声，谈谈梦想，说说真话，哭可以哭得昏天暗地，笑可以笑得花枝乱颤。

此诗的关键词是“求”字，第一章，三“求”相连，三“求”相应，“嘤其鸣矣，求其友声。相彼鸟矣，犹求友声。矧伊人矣，不求友生”，由鸟而人，层层推进。“求”字，很简单，但真的是“可遇不可求”，恰恰显示了知音的难得难遇。

对待知音，对待朋友，有个前提，那就是真心相待。

如此一来，再引出后两章的尽心招待，正是水到渠成，恰到好处。

《伐木》第一章，在中国文化中很重要，在于人们从中提炼出的两个术语：

一是嘤鸣求友，成为同声相应、志同道合的代名词；

二是乔迁之喜，成为祝贺他人迁居或者祝贺他人高升的常用语。

其实，《诗经》中的类似诗篇还有很多，就单拿祝福语来看，《诗经》还为我们贡献了“弄璋之喜”“弄瓦之喜”“文定之喜”“天作之合”“宜家宜室”“万寿无疆”“绵绵瓜瓞”“执子之手，与子偕老”等等，更不用说日常用的成语啦！

透过泛黄的《诗经》书卷，我们看到了祖先的生活，触摸到了亘古传递的情感。《诗经》已经走远，但《诗经》又永远不会走远，因为，她已经融入我们的骨血中，烙进我们的灵魂里，《诗经》还会继续走下去，与我们共同走下去。

男子化妆亦疯狂

（屈原《离骚》）

颜值，是个怪东西。颜值高，养眼，赏心悦目怡人，谁人都想拉高它。颜值不够才华补，颜值不够化妆凑，这是两种常用的颜值“补缺”法。但是，才华不是谁都有的，才华也不是想有就有的，所以化妆就成了一个普遍而通用的法宝。

现如今，“小鲜肉”很流行，粉丝噌噌涨，这本是一个对年轻、阳光、帅气男性的好称呼，但后来随着某些流量小鲜肉不琢磨演技，整天画眼线、画眼影、涂口红、打腮红、打耳洞、戴鼻环，吃瓜群众不淡定了：如此男不男女不女，这是要将未来引向“娘炮”时代吗？

其实，男子化妆自古就有，小鲜肉也有很多。男人之“刚”，不在是否“妆”，而在能否“扛”。

爱美之心，人皆有之。古代的女子很早就做起了美妆达人，研究怎样变得更美一些。秦始皇时出现了彩妆，之后色彩运用越来越大胆起来，到了魏晋时期，出现了“额黄妆”，指在额发际涂黄色粉，或者在眉心用黄粉画圆形、月牙形等。木兰从军归来，“当窗理云鬓，对镜帖花黄”，化的就是额黄妆，这是当时未出阁的女孩子经常用的妆容。

女子化妆很常见，很正常。其实，化妆不是女人的专利，古代男子亦化妆。

中国文学作品中，第一个正大光明地为自己化妆美容的是屈原，他对自己的装扮极为在意，极为精心。《离骚》有言：

纷吾既有此内美兮，又重之以修能。

扈江离与辟芷兮，纫秋兰以为佩。

汩余若将不及兮，恐年岁之不吾与。

朝搴阰之木兰兮，夕揽洲之宿莽。

……

怨灵修之浩荡兮，终不察夫民心。

众女嫉余之蛾眉兮，谣诼谓余以善淫。

……

进不入以离尤兮，退将复修吾初服。

制芰荷以为衣兮，集芙蓉以为裳。

不吾知其亦已兮，苟余情其信芳。

《离骚》中的“我”，妆容打扮有两点值得注意：

一是以鲜花芳草为服饰，装扮自己，滋润自己，披着江离与辟芷做成的装饰，将秋兰作为配饰，穿上了荷花做成的衣服，还把香包戴在身上。

二是以蛾眉来指出自己的美好。蛾眉，最早见于《诗经·卫风·硕人》，“我”将眉毛画成像蚕蛾触须那样，细长而弯曲。

现在美女有个称呼为“美眉”，为何单独提出“眉”来指代女子呢？

因为眉毛很重要，眉能增色增情，中国人特别重视眉毛的妆容，历史上有四位著名女子因眉毛而美感十足。庄姜蛾眉，卓文君画远山眉，张敞为妻画眉，吴绛仙画螺子黛长蛾眉。即便是普通人家的女子，没有好的画眉材料，也会就地取材，用烧焦的柴火条画眉。

当然，屈原的这两点装扮都是虚拟的。现实生活中的屈原是一个地地道道的男子，头戴高帽，腰佩长剑，是贵族男子最常见的装扮；《离骚》中的“我”却一会儿成了女子，一会儿成了鲜花芳草的集散地。此两种虚拟妆容打扮，都是在强调自己的品行美好。《离骚》中的鲜花芳草或者芳香四溢，或者生命力旺盛，或者无比润泽，戴有这些鲜花芳草的“我”，自然也具有了鲜花芳草的特征，高洁、执着、顽强。而自己的美好妆容，引起了“众女”的嫉妒，她们进谗言陷害自己，于是“我”被疏远了。即便如此，“我”仍然坚信，只要自己确实美好，那就足够了。

屈原对“我”之美的虚拟设定，其实是他为自己的成长、成熟、担当责任做的准备，他的“修能”是怎样来的？是从鲜花芳草中汲取来的。正是有了这样的修能，他才能够“博闻强志，明于治乱，娴于辞令”，他才能够“入则与王图议国事，以出号令；出则接遇宾客，应对诸侯”（《史记》卷八十四《屈原贾生列传》），他才能够“路漫漫其修远兮，吾将上下而求索”，他才能够“虽九死其犹未悔”（《离骚》）。

屈原之后，男性化妆的越来越多，越来越执着。

汉代男性做美妆达人，很重要，很日常，还有福利发放。第一，化妆上班是基本要求，不化妆不能上班，化妆成了工作的必要组成部分，汉惠帝时郎官上班都要上妆，“傅脂粉”。第二，政府要发放化妆品作为福利。化妆品很全，洗面奶、护肤露、唇膏、香水、胭脂、面膜，应有尽有。

男子的妆容，主要是“傅脂粉”，魏晋时期最流行。

最为典型的代表便是魏国尚书何晏。

何晏本是帅哥一枚，肤色白皙，有一次曹操想验证一下他的白是真白还是假白，于是便在大热天请何晏吃汤面，吃得何晏大汗淋漓，仍然色白如旧（《世说新语·容止》）。其实，除了天生好容颜之外，何晏还经常化妆，素有“傅粉何郎”之称，而且还时不时地要补妆，随时带着小镜子、化妆品，“粉白不去手，行步顾影”（《资治通鉴》卷七十五），很懂得自我欣赏。

傅粉是当时士人的一种风尚，曹植、嵇康、潘岳等人，皆是化妆高手。《三国志·魏书》卷二十一裴松之注引《魏略》言，曹植、曹丕都想聘用邯郸淳为文学侍从，有一天，曹操让邯郸淳去拜见曹植，曹植很高兴，与邯郸淳坐了一会儿，也没谈什么正事。时值大暑，天气炎热，曹植便命人取水，洗起澡来。沐浴之后，又往脸上身上傅上粉。之后，裸露头髻，坦露胸脯，跳着胡舞，击着剑，吟诵了数千言的俳优小说，随后问邯郸淳如何。之后才更衣帻，整仪容，与邯郸淳谈天论地，评古论今，令邯郸淳叹为“天人”。

南北朝时期，男子亦化妆。《颜氏家训·勉学》记载：“梁朝全盛之时，贵族子弟，多无学术，……无不熏衣剃面，傅粉施朱。”很讲究，熏香、刮面、上妆，香喷喷，美滋滋。

唐代颇有南北朝之风，亦注重妆容，国家还给官员发放化妆品。张易之兄弟出入禁中，常常傅朱粉，穿着华丽，“盛饰自喜”（《新唐书》卷一百零四）。

至宋代，男人化妆的风气才慢慢衰落下去，到清代男人基本不化妆了。

不同时代有不同时代的审美风尚，这本没有什么好坏之分，注重个人装束，在任何时代都是对自己的尊重，对他人的尊重，但是，妆容、打扮，不能改变人的性情与责任担当。

《颜氏家训》所写那些梁朝的贵胄子弟，涂脂抹粉，不学无术，从容出入，望之若神仙，很是畅快，亦令一些人向往。但是，对于梁朝的国事，他们出不了一点力，考个试写个文章还得找枪手，还谈什么“国家兴亡，匹夫有责”。等到梁朝败了，再多的脂粉、再厚的妆容也掩盖不了他们的浅薄无能，最后只落了个“鹿独（颠沛流离）戎马之间，转死沟壑之际”（《颜氏家训·勉学》），可恨、可哀、可怜、可叹！

万水千山总是愁

（张衡《四愁诗》）

愁，是每个人都会体验到的一种情绪。人生不如意者，十之八九。一不如意，愁情便泛滥开来，穿越时间，穿越空间，走入众生的心田，挥之不去。

“一日不见，如三秋兮”，这是《诗经·采葛》男女离别的相思之愁；“长太息以掩涕兮，哀民生之多艰”，这是屈原忧国忧民的家国之愁；“试问闲愁都几许？一川烟草，满城风絮，梅子黄时雨”，这是贺铸百无聊赖的闲愁；“百僚未起朕先起，百僚已睡朕未睡。不如江南富足翁，日高丈五犹披被”，这是朱元璋作为一国之君的忙愁。为了消解愁情，文人们各出奇招。有人纵情山水，有人选择遗忘，更多的则是寄情于酒。曹操气势豪迈地喊出“何以解忧，唯有杜康”，李白则以“抽刀断水水更流，举杯消愁愁更愁”回怼。愁的威力太大的情况下，酒亦无能为力。“此情无计可消除，才下眉头，却上心头”，真的是如影随形啊。忧愁催人老，而“少年不识愁滋味，爱上层楼。爱上层楼，为赋新词强说愁”，愁在少年那里，则成了一种期待，不曾体验忧愁的人生，不是完整的人生。

“问君能有几多愁，恰似一江春水向东流”，愁是普遍存在的，愁也是无穷无尽的，您准备怎么迎接愁情？又想怎样送走它呢？

张衡，在中国也是耳熟能详的人物，他发明的“地动仪”“浑天仪”，让他成为地震、天文领域的“双料冠军”，人称“科圣”；他发明的“指南车”“独飞木雕”“候风仪”，领先世界，人称“木圣”；他的《二京赋》历时十年创作而成，气象宏大，铺采摛文，是汉大赋的精品；他的《归田赋》，短小精致，平淡清丽，开汉代抒情小赋先河。总之，张衡很牛，理工、文史，他都能玩得转。

一般牛人脾气也很牛，恃才傲物，也是一种本能吧。但是，张衡很低调，很淡然。《后汉书》说张衡通五经，贯六艺，“虽才高于世，而无骄尚之情。常从容淡静，不好交接俗人”。对于功名利禄亦无孜孜追求之心，永元年间，他被推举为孝廉却不应荐，屡次为朝廷征召也没有就任，《二京赋》写就之后，大将军邓骘以其为奇才，多次征召他，张衡都没有去。

如此来看，张衡是隐士吗？一直是布衣吗？他不关心政治吗？恐怕不是。

张衡当过官，他做过很长时间的太史令，也曾出任侍中、河间相、尚书。

张衡为官期间，不巴结、不攀附，就是做好分内之事。他曾出任河间相，这个官可不好当。当时的河间王是刘政，骄横奢侈，根本就不把中央的法令放在眼里，河间国内的豪族大户自然也很放纵，经常一起胡作非为。张衡上任以后，整饬法度，严格执法，严厉打击祸乱势力，暗地里求证，抓捕作乱者，一时间河间国秩序井然，上下称颂。

张衡有才，有能，但是有才能的人亦经常成为被打击的对象，张衡深知此理，所以一直韬光养晦，不主动惹事。太平无事之年，此存身之道或许有点用，但是在群小嚣嚣的年代，你不去惹事，事也会惹你。

汉顺帝时，张衡任侍中，负责向汉顺帝提意见。有一次，汉顺帝问张衡当前国家百姓最痛恨的是谁。最痛恨谁，当然是宦官了，就是这帮人搅乱了国政。当时宦官的头头儿就在皇帝身边站着，张衡说出来自然是要得罪人的，张衡还没有那么大的气魄；再加上当时的宦官头头儿也害怕张衡说出自己来，拼命地给张衡递眼色，这眼色里有暗示，有拉拢，也有威胁。张衡接收到信号之后，选择了自保，没有说出真相。这也算躲过一劫。明哲保身的张衡，没有贬斥宦官，但是宦官却对他下手了，因为在宦官们看来，皇帝身边有这么个不是自己人的人，终归是祸患，他张衡今天不提意见，不代表明天不提，当着宦官的面不提，不代表背后不提，于是，对张衡的诋毁便纷至沓来。对此，张衡很是感慨，写下了《思玄赋》，表明志向。

在此期间，张衡还有一首明志之作，名为《四愁诗》。

《四愁诗》，很显然，写的是“愁”，因为有四段，所以言四愁，实则一愁。

所愁何因？皆来自四“思”。

我所思兮在太山。

欲往从之梁父艰，侧身东望涕沾翰。

美人赠我金错刀，何以报之英琼瑶。

路远莫致倚逍遥，何为怀忧心烦劳。

我所思兮在桂林。

欲往从之湘水深，侧身南望涕沾襟。

美人赠我琴琅玕，何以报之双玉盘。

路远莫致倚惆怅，何为怀忧心烦伤。

我所思兮在汉阳。
欲往从之陇阪长，侧身西望涕沾裳。
美人赠我貂襜褕，何以报之明月珠。
路远莫致倚踟蹰，何为怀忧心烦纡。

我所思兮在雁门。
欲往从之雪雰雰，侧身北望涕沾巾。
美人赠我锦绣段，何以报之青玉案。
路远莫致倚增叹，何为怀忧心烦惋。

此诗共四章，每章首句还带有“兮”字，用写赋的手法写诗，分别从太山（泰山）、桂林、汉阳、雁门（代表东西南北）四处铺陈，寻找美人；结果不是山高就是水深，不是路漫漫就是雪纷纷，总之思而不能往，最终美人不可得。这首诗就是写这样一种惆怅忧伤的心情。四章回环重叠，反复咏叹，风流婉转，写得真好。

四章句式很整齐。稍微学习过诗歌史的人都会知道，这是学习《诗经》的重章叠唱，一种意思，反复咏叹，低回情深，更显其意。首章“美人赠我金错刀，何以报之英琼瑶”，此后每章都有类似的两句。从字面上看，是与美人互赠礼物，礼尚往来，这又是化用《诗经》的句子。《诗经·卫风·木瓜》言：

投我以木瓜，报之以琼琚。匪报也，永以为好也。
投我以木桃，报之以琼瑶。匪报也，永以为好也。

投我以木李，报之以琼玖。匪报也，永以为好也。

由此形成了一个成语“投桃报李”，喻礼尚往来。一般认为，这是首爱情诗，女子将采摘来的木瓜、桃、李送给男子，男子将随身佩戴的玉送给女子，按照一般的观念，瓜果价值低，玉价值高，此似乎为不对等交换，但是二人只是将合适的礼物拿出表达心意，他们看中的不是礼物的价值高低，而只是希望通过此种方式表达长长久久彼此相好的心愿，这正是“匪报也，永以为好也”。张衡写的男女双方的礼物要比《木瓜》贵重很多，张衡表达的重点比《木瓜》又多了一重，即回赠有困难，表情达意遭遇阻隔，而这恰恰是“四愁”共同的“一愁”。

这看似一首情诗，其实有所寄托。

张衡自许有济世之志，希望以此报国，以救天下之弊，又恐小人谗言，郁郁不得志，所以借香草美人，写了这首诗。《文选》选录《四愁诗》时前有小序，其中有言：“时天下渐弊，郁郁不得志。为《四愁诗》。依屈原以美人为君子，以珍宝为仁义，以水深雪雰为小人，思以道术相报，贻于时君，而惧谗邪不得以通。”明哲保身、不敢公开反抗恶小的张衡，又有情感郁积于胸，不发不可，于是隐微幽深的象征便成为其抒发情感的首选。

此种以男女之情寄寓君臣关系的写法，亦有所本，那便是屈原的美人意象、求女情节。张衡此处，意在表达君主如信他用他，则定当竭尽所能、肝脑涂地，以报知遇之恩。从这层意义上看，又和后来诗人李贺的“报君黄金台上意，提携玉龙为君死”，有近似之意。

张衡《四愁诗》学《诗经》学《楚辞》；时光穿梭近两千年，1924 年的时候，鲁迅又学张衡的《四愁诗》，戏拟《我的失恋——拟古的新打油诗》：

我的所爱在山腰；
想去寻她山太高，
低头无法泪沾袍。
爱人赠我百蝶巾，
回她什么：猫头鹰。
从此翻脸不理我，
不知何故兮使我心惊。

我的所爱在闹市；
想去寻她人拥挤，
仰头无法泪沾耳。
爱人赠我双燕图，
回她什么：冰糖壶卢。
从此翻脸不理我，
不知何故兮使我胡涂。

我的所爱在河滨；
想去寻她河水深，
歪头无法泪沾襟。
爱人赠我金表索，
回她什么：发汗药。
从此翻脸不理我，
不知何故兮使我神经衰弱。

我的所爱在豪家；
想去寻她兮没有汽车，
摇头无法泪如麻。
爱人赠我玫瑰花，
回她什么：赤练蛇。
从此翻脸不理我，
不知何故兮——由她去罢。

鲁迅的这首打油诗写于 1924 年 10 月。他自己回忆说：看见当时“阿呀阿唷，我要死了”之类的失恋诗盛行，故意作一首用“由她去罢”收场的东西，开开玩笑的。“我”与“爱人”本不相知，所赠礼物反差太大，如此荒唐、滑稽、戏谑，打油的效果顿生，本质自然凸显。

当然，鲁迅先生是意带讽刺，与《诗经》及张衡之意都有些距离了，但是，历史就是这样，就是在这样一代一代的传承、颠覆中一路向前，收获着丰收，感受着厚重，实现着创新。

此心安处是吾乡

（陶渊明《归园田居》其一）

战国中期的某一天，有一个人在濮水边钓鱼，优哉游哉，他身后站着两个人，毕恭毕敬，这两个人是代表楚王来邀请钓鱼者为楚相的。但钓鱼者显然不太感冒，持竿不顾，说自己不愿“留骨庙堂”，就愿意“曳尾于涂中”，做一只小龟，自由自在，快快乐乐。这位钓鱼者便是鼎鼎大名的庄周。

功名富贵，世间珍宝，然繁华如梦，这些恰恰是最戕害人心的。人为物累，心灵从此戴上了枷锁，失却了本性。庄子言倏与忽日凿一窍，七日而浑沌死，本心与人身同生共死，息息相关。身体和灵魂，总有一个要在路上，而灵魂总是要回归最适合安放的地方。每个人心中都有一个精神家园，她独一无二，安静地守候着心底最美的风景，找到她，感受她，任花开花谢，我自心安惬意，此心安处是吾乡。

东晋义熙元年（405），四十一岁的陶渊明，在底层官吏的岗位上经历了十三年的“摸爬滚打”以后，幡然悔悟，归隐田园，从此再未出仕。《归园田居》组诗五首就是写他归隐田园以后的劳动体验及欣喜之情。这是第一首，在田园与官场的强烈对比中，陶渊明对他四十一年的人生道路，尤其是误入歧途为官十三年的人生经历，进行了全面深刻的根本性反思。

少无适俗韵，性本爱丘山。
误落尘网中，一去三十年。
羁鸟恋旧林，池鱼思故渊。
开荒南野际，守拙归园田。
方宅十余亩，草屋八九间。
榆柳荫后檐，桃李罗堂前。
暧暧远人村，依依墟里烟。
狗吠深巷中，鸡鸣桑树颠。
户庭无尘杂，虚室有余闲。
久在樊笼里，复得返自然。

这是一首追悔的诗，追悔十三年的误入歧途。

陶渊明后悔自己本来的天性误落尘网，踏入仕途，官场污秽，身不由己，久在樊笼，就像笼中之鸟、池塘之鱼，结果是压抑与痛苦。

这是一首庆幸的诗，庆幸回头是岸。

陶渊明庆幸自己迷途未远，及时回头，终于回归田园，复返自然，结果是惬意与欢欣。方向错了，停下来即是进步，重新选择，顺应天性，选对方向，就是家园。

陶渊明后期的人生哲学是“自然”。从这首诗的内容来看，他追求的自然，有两点值得关注：一是自适，二是守拙。其实，这种人生哲学是深受《庄子》影响的。

《庄子·骈拇》中说："夫适人之适而不自适其适，虽盗跖与伯夷，是同为淫僻也。"如果一味迎合别人而不自求安适，无论是盗跖还是伯夷，同样是邪僻的行径。伯夷让国，又不食周粟，饿死在首阳山，看似率性而为，实则死于名；盗跖是古代的大盗，看似任性而为，实则死于利。古人称伯夷为君子，称盗跖为小人，在违反人的自然本性方面，也就是为外在的名利所累方面，他们二人其实是没有什么差别的。陶渊明的这首诗开篇就说"少无适俗韵，性本爱丘山"，结果却是"误落尘网中，一去三十年"，这是本来能"自适"，却偏偏去"适人"。幸亏陶渊明迷途知返，从"适人"到"自适"，是他本性的回归，是他人生的重大转折，也是他思想的重大转折。

《说文》曰："拙，不巧也。""笨拙"的对立面是"机巧"，为什么要"守拙"？《庄子·天地》中讲了一则寓言故事：

子贡到楚国游历，返回晋国，途中经过汉水南岸时，看见一个老头正在菜园里劳动，他打了一条地道通到井边，吃力地抱着水瓮从井中取水灌地，来来回回用力甚多而功效甚少。子贡便说："如今有一种机械，每天可以浇灌上百个菜畦，用力少而功效多，老先生不想试试吗？"老人抬起头来，看着子贡说："应该怎么做呢？"子贡说："用木料加工成机械，后面重而前面轻，提水就像从井中抽水似的，速度快得就像沸腾的水向外溢出一样，它的名字就叫作桔槔。"种菜的老人沉下脸，讥笑着说："有机械者必有机事，有机事者必有机心。机心存于胸中则纯白不备。纯白不备则神生不定，神生不定者，道之所不载也。吾非不知，羞而不为也。"意思是说，有了机械之类的东西必定会出现机巧之类的事，有了机巧之类的事必定会出现机变之类的心思。机变的心思存留在胸中，那么不曾受到世俗沾染的纯洁空明的心境就不完整齐备；纯洁空明的心境不完备，那么精神就不会专一安定；

精神不能专一安定的人，大道也就不会充实他的心田。我不是不知道你所说的办法，只不过感到羞耻而不愿那样做呀！

陶渊明的出仕，有多方面的原因，有古人建功立业的心理，也有为生活所迫的原因，但他厌恶蝇营狗苟的官场规则，对官场的机巧、机心深觉羞愧，因此他最终没能“适人”，“不能为五斗米折腰，拳拳事乡里小人”（《晋书·陶潜传》），毅然“守拙归园田”。陶渊明的“守拙归园田”，就是脱离世俗、去除机心、回归本性的过程。

陶渊明的人生，是经历了“适人”之后的“自适”，是经历了机巧之后的“守拙”；陶渊明的诗歌，是“豪华落尽见真淳”，是经历了斟酌之后的平淡。所以他的诗歌值得反复品味，他的人生值得敬仰。

我不需要向任何人证明自己

（张九龄《感遇》其一）

一树一木，一花一草，都是大自然的馈赠。这花这草，这树这木，装点了环境，装点了生活，还装点了诗词。桃之夭夭，碧草青青，繁花锦簇，杨柳依依，青春飞扬；秋风扫落叶，大雪压青松，风雨吹花残，流水送落花，无限悲凉。春日溱水洧水边，一对恋人，秉持蕳草，戏谑定情；元夜灯如昼，黄昏月朦胧，月上柳梢头，人约黄昏后，美妙心动。天气严寒，几株松柏，傲立雪中，孔子看到了坚韧；花谢花落飞满天，黛玉悲泣，读出了死亡。但是，诗情画意中的花花草草，它们又是怎么想的呢？它们也在读爱情、读生活、读人生吗？

《唐诗三百首》，是清代蘅塘退士孙洙选编的一部唐代诗歌总集，收录77位诗人共311首诗，是流传最广、影响最大的唐诗选本，可谓家喻户晓，童叟皆读，雅俗共赏，关注度极高。

在蘅塘退士之前，俗语即有言“熟读唐诗三百首，不会吟诗也会吟”（《唐诗三百首·序》），蘅塘退士秉持此种理念，从唐诗脍炙人口的佳作中再择其精要者，照顾不同的体式，希望读者熟读深知，涵泳揣摩。

蘅塘退士认为，作诗必先读诗，读诗需有法，要先取古歌谣之语意浅显者约十几首，读之烂熟，其次读五言古诗，又其次读七言古诗，无论五言，还是七言，都应该先读短篇，再读长篇。在这样的预设理念下，张九龄《感遇》（其一）成了《唐诗三百首》的第一首。

兰叶春葳蕤，桂华秋皎洁。
欣欣此生意，自尔为佳节。
谁知林栖者，闻风坐相悦。
草木有本心，何求美人折。

自古以来，一本书的第一篇大都很重要，颇有讲究，多富深意，比如《诗经》之《关雎》，比如《荀子》之《劝学》，比如《庄子》之《逍遥游》。张九龄的《感遇》（其一）能置于《唐诗三百首》的第一位，除了为五言古诗，张九龄所处年代比较早之外，《感遇》的境界当是重要原因。

此首《感遇》诗，写草木，写人生。

兰桂之花，春生秋华，欣欣向荣，这是花之自然，花之本性。

赏兰品桂，徜徉其间，欣然怒放，这是人之喜好，人之性情。

人之喜好，施之于草木之自然，会发生什么反应呢？

感谢？感恩？合之两好？

其实，这都是人的自我陶醉，是人的自我满足。草木的春华秋实，只是造化安排，自然规律，再芬芳，再娇艳，对于它们，只不过是“我本即如此，无须大惊怪”。它们也不会为了讨好人们，努力绽放，竞相成长，这就是“草木有本心，何求美人折”。

《庄子·齐物论》有这样一段话：“毛嫱丽姬，人之所美也；鱼见之深入，鸟见之高飞，麋鹿见之决骤。四者孰知天下之正色哉？”毛嫱、丽姬，是先秦时期美女的代表，圈粉很多，人们纷纷以得见毛嫱、丽姬为幸事，但是，鱼儿、小鸟、小鹿、麋鹿却感觉不到美人的美，见了美人，照样会跑，并且跑得越快越远越好。在它们那里，美人只是一个人，跟普通人全无两样，这就是它们的本性，不会因为人的美丑而改变。自然，反过来，人对它们的喜爱，它们也不会有过多的反应，即使有，那也是自然反应。比如含羞草，触碰一下，它的叶柄会下垂合拢，但绝对不是因为害羞，而是本性如此。可见，张九龄是深谙道家自然无为之道的。

当然，张九龄的此首《感遇》，绝不仅限于谈谈花说说草，《感遇》这个题目，就透露了他的心事，他毕竟还是忘不掉自己，还是想发发满腹的牢骚，说说自己的郁闷心事。

要想走近张九龄的内心，一要看看当时张九龄的处境，二要明白中国古典诗歌中的“香草美人”意象。

张九龄曾是唐玄宗的得力干将，作为宰相，他兢兢业业，恪尽职守，堪称一代贤相。唐玄宗在张九龄死后，盖棺论定，称其为“正大厦者柱石之力，昌帝业者辅相之臣”（《旧唐书》卷九十九《张九龄传》）。但是因为李林甫的构陷，耿直的张九龄才被贬荆州长史，这是“信而见疑，忠而被谤，能无怨乎？”（《史记》卷八十四《屈原贾生列传》）所以他每次读起韩非的《孤愤》，每次读起屈原的《离骚》，都会涕泣沾襟。所谓“大凡物不得其平则鸣”，张九龄自然需要宣泄，哪怕他再孤傲，再淡定。

张九龄的遭遇，与屈原是那样的近似，屈原就是他那疗伤的药，屈原就是他远离忧郁症的法宝。走近屈原，他才会感觉自己不是一个人在战斗，自然，屈原笔下的鲜花芳草，张九龄也感觉亲近了许多，那忽而“曰黄昏以为期兮”，忽而又“羌中道而改路”的“美人”，在张九龄那里也变得复杂起来。屈原创立的“芳草美人”意象，芳草芳香润泽，是屈原高洁品性的象征，美人有时指自己，但大多数是指代君王。所以，《感遇》诗中有了葳蕤（wēi ruí）、皎洁、自我盛开、自我芬芳的桂花，有了林栖相悦的美人，也有了被否定的“折”。

或许不断宣泄情绪的张九龄，慢慢地看开了，变得淡泊，变得平静，冲淡平和，或许屈原起了精神引领作用，使他扔掉了孤愤，“不吾知其亦已兮，苟余情其信芳”，没有人了解我就算了，只要我内心情感确实芬芳，屈原这句洁身自好的话语，掷地有声，充满力量，与“草木有本心，何求美人折”，可谓异曲同工，响彻古今。

《世说新语》中记载，桓温年轻的时候与殷浩齐名，常有竞争之心，想把殷浩比下去。有一次，桓温问殷浩：“咱俩相比，谁更强？”殷浩说：“我与我周旋久，宁作我！”（《世说新语・品藻》）

的确如此，我就是我，不需要任何参照物来表白自己；我还是做我，更不需要向任何人证明自己。这就是自信，这也是坚守。张九龄就是这样的一个人。

无解的相思

（张九龄《望月怀远》）

自从与你分离，思念便如潮水一般涌出，一发不可收；自从与你分离，那世间的万物都能激起我的思念情愫。日落黄昏，牛羊下来，让我想到了我与你一起回家的时光；燕草如碧丝，秦桑低绿枝，一阵春风，让我想起了你与我的旖旎时光；春日迟迟，陌头那一抹杨柳色，让我心生悔意，不该让你去觅封侯啊；夜色朦胧，天空那一轮明月光，又让我牵肠挂肚，我的人儿啊，你是否也在这样的时刻，这样想着我？什么时候才能与你共赴佳期？

一轮明月，从古照到今，照到东，照到西，转朱阁，低绮户，照到了人们的心坎上。

一轮明月，照到张九龄那儿，照出了一首《望月怀远》诗。

海上生明月，天涯共此时。
情人怨遥夜，竟夕起相思。
灭烛怜光满，披衣觉露滋。
不堪盈手赠，还寝梦佳期。

张九龄的这首诗，写了两件事：望月、怀远。前者写景，后者抒情。望月是为了怀远，因为怀远所以望月，情与景纠结在一起，这就是情景交融。

张九龄这首诗，写了三个点：作者、月亮、远人。月亮是连接作者与远人的媒介，月光就是那绵绵不尽的相思之情。

这首诗歌知名，主要是因为首联两句："海上生明月，天涯共此时。"

"天涯共此时"这五个字，现在已经成为电视栏目、亚运会主题曲、流行歌曲、小说、电视剧等的共名。每年中秋佳节，各种媒体使用频率最高的肯定是这两句诗，尽管已经非常非常老套，但还是没有什么表达可以替代它。

"海上生明月"，注意是"生"，不是"升"，这句诗好就好在这个"生"字上。东晋谢灵运《登池上楼》中有"池塘生春草"的诗句，前人公认写得好，也是好在一个"生"字。其实，谢灵运不过写实而已，他只是敏锐地发觉了池塘岸边春草萌芽的细微变化，提前预告了春天到来的消息。比较而言，张九龄的"海上生明月"中这个"生"字，可谓虚实兼备。从视觉上看，月亮是从大海上升起的，故张若虚《春江花月夜》中说："春江潮水连海平，海上明月共潮生。"但从天文上讲，这不过是一个错觉而已。所以，古人一会儿说"月上柳梢头"（欧阳修《生查子·元夕》），一会儿又说"明月出天山"（李白《关山月》），一会儿还说"月出于东山之上"（苏轼《前赤壁赋》）。

张九龄这首诗是怀念远方的亲友。怀念亲友，就要向亲友所在的方向眺望。柳宗元被贬柳州，思念家乡亲友，登楼远望，结果是"岭树重遮千里目"，因此愈加伤怀，"江流曲似九回肠"。张九龄极目远望，视野最远所及，就是海天一色之处，月亮升起之地。虽隔千山万水，但因为共有一轮明月，心理的距离似乎能够拉近一些。

李白《把酒问月》中说“今人不见古时月，今月曾经照古人”。月亮只有一个，它从远古照到了现在；照在家乡，照在边关（歌曲《十五的月亮》）。“今夜月明人尽望”（王建《十五夜望月寄杜郎中》），人人都在望月，有了月亮这个中介，这个共同的交集，可以暂时减轻一点相思之苦。所以，南朝刘宋谢庄的《月赋》中说“隔千里兮共明月”，唐代诗人王昌龄《送柴侍御》中说“青山一道同云雨，明月何曾是两乡”，宋代苏轼《水调歌头》则说“但愿人长久，千里共婵娟”，大概都是这个意思。

因为我们共同拥有一个月亮，它理所当然地成为相隔千山万水却相互思念之人之间的交集；因为月亮的存在，万水千山也阻挡不住相互的思念，它自然而然地成为传递悲欢离合的媒介和中转站。

诗歌的最后两句“不堪盈手赠，还寝梦佳期”，写得也颇有意味。因为相思，所以望月，光望月不能解相思之苦，还想掬一捧月光相赠，因为这月光就是满满的相思之情，可月光从指缝间溜走了。这样一个简单的愿望，竟也不能实现，于是再生一念，抓紧睡，睡着了，就能做梦，在梦中就能相见了。

诗歌写到这里就完成了。问题是，能睡着吗？肯定不能，“竟夕起相思”啊。因为相思，彻夜难眠；因为相思，想抓紧入睡入梦。这是矛盾。正是因为矛盾存在而引发的张力，愈见相思之深，愈见一片深情。

看来，这相思之苦是无解了。

宰相也被圈粉了

（王湾《次北固山下》）

追星，这是自古就有的事情。有爱其貌者，妇人见“妙有姿容”的潘岳，就会疯狂地把他围住，往他车上扔瓜果；“璧人”卫玠的粉丝更为疯狂，观者如堵，最后竟然看杀了卫玠。有爱其才者，唐人葛清钟爱白居易，将白居易三十多首诗作文在自己身上，带着满身的诗歌，畅想着与白居易相伴；郑板桥倾慕才子徐文长，自言“愿为青藤门下走狗”。有人追星改变装扮，唐人李洞酷慕贾岛，头巾上带着有贾岛头像的铜片；有人改变名字，司马相如即因倾慕蔺相如而改名。唐代有一位粉丝，地位很高，官至宰相，他也追星，他的追星，进一步捧红了他的“星”。

王湾，这个名字对现代很多读者来说，也就是个人名。但是，在大唐开元年间，王湾却是个响当当的名人，红遍全国，直达“天下谁人不识君”的程度。

王湾学历很高，是先天元年（712）常无名榜进士，擅长写诗作文，是典型的“学霸”。但是，从“学霸”成为“网红明星”是需要人捧的。很幸运，捧红王湾的人很有话语权。此人便是当朝宰相张说。

张说三次为相，封燕国公，亦为一代文宗，擅长文学，风格豪迈雄壮，与许国公苏颋（唐代文学家，开元年间居相位时，与宋璟合作，共理政事）共享“燕许大手笔”之美称。张说执掌文坛期间，对文坛诸公风格认识甚切，亦多提携后进。张说见到王湾《江南意》一诗，喜爱得不得了，其诗云：

南国多新意，东行伺早天。
潮平两岸失，风正数帆悬。
海日生残夜，江春入旧年。
从来观气象，惟向此中偏。

张说甚为喜欢，尤其是对“海日生残夜，江春入旧年”一联，大加赞赏，拍案叫绝。原来，张说作诗多得“江山之助”，喜爱“族高辰象，气壮河山，神作铜钩，天开金印”（张说《洛州张司马集序》）这样的风格，喜爱有气象、有风骨的佳作。

根据殷璠《河岳英灵集》，及辛文房《唐才子传》卷一《王湾传》的记载，张说欣赏的诗作名为《江南意》，“海日生残夜，江春入旧年”亦见于《次北固山下》。有人将《江南意》与《次北固山下》看作一首诗，认为或者为作者自改，或者为后人改造，有人则将此看作两首诗。

王湾的《次北固山下》全诗如下：

客路青山外，行舟绿水前。
潮平两岸阔，风正一帆悬。
海日生残夜，江春入旧年。

乡书何处达？ 归雁洛阳边。

“海日生残夜，江春入旧年”，是即景写景。在江上行进，夜色还未褪尽，一轮红日已自海中冉冉升起；旧年还未逝去，一种春意已自江上徐徐生出。江海皆是辽阔之景，辽阔之景生出的是辽阔之境，充满生机，孕育着无穷的力量。日夜轮换、新旧交替之际，赶走了最后一丝黑暗，驱灭了最后一袭严寒，充满希望，引领着前进的方向。此种诗景诗境，阔大、壮丽、飘逸，甚有大唐气象，吹响了大唐诗坛的冲锋号。

“海日生残夜”的“生”字用得极妙，作者没有用“升起”的“升”，而是用“生”，只是一字之差，但意思差别极大。如果用“升”，无非是说太阳升起来了；而“生”就带有一种精神，说太阳是不可遏制地在残夜之中硬生生地闯了进来。

张说心甘情愿、心悦诚服地做起了伯乐，捧起了王湾。

张说的伯乐当得很给力，不仅自己赏识此诗句，而且还有两大营销手法：

第一，将“海日生残夜，江春入旧年”一联亲笔书于政事堂。政事堂是什么地方啊，那是唐朝宰相的办公室，国家重大事务都是在这里议论的。古来都讲位置很重要，除了御书房，全国最重要的办公室中挂着这一联诗，无论是在高官圈，还是文人圈，那影响力都爆表了。他们纷纷点赞、转发，写了一篇篇介绍此诗的文章，王湾的诗顿时有了“10 万 +”的访问量，他毫无疑问地进驻“头条”，登上“热搜”，成了热搜人物。

第二，张说作为文坛领袖，为了确立风格壮丽、气象阔大的文风，有自己专门的理论阐释，亦需要有可供学子学习的范文。自然，王湾的作品被张说推送给天下学子，王湾便一下子“飞入寻常百姓家”，一朝成名天下闻，顿时圈粉无数，各级学校、各类学子，纷纷学习、揣摩、赏析、模拟此作。

唐代芮挺章《国秀集》卷下最早收录《次北固山下》，这是唐人选的唐诗，足见王湾此诗在当时真的是有一定的“影响因子”的。《江南意》基本上是写景咏物，而《次北固山下》则在咏物后抒发了乡关之情。

《次北固山下》中除了“海日生残夜，江春入旧年”一联天下闻名外，还有颔联“潮平两岸阔，风正一帆悬”亦得风采。春潮涌动，江水上涨，江面似乎与岸齐平了，两岸遂更显开阔；和风吹拂，风势正顺，船上白帆高高张扬。此一联，力量酣足：上句言视野开阔，道路宽广；下句言一帆风顺，前景顺畅。宏阔的篇章，预示着美好的未来已经扬帆起航。极好的愿景，满满的正能量，也就毫无疑问地成为经典。

壮丽的时代，需要壮丽的诗篇；壮丽的诗篇，孕育在壮丽的时代中。王湾的《江南意》与《次北固山下》皆是盛唐气象，皆是盛世诗篇，描写的是盛唐之美，发出的是盛世之音，因此为张说喜爱，为我们的国家领导人引用。这是王湾的幸事，亦是盛世的幸事，更是诗歌的幸事。

唐朝的英雄主义

（王昌龄《从军行七首》其四）

在古丝绸之路上有一个神秘的国家，它被称为“沙漠中的庞贝”，吸引着一批又一批的探险者前往，希望能挖掘历史，再现往日时光。它的名字叫楼兰。汉朝时，楼兰热闹、繁荣、辉煌，但是也多战争。匈奴人为了扩张，看上了这一宝地，全然不管它烫手不烫手。大汉王朝显然不会对此置之不理，战争就不可避免。楼兰就这样在争夺中生存着。楼兰游移的态度，让汉朝很不满，汉昭帝时傅介子胆气过人，亲至楼兰，杀死楼兰王，楼兰才稳定了下来。至唐朝，楼兰又成了必争之地，唐人对楼兰也是势在必得，“晓战随金鼓，宵眠抱玉鞍，愿将腰下剑，直为斩楼兰”，楼兰也成为诗人心中的边塞珍宝。

绝句虽短小，佳作却不易，王昌龄显然是个中高手，被誉为“七绝圣手”。王昌龄还有一个称号是“诗家天子”（一作“诗家夫子”），是说他的绝句成就很高，连李白都比不上。

王昌龄用绝句写边塞，数量不多，但几乎篇篇精品，《出塞》云：“秦时明月汉时关，万里长征人未还。但使龙城飞将在，不教胡马度阴山。”被称为唐人七绝的压卷之作。看来王昌龄走的是“低调奢华有内涵”的路线，似乎不显山不露水，但总能给人震撼。

《从军行七首》（其四）亦是名作。

青海长云暗雪山，孤城遥望玉门关。
黄沙百战穿金甲，不破楼兰终不还。

此首《从军行》，最为有名的是后面两句“黄沙百战穿金甲，不破楼兰终不还”，写出了出塞守边将士的英雄气概。铠甲可以抵挡刀枪棍棒，自然能抵御黄沙，但是细细的黄沙竟然穿破了铁甲，此种黄沙破甲，类似于水滴石穿，靠的就是磨功，靠着时间的力量一点一点地累积。黄沙穿透铠甲，足见作战时间之久。黄沙磨走了时间，穿透了金甲，却没有磨走、没有粉碎将士的信念。将士们历经百战，身体也疲乏，心中也思乡，但即便如此，他们却志气愈坚，不攻破楼兰城绝不回家。他们便是那个时代“最可爱的人”，这一声誓言，如同雄壮的号角，冲破了祁连山的层云，响彻边塞，穿透历史。

这便是“盛唐之音”，这便是盛唐气象，昂扬，壮丽，激发人意，激动人心。与霍去病那句“匈奴未灭，何以家为”前呼后应，有异曲同工之妙，挥斥方遒，大气磅礴。

其实，前面两句“青海长云暗雪山，孤城遥望玉门关”也很棒，是后面两句的铺垫，若没有前面两句，后面的两句便成了没有前提的空喊口号。前两句用四个地点连接而成，青海湖、祁连山（雪山）、驻军所在地（孤城）、玉门关，这四个地点是西北边塞的重要坐标，祁连山、玉门关更是抵御外敌的重要门户、要塞。在这四个地点中，孤城是核心，是联络点，它可至祁连山，也可至玉门关，但目前最重要的目标是后两句的一个地点：楼兰城。这就是一幅简明的楼兰作战图。

青海湖、祁连山、玉门关，都是壮阔之景，壮阔幕布之中，有一座孤城屹立其中，虽显得分外孤单、凄凉，却是聚焦之地。这是一幅边关地图，也是守边将士生活情境的真实写照。如此，将士们“不破楼兰终不还”的誓言，才让人觉得分外珍贵、震撼、感动。

一首诗成就一座楼

（崔颢《黄鹤楼》）

曾几何时，“百无一用是书生”“文学无用”“诗歌该消亡了”的说法，甚嚣尘上：那些印在纸上佶屈聱牙的字，早该退出历史舞台了；那些无病呻吟的文人抒怀，没有实际用处，反而浪费钱财，就应该打倒推翻。“实用主义”者的这些说法，一度让文人无言以对，一度让学子无所适从。诗歌真的没用吗？诗歌真的不能带来经济利益吗？我们不妨也从实用主义者的角度，来分析一个案例。

黄鹤楼在长江边上，始建于三国时期吴黄武二年（223）。当时该楼是一座“军事楼”，主要承担瞭望、守戍的功能。

晋灭东吴以后，三国鼎立的局面结束，国家一统，黄鹤楼的军事价值不大了。黄鹤楼在失去其军事价值以后，逐步演变成为官商行旅用来登高望远的赏景楼。这个时候，黄鹤楼还不是特别知名。

唐代诗人崔颢游武昌，登临黄鹤楼，在此题下《黄鹤楼》七律一首：

昔人已乘黄鹤去，此地空余黄鹤楼。
黄鹤一去不复返，白云千载空悠悠。

晴川历历汉阳树，芳草萋萋鹦鹉洲。

日暮乡关何处是？烟波江上使人愁。

宋代严羽在《沧浪诗话》中说：“唐人七言律诗，当以崔颢《黄鹤楼》为第一。”如此评价，足见崔颢《黄鹤楼》之佳。

此诗第一句原本作“昔人已乘白云去”，这当是作者原版，有唐代文献可证。现在通行的版本为“昔人已乘黄鹤去”，一经出现，点赞者无数，风头盖过了原版，原版反而退出舞台。这种结果，是作为接受者的读者参与经典重建的结果，读者感觉好，便传唱开来。

那么，“昔人已乘黄鹤去”好在哪？答案是“黄鹤三叠传天下”，前四句，三个“黄鹤”，前后紧连，一贯而下，朗朗上口，脍炙人口。

清代纪晓岚说“此诗不可及者，在意境宽然有余”（《瀛奎律髓刊误》卷一），也就是立意高远。崔颢登楼望远，思乡怀远，思考人生。

崔颢运用景物，设置了两种人生愿望。一种是长生久视，得道升仙，以黄鹤楼为喻。关于黄鹤楼有一传说，仙人王子安驾鹤至此，三国费祎在此乘鹤登仙。另一种则是顺应自然，安适性情，自然生长的汉阳树、芳草繁茂的鹦鹉洲，都是寄托对象，隐喻诗人要像草木一样萋萋生长、自生自灭。

但是此两种愿望，皆被否定。

“日暮乡关何处是”，家乡在哪里？人生的归处何在呢？不禁让人心生忧愁。

人生归宿，这是个终极问题，也是个大问题。诗人没有回答，也无法回答，但正是这一问，问出了千古忧思之核；正是这一愁，引发了千古忧思之叹。

崔颢《黄鹤楼》，有哲思，有情思，有名楼，有景物，有画面，有意境，有乐感，有章法，故一经写出，便迅速流传，亦能千古传诵。

元人辛文房《唐才子传》卷一记李白登黄鹤楼时，诗兴大发，本欲赋诗，因见崔颢此作，暗自佩服，为之敛手，很无奈地说：“眼前有景道不得，崔颢题诗在上头。”

故事很有意思，可惜的是，这可能仅仅是一个“故事”，或出于后人附会，未必真有其事，但故事的确让崔颢《黄鹤楼》的地位提升了。

连高傲的、盛名在外的李白都甘拜下风，此诗身价自然不低。李白搁笔，虚心可敬，抬高了崔颢的地位，这是第一步。第二步便是贬低李白诗作，说李白的《登金陵凤凰台》《鹦鹉洲》为《黄鹤楼》的仿作，东施效颦，不及崔颢。这便是文学传播的力量，崔颢《黄鹤楼》的名气，《黄鹤楼》的高地位，是在后代读者的不断“炒作”中实现的。

不过，李白的确曾经两次作诗拟此诗格调。其《鹦鹉洲》诗前四句说：“鹦鹉来过吴江水，江上洲传鹦鹉名。鹦鹉西飞陇山去，芳洲之树何青青。”与崔诗如出一辙。又有《登金陵凤凰台》诗亦是明显地仿学此诗：“凤凰台上凤凰游，凤去台空江自流。吴宫花草埋幽径，晋代衣冠成古丘。三山半落青天外，二水中分白鹭洲。总为浮云能蔽日，长安不见使人愁。”此外，李白在此还写下了《黄鹤楼送孟浩然之广陵》：“故人西辞黄鹤楼，烟花三月下扬州。孤帆远影碧空尽，唯见长江天际流。”这些文人骚客的著名诗作，让这座楼阁天下闻名。

崔颢一首《黄鹤楼》，留在了黄鹤楼上，这就是黄鹤楼上的黄鹤。黄鹤引来了更多的文人咏诗题词。黄鹤群驻留在黄鹤楼，引来了更多的观光者。他们为黄鹤楼又贡献了什么呢？答案很明显。

诗歌名气大了，黄鹤楼的名气就更大了。楼因人名，人以诗名，归根结底，还是文化。一座楼要想成为名楼，一定要有名作。有名作就意味着有文化、有历史。文化是整个民族的基因，是所有天下景观的核心要素。江南三大名楼——滕王阁、岳阳楼、黄鹤楼莫不如此。一个没有文化的景点，称不上名胜，因为它是没有灵魂的。

我也曾经年轻过

（王维《使至塞上》）

青春，真是一个美好的字眼。在青春的名义下，水嫩行走的荷尔蒙，张扬、轻狂、风华正茂、朝气蓬勃、意气风发，都成了人生炫耀的资本，即便迷茫过，还有未来可以期待；即便荒唐过，也还有机会可以弥补。待雨打梨花院落深闭时，或言忘了青春，或言误了青春，都无妨，都要致敬终将逝去的青春。时间可以塑造一个人，时间也可以改变一个人，青春的轻舞飞扬或许会扬出一场圆舞曲，青春的肆无忌惮也或者会转个弯，变成了恬淡闲静。怎可预料呢？一切皆有可能，这就是青春的魅力。

王维，在大唐诗歌圈里那是响当当的人物，“诗佛”这个名头很大，很高远，令人向往。当然，王维也不是白得荣誉不干活的人，在终南别业的王维，留下了“行到水穷处，坐看云起时”“明月松间照，清泉石上流”“人闲桂花落，夜静春山空”等诗句，幽静、安适，引人入胜。唐代山水田园诗派的扛把子，非王维莫属了。

“诗佛”、山水田园诗派领军人物，王维都能担得起，但是，这些绝不是王维的全部。如果单纯将王维认定为山水诗人，那就太狭隘，太对不起王维了。

标签贴得久了，就遮盖了真实。明星营造的人设，蒙蔽了很多人。

而且佛不是一天练成的，斗战胜佛未成佛时，也曾大闹天宫过，也曾经历过九九八十一难。

其实，王维也曾年轻过，王维也曾豪迈过。

王维早年颇有英雄之气，曾写过《少年行》，共四首，“新丰美酒斗十千，咸阳游侠多少年”，游侠高楼豪饮，潇洒畅快，慨然从军，豪然杀敌，英雄气概十足，青春风采顿现。“孰知不向边庭苦，纵死犹闻侠骨香”，这是足以感动中国的精神力量，自觉自愿，为国捐躯，虽死无憾，与曹植《白马篇》“捐躯赴国难，视死忽如归”的幽并游侠儿，可以称得上是中国古代青年游侠的“双雄”。

就是这样的一位青春少年，在大唐慷慨豪迈风气的引领下，在前辈好友竞相走入边塞，竞相创作边塞诗的影响下，也开始了边塞诗的创作，而且一创作便一发不可收，数量不少，大约四十来首，仅低于岑参，连高适都要被比下去，质量也属上乘，如《少年行》《陇西行》《陇头吟》《老将行》《从军行》《出塞作》《观猎》等等。

对此，王维肯定很骄傲：我也曾是热血男儿汉，英雄气十足，理想很高远。

当然，王维也很无奈：我当初也是盛唐边塞诗的“大咖”，为什么后来一提边塞诗，高适与岑参就成了代言人，我呢？

世人也很无奈，谁让您老人家写的山水诗那样突出，那样优秀，大家都推崇您是山水诗大师，我们就这样学习接受了，结果却让我们做了“一叶障目，不见泰山”“两豆塞耳，不闻雷霆”的傻瓜，我们不愿意！

王维的边塞诗，名头最响的是《使至塞上》。

单车欲问边，属国过居延。

征蓬出汉塞，归雁入胡天。

大漠孤烟直，长河落日圆。

萧关逢候骑，都护在燕然。

《使至塞上》最有名的是“大漠孤烟直，长河落日圆”，这是王维“诗中有画，画中有诗”的典型代表，以诗歌画出了大漠边塞独特的奇壮景象，王国维《人间词话》誉之为“千古壮观”之句。

但正是因为这两句诗太有名了，人们在提起《使至塞上》时，想起的也只是这两句，亦认为《使至塞上》纯然写豪情万丈，实则这又是一个误区。

王维写作此诗，是在开元二十五年（737），此时王维的贵人张九龄被罢了相，贬至荆州，离开了中央朝廷，王维也被排挤了，他先以监察御史之职慰问凉州将士，又出任河西节度使判官，也离开了朝廷。这种境遇，对于王维来说，心中是有些许波澜的。所以王维此次的边塞诗与之前创作的豪迈边塞诗，感情基调很不一样，从“单车”“征蓬”“归雁”这些关键字眼即可看出，诗人就如同那随风飞逝的蓬草，孤孤单单归往了边塞，苍凉，无助，也很郁闷。即便是那两句著名的写景句，“孤烟”“落日”，在“大漠”“长河”的大背景下，是不是愈发显得孤单、寥落呢？壮则壮矣，实为悲壮。

误区是如何产生的？无他，王维的诗也要与王维一起“共命运”，太优秀，人们的目光都被亮点吸引，不及其他了。

沈德潜《唐诗别裁》对王维曾有评价：“右丞五言律有二种，一种以清远胜，如‘行到水穷处，坐看云起时’是也。一种以雄浑胜，如‘天官动将星，汉地柳条青’是也。当分别观之。”边塞与山水，豪迈与宁静，雄浑与清远，都是王维的血肉，不可分割，世人切切不要厚此薄彼。

一经相遇即为永恒

（王维《汉江临眺》）

在一个地方待久了，这个地方的风景、饮食、风俗、民情，就会刻入脑海中，司空见惯，习以为常。一旦离开熟悉的地方，去往一个从未到过的地方，那里的一山一水、一树一木、一花一草、一桥一路，扑面而来的都是“不同”二字，这不同带来的感叹，有惊艳，有震撼，有惊诧，也有疑惑；有一见倾心的喜悦，也有抽身而去的嫌恶。感受不同，故事便不同；故事不同，感受亦不同。

按照唐代干部选拔、考核的一般方式，六品以下官吏的铨选，由吏部、兵部负责，吏部主文选，兵部主武选，每年一次，在京师进行。但南方偏远，官吏进京不便，故岭南、黔中等地官吏的铨选，每四年举行一次，朝廷派专人前往，主持选拔，这叫南选。

唐玄宗开元二十八年（740）秋冬之际，时任殿中侍御史的王维知南选，途经襄阳，在襄阳城欣赏汉江景色时，他写下了著名的《汉江临眺》这首诗。

楚塞三湘接，荆门九派通。

江流天地外，山色有无中。

郡邑浮前浦，波澜动远空。

襄阳好风日，留醉与山翁。

此诗又名《汉江临泛》。汉江，即汉水，长江的支流。汉江发源于秦岭南麓，流经陕西汉中、安康，湖北十堰、襄阳、荆门、天门、潜江、仙桃、孝感，到汉口流入长江。

“楚塞三湘接，荆门九派通”，这是写地缘，写汉江之接合。汉水流经楚国边塞的襄阳，与三湘水接合，在荆门与长江九派支流相通，开阔、浩渺。这是目力不及的景象，诗人开篇以想象之景，为全诗铺设了基调，雄伟壮阔。

“江流天地外，山色有无中”，这是写远眺，眺望的是汉江及两岸青山。远眺的极限就是看不见。这一联就写了视野之中的汉水、青山，由近及远，直到看不清、看不见的过程。汉江远去，一直流到天地之外去了，看不见了；两岸青山，从清晰到模糊，直至一无所有，看不清了。江流是动，但流到天地之外，仿佛静止一般；山色为静，但由近及远，却在变化之中。这一联，把动的写静了，把静的写动了。不走寻常路，所以写得好。李白《渡荆门送别》中有“山随平野尽，江入大荒流”一联，与此类似，李白写得有“势”，王维写得有“色”，同为经典，各有千秋。

“郡邑浮前浦，波澜动远空”，这是近处写远景。诗人的远眺，突然被船的起伏所打断。风浪一起，船自然波动，在船里的诗人看着岸边的城郭也在水上浮动起来，甚至远处的天空也被波浪推动着动了起来。这是从人的视觉感受来写磅礴的景象。

前面三联，雄峻阔大，大气象，后面一联收尾，颇有难度。继续写阔大，或许会太重、太过；转而写轻淡，又头重脚轻。王维则接上一句“襄阳好风日”，以“好”收三“壮”，笔力千钧，意蕴悠长。如此美好的景象，直令诗人陶醉，直愿醉饮此地，“留醉与山翁”。山翁，指的是“竹林七贤”之一的山涛之子山简，他颇有“竹林七贤”的任诞之风，曾镇守襄阳，痴迷饮酒，每饮必醉，不醉不归，优游卒岁。美景需有美情，王维自言愿与山简对饮共饮，与山水相伴。

王维精通水墨，这是一幅空间相叠、层次分明的中国画。看色彩，汉江浩渺，隐隐水雾，青山淡淡，山色空蒙；论线条，寥寥几笔，全是留白，首联“楚塞三湘接，荆门九派通”可谓密不透风，次联“江流天地外，山色有无中”则又疏可走马；品意境，苍茫淡远，无我之境，暗含禅趣。

此诗在后代评价很高，被认为是盛唐气象的代表作。“江流天地外，山色有无中”尤受欢迎，后人不断借用。如欧阳修《朝中措·送刘仲原甫出守维扬》：“平山阑槛倚晴空，山色有无中。”周邦彦《虞美人·疏篱曲径田家小》：“天寒山色有无中，野外一声钟起，送孤蓬。”苏轼《水调歌头·黄州快哉亭赠张偓佺》：“认得醉翁语，山色有无中。”

汉江，留给王维的是刹那的惊艳，是一生的沉醉。王维，留给诗歌界的是长久的震撼，是永世的沉迷。文人与山水，真的是绝配，一经相遇便是故事，一经相遇便是经典，一经相遇即为永恒。

山不在高，有仙则名

（王维《终南别业》）

中国诗歌自古就不缺山的影子。“造化钟神秀，阴阳割昏晓”，这是杜甫笔下高大巍峨、神奇秀丽的泰山；“横看成岭侧成峰，远近高低各不同”，这是苏轼笔下绵延逶迤、奇峰突起的庐山。山，可以带来孤寂，“千山鸟飞绝，万径人踪灭”；亦可以带来静和，“空山不见人，但闻人语响”。山，能让人疑惑，“山重水复疑无路”；也能使人充满希望，“钟山只隔数重山”……在唐代，有一座山，它是文人心中的精神殿堂，是唐诗中的熟客。它海纳百川，迎接不同心境的文人；它空谷传声，引燃不同诗风的文人。这座山，就是终南山。当“诗佛”遇上终南山，会发生点什么故事呢？

终南山，在历史上，特别是唐代，是一座为文人所欣羡的名山。

终南山的名声很响亮，最早《山海经》称之为南山，之后还有中南山、太一山、橘山、楚山、泰山、周南山、地脯山等名。别名很多，但最为重要的还是“中南山”，因为此名直接显示了终南山得名的由来。

潘岳《关中记》记载道：“终南，一名中南。言在天下之中，居都之南也。”居于天下中心，又在都城之南，故称中南，这是从地理位置命名。

居于天下之中，这地理位置不得了，意味着全天下的政治、经济、文脉等等，一切都要以此处为中心，且又居于天子脚下，自然地位很重要，《西域记》称其为“天下之祖”。

终南山地势险峻，连绵千里，《左传》列其为“九州之险”（《左传·昭公四年》），很有气势，故诗歌中云“太乙近天都，连山接海隅”（王维《终南山》）。

风景很美，《诗经》即言“终南何有？有条有梅。……终南何有？有纪有堂”。

但是中国高、险、美的山不止终南山一座。终南山之所以脱颖而出，还在于中国古人的一种审美趋向，即“山不在高，有仙则名”，终南山中有“仙人”。

一提到终南山，“终南捷径”，是最先涌入嘴边的一个词，即使对终南山具体情况不那么清楚的人，也知道这个成语。此成语出自《新唐书·卢藏用传》：

司马承祯尝召至阙下，将还山，藏用指终南曰：“此中大有嘉处。”承祯徐曰：“以仆视之，仕宦之捷径耳。”藏用惭。

看来，终南捷径不是去终南山的快捷通道，而是通过在终南山隐居的名声顺利快速进入仕途的专门通道，显然，这是司马承祯讽刺卢藏用的，卢藏用当初就是靠着隐居终南山而博得了关注，获取了社会知名度，从而做了高官。卢藏用的此种选择，恰恰与终南山的“仙人”有关。

其实，隐居终南山的不止卢藏用一人，“诗佛”王维也曾经在那里待过，有自己的辋川别业，但最后却成了令人羡慕的“仙人”之一。同样是隐居终南山，王维活出了自己的模样，变成了“佛系男神”，把日子过成了诗，从而引爆了终南山，让它成为一座充满诗性的山，令人向往的山。

王维一生爱山爱水，与山水为伴，他的一生也是山水写就的历史：青年顺风顺水，中年险山恶水，晚年游山玩水。

《终南别业》恰恰是其晚年心境写照。

中岁颇好道，晚家南山陲。
兴来每独往，胜事空自知。
行到水穷处，坐看云起时。
偶然值林叟，谈笑无还期。

《终南别业》大约写于唐肃宗乾元元年（758）之后，当时李林甫大权在握，朝中几乎无人敢谏直言，“自是朝廷之士，皆容身保位，无复直言”（《资治通鉴》卷二一四），经历过政治迫害的王维，亦不想陷入政治黑暗的旋涡，最终将心情寄托于山林，在终南山建造了自己精神上的“世外桃源”。

此诗写“闲适”。

全诗四联，只有第一联是交代自己隐居终南山之事，“中岁颇好道，晚家南山陲”，王维中年之时就特别信奉佛教，而此种信仰终于在晚年有了一个安适的环境，隐居终南山，让他心有所托，心有所寄。

后面三联，则是对终南山闲适生活的诗性描绘。或者独赏山水，或者信步闲走，或者谈笑无还期，皆是随心所欲，随性而为，悠然自得。一唱三叹，令人陶醉。

诗境自然，贴合性情，悠然会心处，需细细品味。颈联“行到水穷处，坐看云起时”素来被认为是“神来之笔”，写的亦是“神境”。王维早年和一般人一样，是很积极的，但是经过安史之乱的挫折以后，他晚年的心态发生了很大的变化。这两句诗最好的地方就在于，它写出了王维晚年的一种亦官亦隐、随性而安的生活态度，他表面说走要走到水的尽头，坐要坐到云升起来，实则他是闲步山间，随性而走，乘兴而行，间或走到了水的尽头，不恼怒、不强求、不焦虑，因为一切皆是最好的安排，顺心坐下，静心欣赏。欣赏什么？一切随意。不妨抬头看看天，看云卷云舒的随意；也不妨低头看看地，看溪流淙淙的自然。终南山中，行云流水，云聚云散，一幅淡然画境，烛照一颗悄然诗心，不惊不喜，不闹不怒，这正是“一山一水一别院，一诗一画一人生”。

写近乎无路可走的诗，除了王维的“行到水穷处，坐看云起时”，还有陆游的“山重水复疑无路，柳暗花明又一村”，这些都是富含哲理的名句。陆游的诗是在困境中蕴含希望，引人奋进；王维的诗是在困境中看淡一切，让人平和，是一份禅心，一片化机。

窗前那株思乡梅

（王维《杂诗三首》）

乡愁到底是什么呢？乡愁是我们儿时看得见的一抹青山，乡愁是夏日里我们玩耍的一方绿水，乡愁是夕阳里的袅袅炊烟，乡愁还是我们从牙牙学语就听惯了的乡音……

思乡是一种普遍而又深沉的情感，每每思乡之时，脑海中涌现出的往往不是大段大段的思念愁绪，而是一个一个具体可感的形象或画面，它或是妈妈做的一碗红烧肉，或是爸爸写的一幅字，或是门前小溪里的潺潺流水，或是台阶罅隙中的几株小草，或是院落窗前的一树梅花。这些画面虽然细小、平常，但它们承载了家的无限温情，每个画面底下都是浓浓深情的回忆。

《杂诗三首》，是王维晚年隐居孟津的作品，是王维的"相思三部曲"。

第一首，先写女子之思："家住孟津河，门对孟津口。常有江南船，寄书家中否？"日日在渡口期待，希望有游子的书信到来。

第二首，写男子之思："君自故乡来，应知故乡事。来日绮窗前，寒梅著花未？"在外漂泊，特别想知道家里的音信，一句问梅，问遍了一切，心中的急切与女子相同。

第三首，再写女子之思：“已见寒梅发，复闻啼鸟声。心心视春草，畏向玉阶生。”男子的问梅，男子的问候，女子已知，心中略有安慰，然相思乍停，相思又起，且相思更重，如同那猛长的春草，一发不可收。

三首诗，前后贯通，写尽了游子思妇的绵绵情思。三幅画面，三种场景，演绎了一场相思“微电影”，以写心理取胜，哀婉，凄绝。

当然，三首诗又可以独立成篇，每篇都各有特色。

三首诗中，第二首最有名。

故乡久别，处处思念，却独忆窗外梅花，此为妙手偶得，此为大匠运斤。

此诗中，家里的那树梅花，已经不再是单纯的自然物，而是浸染了诗人挥之不去乡愁的珍宝，梅花指代了一切家事，俨然变成了特殊的情感符号。这正是以微物悬念，传出件件关心，写出思家之切。

《杂诗三首》(其二)的特点，可以概括为：平淡自然。他乡遇家乡来人，迫不及待想打听家中事，符合生活实际，“君自故乡来，应知故乡事”，肯定语气，足见其迫切。“来日绮窗前，寒梅著花未？”用拉家常的问话方式，写浓浓深情，淡中含情，真挚缠绵。

陶渊明《问来使》、王安石《道人北山来》，亦采用同样的方式，有异曲同工之妙。陶渊明《问来使》：“尔从山中来，早晚发天目。我居南窗下，今生几丛菊？”这是问菊。王安石《道人北山来》：“道人北山来，问松我东冈。举手指屋脊，云今如此长。”这是问松。梅、菊、松，皆是高洁之物，亦是诗人熟悉之物。

但是，陶渊明、王安石所问不止一物，堆问好多问题，且问而有答，一览无余，王维却是问而未答，含蓄蕴藉，给读者留下无限想象的空间，回味无穷。

思乡问人，展现深情。当然还有一种反其道而为之的情况，思乡不敢问人，代表作有宋之问的《渡汉江》："近乡情更怯，不敢问来人。"急欲问却不敢问的复杂心态，正是思乡念人的真实展示。

后生可畏

（李白《上李邕》）

李白，一个性格张扬的名字，千年来圈粉无数，迷弟迷妹们读其诗爱其人。李白的诗，给人成长的勇气，给人自信的力量。李白高呼“仰天大笑出门去，我辈岂是蓬蒿人”，踌躇满志；李白带着“初生牛犊不怕虎”的锐气，一路向前。自信、自负的李白，对自己的期许甚高，他也渴望着政坛、文坛前辈的赏识。很幸运，司马承祯赞叹李白有仙风道骨，可与神游八极之表，李白遂写《大鹏赋》，展其凌云之志。很不幸，李邕不满其轻狂，不愿与其多作交流，李白遂写《上李邕》，挑战权威。

国民诗人李白，最大的特点就是“狂”，李白诗集就是一部“狂人日记”。“安能摧眉折腰事权贵，使我不得开心颜”，傲不傲？“天子呼来不上船，自称臣是酒中仙”，狂不狂？而恰恰是他的“狂妄”，他的“自傲”，点燃了人们心中敢想不敢做，甚至不敢想不敢做的小宇宙，引爆了一代代的追星运动。

唐代的诗坛，群星辈出，在李白之前，诗人很多，但国民诗人没有。整个大唐诗歌界，都在等着李白长大。

终于李白长大了，要出门了，拜谒名士，发生了一次一次的“遇见”，画面还算和谐。直到李白遇见了李邕。李邕时任渝州刺史，诗文、书法皆工，业界大腕之一；他的父亲李善也知名，为《文选》作过注，至今流传。李白、李邕，一个“潜力股”，一个“绩优股”，“二李”相见，结局怎一个酸爽了得啊！

李白初生牛犊不怕虎，颇具纵横家风范，指点江山，激扬文字，狂放自如，一时间让同样傲气的李邕心生不满，面色不悦，于是他们的遇见不欢而散。

世上有些人，天生狂放，不怕打压，越打压，他的斗志越高，反弹力越强，李白就是集锐气、傲气、傲骨、斗志于一身，天下狂人，舍我其谁！慨然写下《上李邕》。

大鹏一日同风起，扶摇直上九万里。

假令风歇时下来，犹能簸却沧溟水。

世人见我恒殊调，闻余大言皆冷笑。

宣父犹能畏后生，丈夫未可轻年少。

这首诗反映了李白笑傲权贵的个性本色，表达了四个字——后生可畏。

后生可畏，是孔子的话，出自《论语·子罕》：“后生可畏，焉知来者之不如今也。”

孔子言后生可畏，后生为什么可畏？

因为他们年轻，年轻就是资本，他们有足够的时间成长，每个年轻人都是一颗耀眼的星星，历史本就是“长江后浪推前浪”的过程。

年轻的李白，志向远大，常想着自己能像《庄子·逍遥游》中的“大鹏”

一样，扶摇直上九万里。《庄子》言："鹏之背，不知其几千里也；怒而飞，其翼若垂天之云。"巨大的鹏鸟，往南海迁徙，"水击三千里，抟扶摇而上者九万里"，有力有气势。李白显然为大鹏而倾倒，常常以大鹏自许，故李白还写过《大鹏遇希有鸟赋并序》，后改为《大鹏赋》，自比为大鹏，豪情万丈，信心十足。

《逍遥游》中的大鹏，它的腾空而起要借助风的力量，《上李邕》中的大鹏有风可上九万里，无风亦可将沧海之水簸干，气势更足，带着李白特有的狂放。

但是，渴望建功立业的李白，却因他的狂放而不受人待见。诗歌后四句便是回敬那些轻视、忽视、漠视、敌视他的人，尤其是对李邕的批评与讽刺。"殊调""大言"，是李白的风格，也是别人不满的起因，"冷笑"便是结果，耻笑李白，厌恶李白。

面对耻笑与怠慢，李白不是退缩，不是羞愧，那都不是李白的风格，他是正面迎敌，孔子他老人家都说过不能轻视年轻人，难不成你李邕比孔子还厉害？潜台词便是你也不要太嘚瑟，你也没啥了不起。

其实，对于某些权威、大腕来说，真正可畏的不是后生，而是自己老去的心，倚老卖老，害怕年轻人进步，超越自己。那样，最后的结果真的只能是"前浪被拍在沙滩上"了。

李白这首诗的主旨很明确，就是挑战权威，展露自己。千万不要小看我，今天你对我爱搭不理，明天我让你高攀不起。

李白的一首诗，让李邕戴上了坏权威的大帽子，骂声不断，但实际上，李邕素负美名，喜欢结交文士，耿介磊落，不畏权贵，与李白倒性情相似，也是狂人一枚，曾自言"不颠不狂，其名不彰"。李白作了这首诗之后，李邕并没有很生气，或许还会颇带称许意味地说："哼，比老子当年还狂！"后来，两人再次相会于海州，他俩拉起了家常，叙起了家谱，共称"本是一家人"。

李邕是名人，书、文均佳，但在今天，他远没有李白的知名度高。不少人知道他，还真是因为李白这首诗。

一首诗，"骂"坏了一个人，也骂出了知名度，李白的魅力可见一斑。

轻歌一曲少年游

（李白《渡荆门送别》）

家，是孩子温暖的港湾，是孩子成长的起点，但绝非孩子进步的终点。孩子大了，需要到更广阔的世界中去，去感受，去承受，去拼搏，去奋斗，无论收获什么，但是离开家这一步必定是他再次成长的新起点，很重要。面对这一时刻，孩子们有渴望，有向往，有忐忑，也有畏惧。即便豪迈如李白，他亦有柔情在心，那故乡的山啊，故乡的水啊，怎么就那么依依难舍呢？

李白出生在蜀地，生长在蜀地。在蜀地，他诵六甲，观百家，好剑术，喜任侠，谒名流，玩隐居，好不畅快。

开元十二年（724），李白二十四岁了，在蜀地待久了的他决定要出去闯一闯，雄心勃勃，期待干一番大事业，“仗剑去国，辞亲远游”。李白此次出蜀，走水路，乘船远行，目的地是楚国故地。漫游至荆门时，李白心有所感，写下了《渡荆门送别》一诗。

渡远荆门外，来从楚国游。

山随平野尽，江入大荒流。

月下飞天镜，云生结海楼。

仍怜故乡水，万里送行舟。

这首诗是李白雄健壮阔之风的代表。

“山随平野尽，江入大荒流”，这是李白在船上看到的，在船上的感想，雄浑壮阔。船在三峡中行进，随着船的移动，群山倏忽隐去，一望无垠的平野越来越近了，从荆门望去，奔涌的江水仿佛又流入了原野。这是移步换景，却将静止的群山、平野、大荒赋予了能动性，让它们动起来，舞动山河。此联诗句历来称好，壮阔豪迈。壮阔来自李白走出蜀地、乘舟长江的地理空间感，也来自李白的心理空间感。

“月下飞天镜，云生结海楼”，长江流过荆门以后，河道迂曲，流速减缓。晚上，江面平静时，俯视月亮在水中的倒影，好像天上飞来一面明镜；白天，仰望天空，云雾缭绕，变幻无穷，又好像海市蜃楼的奇景。这是李白从荆门一带广阔平原的高空中和平静的江面上所观赏到的奇妙美景。

李白这一联写得很有意思，把天上的月亮写进了江里，把人间的楼台写到了天上；一个是在夜晚，一个是在白天；一个是在高处俯视，一个是在平地仰望。写了天上写地下，写了夜晚写白天，写了高处写低处，单就这一联十个字来看，李白诗歌的气象的确宏大，有囊括宇宙、气吞八荒的大气象，语义通仙，超凡脱俗，这是太白本色。

杜甫有一首诗《旅夜书怀》，里面有“星垂平野阔，月涌大江流”两句，与李白《渡荆门送别》的“山随平野尽，江入大荒流”意境相近，区别只是李白写的是日景，杜甫写的是夜景，因此经常被用来比较。甚至有人说，杜甫的这首诗是向偶像李白致敬的“偷师”之作。

其实，偷师，也是一种学习方式，需要注意的是：

第一，杜甫不仅偷师李白，还偷师其他人。他曾说过：“窃攀屈宋宜方驾，恐与齐梁作后尘。”“别裁伪体亲风雅，转益多师是汝师。”（《戏为六绝句》）他学习《诗经》，学习屈原，学习宋玉，转益多师，广泛学习，因为成长本就始于模仿。

第二，不仅杜甫偷师，李白也偷师。据说李白见崔颢《黄鹤楼》诗，既而写出《登金陵凤凰台》，此说未必符合事实，但李白有几首诗深受崔颢《黄鹤楼》的影响是肯定的。

第三，偷师的最高境界是脱胎换骨，不可人云亦云，亦步亦趋。成长始于模仿，但不能终于模仿，依葫芦画瓢，最终画出的是瓢，而不是葫芦。

杜甫学李白，但没有被李白的光辉遮盖，而是另起一座高峰，与李白并肩，与李白对望，这是一对友人的幸运，也是中国诗歌的幸运。

当然，杜甫偷师李白，而终未成“小李白”，主要源自他们的身世、性格、经历诸多的不同。李白是抬头看天的人，他走在盛唐的康庄大道上；杜甫是低头看地的人，他走进了中唐的崎岖与坎坷，走的路不同，他们的诗歌必然会“分道扬镳”。

《渡荆门送别》与《旅夜书怀》两首诗，形似而神不似，便是例证。

李白《渡荆门送别》，少年之作，阔大之景，书写豪情万丈。

杜甫《旅夜书怀》，暮年之作，阔大之景，反衬孤凄无奈。

世间最好的遇见，莫过于此，一遇便钟情一生。世间最好的朋友，莫过于此，相互成全，共同成长，各自长成了自己的样子。

越是民间的，越有生命力

（李白《杨叛儿》）

中国古代的乐府诗歌，不少是有本事可考的，如《薤露行》《蒿里行》，写田横门人，歌以葬横；《箜篌引》写白首狂夫，堕河而死；《秋胡行》言秋胡戏妻事，《雉朝飞》言犊沐子自伤无妻。本事有情节、有情感，易为人所记，摹写者亦多。摹写者一多，就会形成一个乐府古题群，围绕本事，各尽其力，既促成本事传播，又佑助新诗创作。李白的《杨叛儿》就是一首有本事的乐府诗。

《杨叛儿》，又称《杨伴儿》《杨伴》，原本是南北朝时的童谣，后来广为流传，成为乐府诗题，属《清商曲辞·西曲歌》。

乐府诗题大都有故事，这个诗题也有来历。《旧唐书》卷二十九《音乐志》中记载了“杨叛儿”的本事：

南朝萧齐隆昌年间（494年1月至7月），有个太后，爱上了一个女巫的儿子，这个人叫杨旻（mín）。杨旻自小随母入宫，太后看着他长成了一个翩翩少年，宠爱得不得了，但这种关系是不被世俗认可的，不可能长久，最后的结果自然是私情败露，地球人都知道了这件事。当时有人就编了歌谣来“恶心”她。当然，大人唱不出口，就撺弄儿童来唱，所以民间童谣就唱：“杨婆儿，共戏来！”可能是因为小孩子不懂事情的来龙去脉，吐字不准，以讹传讹，就讹传成了“杨伴儿”“杨叛儿”。或许这支歌谣的曲调还很动听，容易上口，后来就演化为《西曲歌》的乐曲之一。

这个故事很香艳，世人又喜道听途说，从来就不缺“八卦”精神，添油加醋，因此传播迅速，流传开来之后，题材竟很受文人青睐。李白、温庭筠、徐凝等不少文人都用这个题材写过作品。

《杨叛儿》传世古辞有八首，其二云：“暂出白门前，杨柳可藏乌。欢作沉水香，侬作博山炉。”南朝齐都城建康正南门为宣阳门，俗称白门。沉水香，即沉香。博山炉，因炉盖上的造型似传说中的海中名山博山而得名。南朝民歌大都直白大胆，经过文人的略加修饰后，会稍微含蓄一点，文雅一些，但也不过是从“色情”变成了“艳情”而已。这首歌词，用沉水香与博山炉作比，看似写实，其实是一个隐喻，写的是男欢女爱。

李白的《杨叛儿》是这样写的：

君歌《杨叛儿》，妾劝新丰酒。
何许最关人？乌啼白门柳。
乌啼隐杨花，君醉留妾家。
博山炉中沉香火，双烟一气凌紫霞。

古辞《杨叛儿》到了唐代，为人所熟知。李白独具匠心，设置了一个欢会情景：一对恋人，一个唱着浓艳多情的《杨叛儿》，一个斟着清香的新丰酒，有歌有酒更有情，感情愈热烈。

恋人在侧，酒不醉人人自醉，况且还真有酒呢？时间一点点过去，二人的厮守却丝毫没有降温。情意缠绵时，醉眼蒙眬间，男子醉留于女子处，两相为好。那爱恋、那依恋，如同博山炉中沉香燃起的两股烟，追逐缠绕，融为一体，直凌云霄。

李白这首《杨叛儿》，是在传世古辞的基础上改造提升而成的，形式上由四句扩展为八句，整体情感色彩也向爱情方面靠拢，思想倾向方面的确上了一个档次。

《杨叛儿》歌谣的整体传承可以说是从色情到艳情，再到爱情，从民间小调登上了大雅之堂。其实，民间传承的曲调，无论古代，还是当今，都有其广泛的群众基础，尽管不少格调不是很高。如果加以适当改造，未尝不能成为一种上档次的、为人喜闻乐见的艺术形式。民间的东西是很有生命力的，它肯定能给古板典重以致死气沉沉的高雅艺术注入新的活力。历史上很多杰出的艺术形式，几乎都是从汲取了民间艺术的活力开始逐渐形成的。当下颇为流行的一首叙事歌曲《探清水河》，就是一个利用、改造民间传说的例子，这就是创造性转换、创新性发展，当然就没有必要揪住本事、原型“上纲上线”，对其说三道四。

青梅竹马无嫌猜

（李白《长干行二首》其一）

门前一对刚刚会走路的小男女，咿呀学语，玩着折花。长大一些，他与她，习惯了彼此的存在，他骑着一根竹竿而来，那就是她心中的白马王子，他们一起围着井栏追逐，一起扔青梅玩，开心写在脸上，爱恋印在了心里。终于，她十四岁了，他娶她回家，这时的她反而羞涩得不敢抬头，不敢望向这个熟悉得不能再熟悉的人，因为今天他成了她一生中最重要的人。从那一刻起，她发誓爱他到白头，生死不渝。

长干，地名。李善注《文选》引刘逵《吴都赋注》说，建业往南五里远的地方，有山冈，中间是一片平地，吏民杂居，名字叫长干。长干又分为大长干、小长干，两者连在一起，一个在东，一个在西，大小之分，主要根据面积。干，有水边、岸边的意思。《诗经·魏风·伐檀》中说“坎坎伐檀兮，置之河之干兮”，用的就是这个意义。因为南京地处长江沿岸，江南人就把山垄之间的平地称为干。长干里，具体位置在今天南京市秦淮区中华门外秦淮河南。

乐府旧题中有《长干曲》，又作《长干行》《江南曲》，大多五言四句，内容反映长干里青年男女的生活和情感。和李白同时期的崔颢作有《长干曲》四首，其中第一首最为知名：

君家何处住？妾住在横塘。
停船暂借问，或恐是同乡。

这是写江上行船之间男女偶然相遇的一个瞬间，浅白易懂，又颇有情趣。同时代的另一位诗人崔国辅也写过一首，题作《小长干曲》：

月暗送湖风，相寻路不通。
菱歌唱不彻，知在此塘中。

这首诗从时间、地点、环境、条件几个方面，自然而风趣地表现一个青年男子对一名采菱女子的爱慕和追求，也很有生活气息。最后两句很容易使人联想到贾岛《寻隐者不遇》的“只在此山中，云深不知处”，但这两句给人的感觉有点高冷，缺乏民歌的生活趣味。

李白擅长写乐府旧题，他写了一首影响很大的《长干行》：

妾发初覆额，折花门前剧。
郎骑竹马来，绕床弄青梅。
同居长干里，两小无嫌猜。
十四为君妇，羞颜未尝开。
低头向暗壁，千唤不一回。

十五始展眉，愿同尘与灰。
常存抱柱信，岂上望夫台。
十六君远行，瞿塘滟滪堆。
五月不可触，猿声天上哀。
门前迟行迹，一一生绿苔。
苔深不能扫，落叶秋风早。
八月蝴蝶黄，双飞西园草。
感此伤妾心，坐愁红颜老。
早晚下三巴，预将书报家。
相迎不道远，直至长风沙。

这首《长干行》突破了原先五言四句的“小乐府体”，篇幅加长了，内容增厚了，主题没有变，还是写男女之情。以一位居住在长干里的商妇自述的口吻，叙述了她的爱情生活，倾吐了她对远方丈夫的深情思念，缠绵婉转。

诗歌写丈夫十六岁出门远行，把长江三峡滟滪堆的惊险，两岸猿声的哀鸣，以及妻子向丈夫的倾诉——你返家时提早告知，我不怕山高水长，要到七百里外的长风沙去接你——都写得慷慨豪迈。前人评价说，李白即使写小女子喁喁私语，也带有英雄之气，和其他人写的闺怨诗自是不同。五言四句说不够，所以篇幅要加长；卿卿我我尚不足，柔情之中有豪气。这是李白的创造。

长风沙，是长江中与瞿塘峡、滟滪堆并称的险段，位于今天的安徽省安庆市，距离金陵（南京）七百里。诗歌中这位女子，之所以“不远七百里”

跑到长风沙迎接丈夫，一是说她思君心切，二是忧君心切。不过，长风沙这个地名，听起来的确很有诗意，竟然能让人不自觉地想到《神雕侠侣》中郭襄、杨过初次相遇的风陵渡。

李白性格傲岸不羁，故创造无处不在。这一首诗歌，李白竟然贡献了两个成语，仍一直活跃在现代汉语中。一个是青梅竹马，一个是两小无猜，“郎骑竹马来，绕床弄青梅。同居长干里，两小无嫌猜。”青梅，青的梅子；竹马，儿童以竹竿当马骑；床，井栏。男孩以竹竿作马，骑着过来，一起绕着井栏，互相追逐，互掷青梅，这是写小儿女游戏玩耍、天真无邪的场景。

“青梅竹马”是李白的发明，不过，竹马的游戏、词语很早就有了。《后汉书》记载，东汉时期有个叫郭伋的官员，他的高祖就是西汉时期的侠客郭解。郭伋做并州牧时，恩惠仁德，所到县邑，百姓扶老携幼，夹道欢迎。他曾经到下属地方巡视，到达西河郡美稷县（在今内蒙古准格尔旗北）时，有数百名儿童，各自骑竹马，在道旁依次拜迎。郭伋问：“孩儿们为何远道而来？”儿童们回答说：“听说使君到来，我们很高兴，所以前来欢迎。”郭伋向他们表示感谢。事情办完后，孩子们又将他送出城，并问：“使君何时回来？”郭伋算好日子告诉他们。巡视后返回，比预计日期提前了一天，郭伋不想失信于孩子们，于是在野外亭中留宿，等到了约定日期才进城。因为郭伋的典故，后人就借用竹马来歌颂地方官吏的仁德、守信。

后来还用“竹马之友”指代小时候的朋友，用“竹马之交”指代儿时的友谊。

《晋书·殷浩传》记载，殷浩与桓温齐名，但两人立场不同，明争暗斗。桓温曾经问殷浩：“你我相比，如何？”殷浩回道：“咱俩交往也不是一天两天了，如果非要让我在你我之间选择的话，我宁做我。”殷浩后来被贬为平民，桓温对别人说："年幼时，我与殷浩共骑竹马，我丢的，他就捡，因此殷浩比不上我。"

《世说新语·方正》中说，三国时期吴国诸葛靓（jìng），他父亲诸葛诞被晋武帝的父亲司马昭杀了，因此与晋室有仇，不肯在晋室做官。后来诸葛靓被任命为大司马，但他不肯应召赴任，常常背对洛河的方向坐着。他和晋武帝有旧交情，武帝很想见他，却又找不到缘由，就请诸葛靓的姐姐诸葛太妃招呼诸葛靓来。来后，武帝到太妃那里和他见面。行礼后就喝酒，喝到差不多的时候，武帝问："你还记得我们小时候骑竹马的游戏吗（卿故复忆竹马之好不）？"诸葛靓说："臣不能吞炭漆身，为父报仇，今天又看到了圣上。"说完便涕泪交流。武帝于是既惭愧又懊悔地退了出去。

《长干行》写了一段爱情，一段自然而然发生的美好的爱情，青梅竹马，两小无猜，这是可遇不可求的美好。期待谋生活的丈夫归来，可以双宿双栖，做一对双飞的黄蝴蝶，又让人心生酸楚。

李白的劝酒艺术

（李白《将进酒》）

中国的酒文化源远流长，酒与文人结缘，遂生就一段段旖旎多彩的故事。刘伶纵酒放达，脱衣裸形，一篇《酒德颂》，唯酒是德，嗜酒寿终；陶渊明嗜酒，“造饮辄尽，期在必醉”，昭明太子言其诗，篇篇有酒；杜甫不善酒，却也自道“酒债寻常行处有，人生七十古来稀”；欧阳修藏书一万卷，琴一张，棋一盘，酒一壶，醉翁一个度人生。饮酒可以解忧，饮酒可以消愁，饮酒可以狂放，饮酒可以淡泊，这正是诗酒话人生。

酒，对于李白来说，不可一日无此君。

酒是知己，酒是红颜，“三百六十日，日日醉如泥”（《赠内》），酒是心头好，酒是春药，“李白斗酒诗百篇，长安市上酒家眠”（杜甫《饮中八仙歌》），酒中有真意，酒后有文章。

李白喝酒，理由很多。欢快时喝，痛楚时喝，花前月下喝，大江东去喝，要想喝，总能找到特好的理由。那么，与别人喝酒呢？李白能找到劝酒的理由吗？劝酒，也是一门艺术，有水平的劝酒，不在于你喝了多少，而在于你让别人喝了多少，而且是心甘情愿地喝。

显然，李白的劝酒艺术很高超，《将进酒》一诗，可作证明。

君不见，黄河之水天上来，奔流到海不复回。
君不见，高堂明镜悲白发，朝如青丝暮成雪。
人生得意须尽欢，莫使金樽空对月。
天生我材必有用，千金散尽还复来。
烹羊宰牛且为乐，会须一饮三百杯。
岑夫子，丹丘生，将进酒，杯莫停。
与君歌一曲，请君为我倾耳听。
钟鼓馔玉不足贵，但愿长醉不复醒。
古来圣贤皆寂寞，惟有饮者留其名。
陈王昔时宴平乐，斗酒十千恣欢谑。
主人何为言少钱，径须沽取对君酌。
五花马，千金裘，呼儿将出换美酒，与尔同销万古愁。

这首诗气魄很大，其实就是在劝酒，可以称为“天下第一劝酒诗”。

李白劝酒的对象是好友岑勋、元丹丘，“岑夫子，丹丘生，将进酒，杯莫停”。

劝酒的理由是什么呢？很吓人。“君不见，黄河之水天上来，奔流到海不复回。君不见，高堂明镜悲白发，朝如青丝暮成雪”，大河之来，势不可当，大河之去，势不可回。朝暮间青丝白雪，人生苦短，生命渺小。说白了就是借酒寻欢，借酒消愁。

这实在不是一个高明的理由，你看人家白居易“绿蚁新醅酒，红泥小火炉。晚来天欲雪，能饮一杯无”（《问刘十九》），天冷欲雪时分，炉火烧得通红，围炉而坐，喝杯新酿的美酒，暖暖身子，温馨炽热，热烈欢快，雅致小资。再看王维，“劝君更尽一杯酒，西出阳关无故人”（《送元二使安西》），再干了这一杯吧，出了阳关，可就再也见不到老朋友了，依依惜别，情真意切。

那么，《将进酒》为什么美名远扬呢？

《将进酒》在愁情中，写出了豪情。“烹羊宰牛且为乐，会须一饮三百杯”，够豪迈；“五花马，千金裘，呼儿将出换美酒，与尔同销万古愁”，够尽兴；五花马，千金裘，都是身外之物，为了饮酒，为了尽兴，这些东西都可以拿去换酒，“人生得意须尽欢，莫使金樽空对月”，够洒脱！

豪情哪里来？自信与散淡。“天生我材必有用，千金散尽还复来”，是对自己才情的自信，对钱财的散淡。“千金散尽还复来”，对于李白来说，不是夸张，散钱之事，他真做过。李白轻财好施，东游扬州时，“不逾一年，散金三十余万。”每遇落魄公子，李白都加以周济。

有人说李白是富二代，有钱就任性，谁不会呢？但其实，李白也有没钱的时候，散尽家财，回家后四壁空空，没有任何产业，身穿的狐裘破烂，“归来无产业，生事如转蓬。一朝乌裘敝，百镒黄金空”（《赠从兄襄阳少府皓》）。但即使这样，李白仍然是一个大写的李白，不为钱财束缚。

喝酒为消愁，消愁却能写得豪情万丈，写得这般正能量，留下千古激荡人心之名言，除了李白，也是没谁了。

云想衣裳花想容

（李白《清平调词》其一）

爱美之心，人皆有之。美人，人人喜欢；美貌，人人爱看。然而，再美的容颜，终究抵不过岁月的风吹雨打。于是，一幅幅美人图出现了，美人希望让自己的美定格，画师希望用自己的笔传递美好。美人图很美，很直观，但美人是静止的，总归不能完全绽放美好。在展现美人的极致之美时，真人不如绘画，绘画不如诗歌。诗人用富有张力的诗句呈现美人，读者靠无尽的想象构建美好，或燕瘦，或环肥，或青梅竹马，或一见倾心，其中都皴染了个体的审美印记，故无一不美。

《清平调词》，李白写于长安供奉翰林之时。

这又是一组有故事的诗词。

相传，唐明皇携爱妃杨玉环，在沉香亭赏牡丹品美酒，逸兴勃发，唐明皇即宣李白为其撰新歌助兴。借着酒力，李白呼来宦官高力士为他脱去皂靴，又唤杨贵妃为他磨墨。酒尽诗出，李白挥笔而成《清平调词》三章。乐师李龟年演唱，梨园弟子伴奏。杨贵妃命人拿来七宝杯，斟满西域葡萄美酒，敬于李白。其乐融融，唐玄宗也忍不住吹起笛子来。

如果这个故事是真的，那李白的这三首诗属于典型的“遵命文学”。

遵命文学不好写，写好更难。不过，李白到底是李白，他能把遵命文学也写得像花那样美，写成经典。

《清平调词》最有名的是第一首，写杨贵妃之美。

云想衣裳花想容，春风拂槛露华浓。
若非群玉山头见，会向瑶台月下逢。

提起中国古代的美人，西施、王昭君、貂蝉、杨玉环的名字便会冲口而出，这是中国古代的“四大美女”，耳熟能详，童叟皆知。但是，“沉鱼落雁，闭月羞花”的四大美女到底有多美呢？

很遗憾，我们不知真相。

古代没有照相机，设备不给力，不可能留下美人的玉照。

有人说古代有画像啊，画像就是古代的照相机啊。

对，是有画像，但是，第一，画像会失真，画像会作伪，据说王昭君因为没有贿赂画师，被画师给丑化了，才有了后来的昭君出塞。第二，画像不好保存，画像会遗失。唐代大画家周昉就为杨贵妃画过像，《杨妃出浴图》《妃子数鹦鹉图》等等，但是都没有流传下来。后来流传的一些杨贵妃画像，比如明代画家仇英的《贵妃晓妆图》，基本都是后人依据诗文、传说，靠着想象画出来的。

画像不给力，好在还有诗人们啊，诗人们很给力。

今天我们单说大诗人李白与大美女杨贵妃的给力故事。

当时李白为翰林供奉，专门给唐玄宗写诗，是典型的御用文人。

当时的杨贵妃已深得唐玄宗宠幸，那一日，沉香亭新移植了数株“红紫浅红通白”的牡丹，唐玄宗与杨贵妃相伴前往，繁花团簇，繁花如锦，唐玄宗兴致很高，便让梨园弟子前来助兴，当红明星李龟年刚要献唱，唐玄宗来了句：“赏名花，对妃子，焉用旧乐词为！”不用旧词，自然要新歌了，在当时能配得上名花、美人的只有李白的诗了。于是，李龟年亲自拿着金花笺，宣赐翰林学士李白立进新诗。

好酒的李白当时正处于“宿醉”状态，但是，酒恰恰是李白作诗的必备佐料，“李白斗酒诗百篇”，半醒半醉的李白在金花笺上唰唰唰写下了《清平调词》三首。第一首“云想衣裳花想容”，可以称得上是李白用笔给杨贵妃拍的“抖音小视频”，画面感超强，动感十足。

这首诗是李白根据见到的杨贵妃在想象中成诗，所以，诗篇处处体现了“想”字。

第一，想象杨贵妃的仪容姿态。在李白心中，一想起杨贵妃，就想到那娇媚如花的容颜与飘逸如云的衣服，为何？因为天上最美的就是云，地上最美的就是花。于是，“云想衣裳花想容”便出现了，看到云彩就会想起杨贵妃的衣裳，看到鲜花就会想起杨贵妃的美貌，自然贵妃的衣裳如云，容貌如花啦。

第二，想象杨贵妃的身份。如花美人在春风吹拂下，在雨露滋润下，美得动人心魄，如此天姿国色，如此超凡脱俗，世间怎会有呢？所以，杨贵妃一定不是人，当是天上的仙子，飘飘摇摇下到凡尘中来了。

世上写美人如花的，李白不是第一个，《诗经·周南·桃夭》比这早多了。有人说第一个用花比美人的是天才，第二个用花比美人的是庸才，第三个用花比美人的是蠢材。要真是这样，李白应该是“蠢 N 代”了吧。那么，李白为什么能从“蠢材”中跳出来呢？因为李白不是单一写花，而是花与云一起用；不是直接写“像”，而是写“想”，从他者主动性出发；两个“想”字连用，读起来惊奇、优美、悠长。

世上用诗歌来写杨贵妃是仙子的，李白或许是第一个。李白此句，或许是出于恭维，但是这种尝试，影响却很大。白居易《长恨歌》言杨贵妃为蓬莱仙子，后世还有认为杨贵妃为上元夫人、西王母女儿，甚至为西王母的说法，可能都或多或少受到了李白诗句的影响。

人再美也会老去。美人已逝，容颜不再，好在还有诗歌，带着我们穿越时光，一睹美人姿容，这就是诗歌的作用。

最爱那朵解语花

（李白《清平调词》其三）

李白作为“画师”，很成功，尤其是用诗画美人，更加动人。一句“名花倾国两相欢”，光读读就会唇齿留香，坠入想象，自绘美图。如花美人，娇艳靓丽，自有佳处，自是动人，若再能知心事解人意，便是完美。李白画出的美人杨贵妃，便是唐明皇的开心果、解语花，因为美丽，所以喜爱；因为知心，所以沉溺。

唐诗写唐明皇对杨贵妃的宠爱，有四个代表性的人物：一是李白，一是杜甫，一是白居易，一是杜牧。情感趋向一分为二：“二杜”（杜甫《丽人行》、杜牧《过华清宫绝句》）批评杨贵妃之穷奢极欲，“二白”（李白《清平调词》其三、白居易《长恨歌》）赞美两人之间的爱情。

描写唐明皇与杨贵妃之间的爱情，白居易的《长恨歌》最有名，杨贵妃生前，“后宫佳丽三千人，三千宠爱在一身”，杨贵妃死后，唐明皇“孤灯挑尽未成眠”，最后约定“在天愿作比翼鸟，在地愿为连理枝”，惹人伤感。但实际上，白居易的《长恨歌》也不是凭空产生的，在他之前的李白率先书写“李杨爱情”，即《清平调词》的第三首。

名花倾国两相欢，长得君王带笑看。

解释春风无限恨，沉香亭北倚阑干。

杨贵妃如牡丹富贵典雅，唐明皇倚阑笑看欣赏。一个“笑”字，写尽唐明皇的欣赏与内心沉醉，一个“解释”，写尽杨贵妃带给唐明皇的欢喜。

五代王仁裕《开元天宝遗事·解语花》记载：“明皇秋八月，太液池有千叶白莲数枝盛开，帝与贵戚宴赏焉，左右皆叹羡。久之，帝指贵妃示于左右曰：‘争如我解语花？’”唐明皇将杨贵妃比作“解语花”，直言她比人们争相赞叹的白莲强多了。何谓“解语花”？此花善解人意。爱人最高的境界便是“心有灵犀一点通”，唐明皇是将杨贵妃看作心意相通的“知心爱人”了。

唐明皇称杨贵妃为解语花，是从其作用来立言的，李白便具象化，喻指其为牡丹。这迎合了唐明皇对杨贵妃的定位。

李白，大唐第一才子；杨贵妃，大唐第一被宠美人；李隆基，那是大唐的一把手——都不是俗人。三者汇集于《清平调词》，或为模特，或为画师，共同画就了一幅娇艳动人的丽人图。

有人称李白此作为献媚之作，其实，无非是一个待价而沽的才子展示才能的应景作品。狂傲的李白也需要工作，也想得到一个称心如意的职位，也想实现他治国平天下的理想，所以李白必须把自己的才华展示出来。诗作完成后，梨园弟子奏乐，李龟年捧词唱歌，唐明皇、杨贵妃喜笑颜开，李白展示成功，群体点赞。

或许是李白的展示太成功了，唐玄宗就让他在这个岗位上继续展示；同僚们则嫉恨他有不断展示的机会；而李白却日益厌倦了这种不断的展示，饮酒自污，醉酒不朝。最终，玄宗疏远李白，李白离开长安，开始了第二次漫游。

情到深处人孤独

（李白《怨情》）

庭院深深，深几许，杨柳堆烟，帘幕无重数。一位美人缓缓走来，慢慢卷起珠帘，轻轻坐了下来。这一坐，时间定格，动作定格，唯有一行行细泪，提示着时间在流逝。时间一点点过去，美人一直深皱的眉头还是没有舒展开，她的思绪陷入深深的怨情中，不可自拔。或许往昔的所有画面历现眼前：缠绵、美好、离别、移情、付出、漠视。往日之美好越显今日之悲凉，她流泪；今日的悲凉更见往日付出的可怜，她也流泪。泪珠一滴滴落下，怨情一点点增加，她的心中激潮澎湃，翻江倒海，但是，这怨、这情，却无法与人说，唯有深坐，疗伤。

诗，可以怨。李白的《怨情》，写的就是怨，是美人之怨。

美人卷珠帘，深坐颦蛾眉。
但见泪痕湿，不知心恨谁。

美人如何美？蛾眉＋颦。蛾眉，是说眉毛像蚕蛾的触角，细长而弯曲。颦，皱眉头。蛾眉，可谓美；皱皱眉头，也算美吗？这里有两个典故。《诗经·卫风·硕人》中写齐女庄姜：“手如柔荑，肤如凝脂，领如蝤蛴，齿如瓠犀，螓首蛾眉，巧笑倩兮，美目盼兮。”清人姚际恒说：“千古颂美人者无出其右，是为绝唱。”颦，用的是西施的典故，西施本就美，心口痛，皱眉头，更加美，以致有“东施效颦”的闹剧。庄姜 + 西施，两大绝美，汇于一身，自然是美上加美。

如此美人，应该是很开心、很快乐，如果在今天那应该是“众星拱月”。实际上却是：深坐、颦眉、泪痕湿，不高兴、不快乐。为什么？情到深处人孤独，因为孤独，因为寂寞。“不知心恨谁”，可以理解为一个青春期女子莫名的忧伤，也可以理解为心上人不在身边，只能卷起珠帘，久久凝望，就是恨他、怨他、打他、骂他，都没法实现。越是如此，越是孤单，越是孤单，越是哀怨。这怨中，有爱，有恋，有喜欢，有期盼。

现代作家孙犁有篇著名的小说《荷花淀》，讲到白洋淀的男子离家抗日，几个女子寻之不遇时，他写道：“几个女人有点失望，也有些伤心，各人在心里骂着自己的狠心贼。”这种心态，和李白《怨情》中的美女心态差不多。

张九龄的《感遇》（其一），以春兰和秋桂不因无人采折而失去芬芳美质，来写自己品行高洁，不求“美人折”，不求人知的情怀。这是中国文化中“香草美人”的书写传统。如果说有所寄托，张九龄《感遇》诗中的“美人”指明君，指能够任用他的人；李白诗《怨情》中美女，则是李白自己，写女子之美，是说李白的才华不得了，而“不知心恨谁”，颇有“英雄无用武之地”的感慨。

他虽然说“不知心恨谁”，其实他是很清楚应该埋怨谁的。

李太白的孤独疗法

（李白《月下独酌》其一）

盛唐的李白，是一颗耀眼的星星，有文笔有诗情。随手一笔，黄河之水都能从天上来；神思一至，即可一夜飞度镜湖月。但是，更为重要的是他自信、张扬，“长风破浪会有时，直挂云帆济沧海”；他洒脱、狂放，他不愿意委屈自己，“安能摧眉折腰事权贵，使我不得开心颜”。但是，狂放如李白，他也有孤独寂寞的时候，他自信天生我材必有用，但是无人欣赏、无人理解、无人用他时，那股自傲底下隐藏的无助感也会悄悄抬头，让他无法淡定。不过，李白就是李白，李氏自我疗救法，很独特，很疯狂。

唐代历史上，喝酒最有名的，就属李白了，没有之一。杜甫《饮中八仙歌》里写道：“李白斗酒诗百篇，长安市上酒家眠。天子呼来不上船，自称臣是酒中仙。”

李白生活中处处有酒，时时有酒。花前月下、亭台楼阁、皇宫宴席、孤舟独饮；得意时喝，落魄时喝，高兴时喝，痛苦时喝；有钱时喝，没钱时也喝；朋友聚会喝，随便碰上一个人也喝，只有自己一个人时还喝。“百年三万六千日，一日须饮三百杯”，他是彻底把酒视为终生知己的，酒已经深入到他骨髓、灵魂深处，幸好酒也没有辜负他的一腔厚爱，李白的一生，因为酒而天马行空，因为酒而浪漫传奇。

据说，李白之死也因为酒。他是醉酒之后为捉月亮跳入长江而死的。一方面，我们宁愿相信这美丽的传说。李白的一生，一直在求：求侠，求仙，求官，求用，求浪漫，求自由。这一次，他乘着酒兴，以诗人的天真和狂放，完成了生命中最后的一次追求。另一方面，我们不愿相信这个传说，他生命中最后的惊艳一跳，竟然是水中捞月，这也似乎总结了他一生所追所求全是徒劳。我们只能安慰自己，李白是浪漫的，他是“谪仙人”，他应该回到了他来的地方。

李白是诗仙，也是醉圣。诗不离酒，酒不离诗。喝酒才作诗，作诗写喝酒，二者相辅相成，成就李白跌宕传奇的辉煌一生。《月下独酌》是组诗，一共有四首，但大多数人都只知道流传最广的第一首。

花间一壶酒，独酌无相亲。
举杯邀明月，对影成三人。
月既不解饮，影徒随我身。
暂伴月将影，行乐须及春。
我歌月徘徊，我舞影零乱。
醒时同交欢，醉后各分散。
永结无情游，相期邈云汉。

“月下”，再加上“花间一壶酒”，这不就是花前月下吗？若是单看这些，李白是不是要写情诗呢？浪漫诗人写浪漫诗，很期待。但是，您若再看下去，必然要失望了，“独酌无相亲”，原来李白没有情人，何谈情诗呢！不仅没有情人，连个陪伴的人都没有，只有自己一个人在那里自斟自饮，这样的花前月下，尤显凄凉。要是一般的诗人，继续写下去就是抒情了，抒发孤独之感，期待有人做伴。

但是李白毕竟不是一般的诗人，而且喝了酒的李白更不是一般的李白了，于是他在花前月下开了一个小型宴会，专门邀请月亮与自己的影子。李白、月亮、影子，组成了“锵锵三人行”，他们把酒言欢，载歌载舞，“我歌月徘徊，我舞影零乱”，一时间，亲密无间，欢乐无比。如此大胆、夸张的想象，估计也只有李白能有了。要在平时，如果您看见一个人拿着酒杯，一杯接一杯地喝，一边喝还一边仰天大笑，一边笑还一边追自己的影子，您会作何感想？估计都会想这个人脑袋坏掉了吧，要不就是受了什么刺激。是啊，一般的正常人，谁又会做这样的事情呢？不同寻常的举动背后一定有着不同寻常的原因，李白自恃旷古奇才，却抱负未展，他这真的是借酒浇愁。

再按照常理，只有醉了的人才会如此“不正常”，但李白偏偏说“醒时同交欢，醉后各分散”，我是清醒的，我清醒的时候与月亮、影子为伴，我喝醉了之后就各自分散，来日再饮。清醒与沉醉，有时只是心情，我愿醉时我自醉，我愿醒时自醒来，在清醒与沉醉之间自由切换的李白，让人捉摸不透。

这组诗的第二首也很有意思，其中说“天若不爱酒，酒星不在天。地若不爱酒，地应无酒泉。天地既爱酒，爱酒不愧天”。一个酒鬼，一年“三百六十日，日日醉如泥”的家伙，一本正经地，煞有介事地寻找事实、理论根据，把饮酒提高到如此的高度，除了李白，历史上也找不出第二个了。

李白真的那么爱喝吗？李白真的那么爱醉吗？

但是不喝，他又能如何呢？怀才不遇，那么郁闷，那么孤单，那么寂寞，“古来圣贤皆寂寞，惟有饮者留其名”，不妨就一路喝下去吧。

一个有温度的李白

（李白《酬中都小吏携斗酒双鱼于逆旅见赠》）

李白个性张扬，人称“谪仙人”，似乎总在往上看着天，一般人看不上眼，一旦看上眼，便会倾情相待。李白很看重友情，他言“桃花潭水深千尺，不及汪伦送我情”，真率深切；他言“我寄愁心与明月，随君直到夜郎西”，奇思深情；他言“故人西辞黄鹤楼，烟花三月下扬州 ”，送孟浩然；他言“不忍别，还相随”，寄元演。有深情、有温度，他不单是“谪仙人”，还是一个有烟火气的李白。

天宝三年（744），李白离开长安，开始了人生的第二次漫游。这一次游历以东鲁、梁园为中心。

天宝五年（746），李白到达中都（治所在今山东汶上县）。中都有一位小吏，据敦煌卷子，这个底层小官名叫逄（páng）七朗，久慕李白盛名，因此携带鲁地本地的美酒、刚从汶河里捕捞的两条鲜鱼，前去拜访。煮酒烹鱼，二人对酌，意气相投，李白豪兴大发，作诗酬谢。

鲁酒若琥珀，汶鱼紫锦鳞。
山东豪吏有俊气，手携此物赠远人。
意气相倾两相顾，斗酒双鱼表情素。
双鳃呀呷鳍鬣张，跋刺银盘欲飞去。
呼儿拂几霜刃挥，红肌花落白雪霏。
为君下箸一餐饱，醉着金鞍上马归。

此诗名为《酬中都小吏携斗酒双鱼于逆旅见赠》，诗题很长，讲清了诗歌的来龙去脉。

历史上的“鲁酒”名声不佳，味淡薄，所以成为薄酒、淡酒的代称。《庄子》《淮南子》中都记载了“鲁酒薄而邯郸围”的故事。

按照《淮南子》的记载，楚王大会诸侯，鲁国和赵国都献酒给楚王。赵国进贡的是好酒，鲁国进献的是薄酒，楚国管理酒的官员趁机向赵国的献酒人索酒，结果遭到拒绝，管酒的官吏存心害他一下，就把赵国的好酒和鲁国的薄酒掉了包。楚王喝了酒，恨赵国不恭，就发兵围了邯郸。《庄子》中的记载与此略异，但在鲁酒味薄这一点上，记载是一样的，鲁酒于是成为薄酒的代称。南北朝时庾信的《哀江南赋序》中就有“鲁酒无忘忧之用”的句子，喝酒如何解忧，只有喝醉了才能暂时忘掉忧愁。但是，鲁酒太淡了，喝了不管用，不顶事儿，喝不醉，也就不能解忧了。

不过，在酒仙李白的笔下，鲁酒好。李白还有首诗《客中行》，写兰陵美酒，说：“兰陵美酒郁金香，玉碗盛来琥珀光。但使主人能醉客，不知何处是他乡。”这首诗中小吏带来的酒也是“若琥珀”，是好酒、美酒。李白好大言、喜夸张，事实上小吏馈赠的酒是不是真的醇厚，不重要，重要的是一份情谊，所以李白眼中的鲁酒好。同理，汶河之鱼也不过是就地取材，李白同样感觉味美，因为其中有真情真意，有一位素不相识的底层官员的情谊。

其实，李白这首诗不是很知名，李白广交天下朋友，时人也纷纷慕而拜之，它不过是李白众多酬谢诗中的一首。

不过，这首诗写得也不同寻常，“呼儿拂几霜刃挥，红肌花落白雪霏”，呼、拂、挥三个动作，红、花、白三种颜色，李白把一次普通的杀鱼情形写得惊心动魄、绚丽多彩。由此可见，李白雄奇飘逸的个性及诗风真的是无处不在，在一片片生鱼片中也能体现得淋漓尽致。

一轮明月一生情

（李白《古朗月行》）

李白与月亮，真的是“天团组合”，诗界双璧。李白因月而生，捉月而死，一生一死，都与月亮有着不解之缘。这虽是传说，倒也能贴近李白。从小时不识月，到一辈子与月共生共存，月亮已然成了李白的化身，月亮就是李白，李白就是月亮。李白历尽千帆，归来仍是少年。为什么？纯洁如月，永恒如月。月亮把李白带到了最美丽的地方，消解了万古愁。

明代唐伯虎曾写《把酒对月歌》，颂美李白，且以李白喻己明志。开篇两句“李白前时原有月，惟有李白诗能说”。自《诗经》开始，中国的咏月诗数不胜数，亦不乏成就卓绝者，但唐伯虎推倒一切咏月诗，独尊李白。

李白喜爱月亮，这已经是众所周知的事情，那么多的诗篇中，月亮总是参与其中。自然万物，唯有月亮，最得李白青睐。月亮，是李白的伴侣，是李白的知己，是李白的听众，也是李白的精神家园。

《古朗月行》，是李白的写月名篇，很受欢迎。

小时不识月，呼作白玉盘。

又疑瑶台镜，飞在青云端。
仙人垂两足，桂树何团团。
白兔捣药成，问言与谁餐？
蟾蜍蚀圆影，大明夜已残。
羿昔落九乌，天人清且安。
阴精此沦惑，去去不足观。
忧来其如何？凄怆摧心肝。

对于此诗，大家更多熟悉的是前八句，甚或是前面两句“小时不识月，呼作白玉盘”，后面的八句则基本不提。其实这样的诗作有很多。比如白居易《赋得古原草送别》，共八句，但大家更熟悉的是前四句，统编版小学语文课本收录此诗，仅选取前四句，取名为《草》。这是诗歌传播过程中的选择性接受，读者从自身的审美体验出发，将诗歌中最传神、最凝练的语句反复吟诵，年岁一久，此种被一代一代人反复把玩的诗句就成为脱离原初诗歌语境的独立文本。此种选择方式，好的一面是促成了诗句的经典化，坏的一面是造成诗歌主旨的误读。白居易《赋得古原草送别》是首送别诗，选择性接受再传播之后，大家多认为此诗为咏物诗。

《古朗月行》，前八句欢快，后八句失望。

前八句写月亮的美好，“白玉盘”“瑶台镜”，圆圆的，亮亮的，深受喜爱，甚慰人心，那么皎洁的月亮里，分明可以看见仙子慢慢走来，走到桂树旁，看白兔捣药，这似乎是星空版的电影，电影的主角是嫦娥仙子。演电影的嫦娥很美丽、很飘逸，看电影的李白则是“好嗨呀，感觉人生已经到达了高潮”。

后八句则写月亮的不美，月亮被蟾蜍吃了几口，圆圆的身躯变得残缺，阴精沉沦蛊惑，皎洁的月光晦暗不清，变得不可爱了，“去去不足观”。

月亮的圆缺，本是月亮之日常，但对于视月亮为爱人的李白来说，那是极为痛心的，这就好比自己心爱的人变了模样，变了品性，这是李白式的诗性思维。

但这“不足观”的怨，“摧心肝”的痛，恰恰是此诗的落脚点。

没有了月亮，李白很孤独；没有了李白，月亮很寂寞。

快人快语写快诗

（李白《早发白帝城》）

李白的诗，写满了情绪，写尽了心事。情绪是个怪东西，总能给人来个“变脸大法”，“人逢喜事精神爽，闷向心来瞌睡多”；情绪又是个好东西，总能给诗歌带来“润滑剂”，抒写万紫千红的人生。振奋时，李白是“天生我材必有用，千金散尽还复来”，信心十足，放言无惮；孤寂时，李白是“悲来不吟还不笑，天下无人知我心”，抱负谁人懂，豪情谁人知；忧伤时，李白是“白发三千丈，缘愁似个长”，忧思难解，骇人心目；高兴时，李白是“朝辞白帝彩云间，千里江陵一日还”，心清气爽，神采飞扬。

李白《早发白帝城》，童叟皆知，影响很大。

朝辞白帝彩云间，千里江陵一日还。
两岸猿声啼不住，轻舟已过万重山。

这首诗，一个字可以概括：“快”。

第一，时间快，一朝一夕。

第二，船速快，瞬息千里，若有神助，朝发夕至。

第三，水流快，方能推动船只疾行。

第四，船身轻快，轻舟嘛。

第五，心情快，心情欢快。此诗作于唐肃宗乾元二年（759）春，李白因永王李璘案流放夜郎，取道四川，行至白帝城时，忽然收到被赦免的消息，欣喜万分，随即乘舟东下江陵，所以此诗也题作《下江陵》。

当然，读者读来也会倍觉畅快。

所以，明代杨慎《升庵诗话》称其为“惊风雨而泣鬼神矣”，奉若珍品，王士祯推之为“三唐压卷之作”。

其实，绝句短小，不好写，好绝句要婉曲回环，删芜就简，句绝而意不绝。按照脉络来说，第三句很关键，承上启下，为生色之笔。

其一，“啼不住”三字，与第四句“已过”二字对应，言猿啼尚未停歇，轻舟已过万山，状其迅速。

其二，全篇写快，只第三句猿声还停留着，此为一张一弛，此为快语仍缓，用笔至妙。

诗读至此，已为上品。其实，解读此诗还有一大看点需郑重指出：

此诗最大的特点是句句用典而让人不觉用典。

这首近乎白话的诗还句句用典？我想，几乎所有会背诵这首诗的人都一脸狐疑。其实，我的话并非耸人听闻。

这首诗的前两句“朝辞白帝彩云间，千里江陵一日还”，用的是南朝刘宋时期盛弘之《荆州记》的典故：

> 至于夏水襄陵，沿溯阻绝。或王命急宣，有时朝发白帝，暮至江陵，其间千二百里，虽乘奔驭风，不以疾也。

这首诗的后两句用的是东晋袁山松《宜都山川记》的典故：

谚曰：巴东三峡巫峡长，猿鸣三声泪沾裳。

看了上述文献，我想大家会恍然大悟：原来如此。

用典的最高境界是用典而不让读者感觉到用典。熟悉李白的人都知道，李白作诗，不常用典。但是，李白不愧是唐代大家中用典的高手、圣手。这首《早发白帝城》是重庆奉节的标配，但很少有人知道，这首诗句句用典而又让你不觉得用典。这才是《早发白帝城》最为惊人之笔！

暮云春树遥想见

（杜甫《春日忆李白》）

中国文化史上有两次重要的会面，重大、神圣，值得大书特书，一次是孔子见老子，一次是杜甫见李白。孔子见老子，这是哲人的碰撞；杜甫见李白，这是诗人的遇合。年轻时代的杜甫，最大、最魂牵梦绕的偶像，便是大他11岁的李白。那一天，超级偶像就站在自己的面前，杜甫心中激动，兴奋，又略显恍惚。其实，这才是开始，之后他们呼鹰牵狗，纵马行猎，登台高歌，心神相连。美好的日子，总是短暂，总是令人梦转千回。

天宝三年（744），中国历史上的两位伟大的诗人——李白与杜甫在洛阳相遇，二人一见倾心，十分投机，从此结下了深厚的友谊。他们一起游宋州，在单父（今山东单县南）以北的汶水上，和诗人高适相逢，后来又一起到大梁城（在今河南开封），饮酒赋诗。现在开封禹王台公园内的三贤祠，就是明朝时期为纪念这三位大诗人而修建的。分手之后，李白赶往江东，杜甫奔赴长安。到达长安后，杜甫写了好几首怀念李白的诗，《春日忆李白》便是其中之一。时间大约是天宝五年（746）或天宝六年（747）。

白也诗无敌，飘然思不群。

清新庾开府，俊逸鲍参军。

渭北春天树，江东日暮云。

何时一樽酒，重与细论文？

杜甫这首回忆李白的诗写了三层意思：前四句是对李白的赞誉，次两句是对李白的思念，最后两句写期待来日再会。诗歌意思很简单，杜甫写得也很直白，但因为情感真挚，把握准确到位，貌似脱口而出的几句话，竟成为经典。

前四句更像论诗诗，是杜甫对李白诗歌风格的经典判断：飘然不群，清新俊逸。其中，“清新庾开府，俊逸鲍参军”更是流传千古的名句，成为李白诗歌风格的经典论断，被后人不断引用。

庾开府，指的是庾信。庾信是由南入北的文人，在北周官至骠骑大将军、开府仪同三司。他在南朝练就了语言的技巧，在北朝感受了深沉的内容，两者结合，他成为南北朝时期集大成、成就最高的作家。与南朝作家相比，他的作品有新鲜的内容；与北朝作家相比，他的作品有清丽的语言。

鲍参军，指的是鲍照。鲍照是南朝刘宋时期的文学家，担任过荆州前军参军，在晋宋文学变革的过程中，鲍照继承《诗经》以来的传统，关注现实，廓清了晋代以来一味绮靡的文风，形成了独特的俊逸风格，与北周的庾信并称“鲍庾”。文人相轻，自古而然，但杜甫不这样，他是发自肺腑地敬仰李白、崇拜李白的诗歌的，他称赞李白的诗歌集鲍照、庾信风格之大成，这个评价也是很准确的。

闻一多先生称李白、杜甫会面，是青天里太阳月亮走碰了头，我们说这是一个迷弟追星圆梦的一刻。圆梦一刻的美好，以及之后的倾心相见，“醉眠秋共被，携手日同行”（《与李十二白同寻范十隐居》），纵酒高歌，畅谈人生，让崇拜、激动、不舍、怀念诸多情感不断地交织，冲击着离别之后的杜甫，思念之情油然而生，一发不可收。

杜甫这首诗最著名的还是“渭北春天树，江东日暮云”这两句，渭北指杜甫所在的长安一带，江东指李白漫游的江浙地区。春天树，日暮云，看似纯粹写景，其实是写杜甫、李白分离之后的彼此思念，由此也形成了一个成语“暮云春树”，用来表达对远方友人的思念。

把酒言欢，饮酒赋诗，友人二三，谈文论诗，亦是人生一大幸事。回忆相遇，期待重逢，杜甫将相遇的美好付诸未来重逢的愿景，“何时一樽酒，重与细论文”，牵肠挂肚，魂牵梦萦。

李白与杜甫，结识于诗，谈论于诗，分别于诗，回忆于诗，赞美于诗，期待于诗，这是纯粹的诗人之交。

战争的目的是和平

（杜甫《前出塞九首》其六）

开元天宝年间，大唐盛世，八街九陌，车马如龙，大唐皇帝坐在龙椅上，看着桌案上的地图，总感觉他可控制的地面太小了，再加上周边的一些民族，时不时地出来偷袭一下，抢夺一番，大唐皇帝的心里很不爽。想我大唐，“稻米流脂粟米白，公私仓廪俱丰实”；想我大唐，“百馀年间未灾变，叔孙礼乐萧何律”；想我大唐，兵强马壮，那些自不量力的戎狄人，是要给他们点颜色瞧瞧啦！于是乎，一批批将士去了西北边塞，一时间，势不可当，所向披靡，摧枯拉朽，真有“金戈铁马，气吞万里如虎”的气势，大唐皇帝爽了。

杜甫一生最大的梦想是“致君尧舜上，再使风俗淳”（《奉赠韦左丞丈二十二韵》），做一个辅佐圣君明主的贤臣。他的才能是从“读书破万卷”中得到的，他的口号是“宁为一书生，胜作百夫长”，他就是愿意做一介书生，能辅佐君王达成王道的书生。

杜甫一生没有去过边塞，他对边塞战争反对意见较多，《兵车行》《前出塞九首》以及著名的“三吏”“三别”就是明证，在他的诗中，将领骄纵，胡作非为，百姓受难，负担加重。

但是，在一个竞相写作边塞诗的大环境下，杜甫还没有当“另类”的勇气，再加上他与王翰、高适、岑参也多有交往，且对岑参佩服之至，言其多有新诗，诗多奇俊。所以杜甫也写了不少边塞诗，有写边塞风光的，有写驻边将士的，有写和平的愿望的。

《前出塞九首》中的第六首，足以见出他的态度。

挽弓当挽强，用箭当用长。
射人先射马，擒贼先擒王。
杀人亦有限，列国自有疆。
苟能制侵陵，岂在多杀伤。

这首诗语意浅显，通篇议论，从一个普普通通士兵的视角，来看战争，来写百姓心声，诉说他的战争经验以及对战争的看法。

前四句写战争经验，一是武器精良，二是目标准确。弓要用坚硬的弓，箭要用长箭，这是说武器精良，在冷兵器时代，这样的武器才有杀伤力；射人要先射马，擒贼要先擒王，这是目标明确，抓住了关键，才能事半功倍。

后四句写对战争的看法。战争的目的在于抵制侵略，不是为了多杀人。这实际上是杜甫本人对战争的看法，从一个侧面也反映了唐王朝的穷兵黩武及不义战争。中国儒家自古讲究“耀德不观兵”，强调“止戈为武”，道家也言“兵强则灭”，但是，很显然，大唐王朝的战争已经脱离了这一理念。

战争的根本目的是消弭战争，至少能够抵御外侵，杀人只是不得已的手段。只问目的，不择手段，当然需要批判；同样，把手段当成目的也会造成灾难，历史上的不少灾难都是因为把手段当成了目的造成的。有些时候，我们已经走得太远，以至于忘记了当初为什么而出发。在奔向目标的过程中，忘记了初衷，手段成了目标，灾难就不可避免。

不忘初心，方得始终。

一半是激情，一半是忧虑

（杜甫《后出塞五首》其二）

大唐皇帝的雄心壮志，点燃了大唐子民建功立业、从军边塞的热情，“男儿生世间，及壮当封侯”，于是，一个个热血青年满怀期待地离开家园，奔赴边塞。那时，从军是一种荣耀，去边塞是一种理想。固守家园，是要遭人白眼的，“战伐有功业，焉能守旧丘”。但是，边塞不仅有长河落日、大漠孤烟，还有干戈杀伐、累累白骨，到了边塞才会明白所谓的赫赫功业不过是将士的鲜血堆积而成的，他们只是工具，没有生命。更何况，同是为国洒热血，将帅们眼中只有功勋，却无半点关爱，“古人重守边，今人重高勋”，士兵只能服从，不能有异议。将帅拥兵自重，权力越来越大，叛逆之心渐已萌现，危险危机一触即发。这时，再回头看看当初的雄心壮志，显得是那样的可笑。

盛唐诗歌有两大现象，很突出。

第一个是文人竞相写作边塞诗。为报效国家，为建功立业，绝大部分诗人都写过与边塞有关的诗，他们有的亲历边塞，有的一生未曾到过边塞，硬生生地靠着想象与诗才写出了流传千古的诗作。而且诗人们还创作了出塞组诗，如李白的《塞下曲六首》、杜甫的《前出塞九首》《后出塞五首》、刘长卿的《从军行六首》等等。边塞成了诗人心中挥之不去的圣地，边塞诗成了彰显诗人理想、情怀、诗思的练武场。生在盛唐，你要没有几首边塞诗，你都不好意思说自己是盛唐人。这是时代风气影响文学创作的典型事例。

第二个是以汉喻唐，就是用汉代事来写唐代诗。汉代是唐代以前的最高峰，盛唐文人有很强的汉代情结，他们在诗中回忆、呼唤、反思着那个已经远去的王朝，并让它为自己说话。

这两个特点，在杜甫《后出塞五首》（其二）中都有体现。

朝进东门营，暮上河阳桥。
落日照大旗，马鸣风萧萧。
平沙列万幕，部伍各见招。
中天悬明月，令严夜寂寥。
悲笳数声动，壮士惨不骄。
借问大将谁？恐是霍嫖姚。

《后出塞五首》，前后勾连，写了一个游侠儿从自愿参军到主动逃离的过程，揭露边将的拥兵自大，指出君王养虎遗患的危机。这是杜甫诗歌的风格，暴露现实，针砭时弊，拳拳爱国爱民之心。

单看《后出塞五首》第二首，还是颇带盛唐边塞诗气象的，主人公朝发夕至，非常急切地报到、出征，军旗招展，战马嘶鸣，写军纪军威，写军容军貌，写军心军情。

诗篇主人公以为从军可唾手封侯，颇有骄傲自得之意（《后出塞五首》

其一），然一进军营，森严肃穆，顿时失却骄纵之情，这一转变，足见边塞驻军的军纪严明。那么，这队人马是由谁统领的呢？主人公很是好奇，也略有怵惕意。“恐是霍嫖姚”，这是他自己猜度出来的。

霍嫖姚，指的是西汉名将霍去病，曾任嫖姚校尉，带八百轻勇骑直弃大军数百里，斩杀敌人两千余人，一战成名，勇冠全军，以一千六百户受封冠军侯。霍去病骁勇善战，精于兵法，治军有方，且一心为国。汉武帝为褒奖霍去病，想为霍去病修建一座豪华的府邸，霍去病断然拒绝，说：“匈奴未灭，何以家为？”但是，霍去病盛名之下，也有问题，最大的问题就是不体恤士兵，当初汉武帝派人送去大批的慰问品，霍去病全部自己享用，等到要班师回朝时，他竟然要求把车上没有吃完的食物扔掉，全然不顾手下士兵饥肠辘辘。

杜甫此诗最后以士兵自问自答的方式，将霍去病列出，此亦为卒章显志，照应前面的军令森严、整齐有素，既豪迈壮阔，又略带担忧，颇显悲壮之情。

杜甫一生悲天悯人，即便是在书写盛唐时代之音的边塞诗中，他也能发前人所未发，鸣时人所不鸣，写军写人，写忧写愁，他虽然不愿做“另类”，写了边塞诗，但实际上又以边塞展露了他的“另类”。或许，这就是诗歌的力量吧。

杜甫的黍离之悲

（杜甫《春望》）

边塞危机一点点来临，守边将帅叛乱之念一天天加深，但是身在皇宫的大唐皇帝没有察觉，他依然在“缓歌慢舞凝丝竹”中徜徉，仙乐风飘处处闻；他依然在醉眼看美人，那霓裳羽衣，“尽日君王看不足”；他依然“春宵苦短日高起，从此君王不早朝”；他依然做着他的盛世繁华之梦。终于，渔阳鼙鼓动地来，大唐皇帝梦醒了。一时间，狼烟起，烽火至，马嘶鸣，人哀号。这时，大唐皇帝却逃了，“千乘万骑西南行”，留下了无助的百姓为他的傲慢自大、穷兵黩武来买单。昔日热闹的长安，破败、杀戮、鲜血处处时时可见，真的是“物是人非事事休，欲语泪先流”。

唐玄宗天宝十四年（755）十一月，掌握重兵的三镇节度使安禄山联合平卢兵马使史思明起兵反唐。第二年六月，叛军攻陷潼关，唐玄宗不敢发兵平叛，而是仓皇逃往四川，长安很快沦陷。七月，太子李亨在灵武（今宁夏灵武）即位，是为唐肃宗，改元至德。身在鄜州羌村避难的杜甫闻讯，孤身一人投奔肃宗朝廷，途中不幸被叛军俘获，解送至长安。因为官小，未被囚禁。唐肃宗至德二年（757）春，身处沦陷区的杜甫目睹了长安城一片萧条零落的景象，百感交集，便写下了《春望》这首传诵千古的名作。

国破山河在，城春草木深。
感时花溅泪，恨别鸟惊心。
烽火连三月，家书抵万金。
白头搔更短，浑欲不胜簪。

春天是一个美妙的季节，大唐京都长安城的春天，那当然会更加美好，但那是从前。如今映入杜甫眼中的长安春天，是一片残破，荒烟蔓草。曾经强大辉煌的大唐王朝，现在内忧外患，前景未卜，风雨飘摇；战乱时期的长安都城，黯淡了整个大唐的春天；连绵不息的战火，痛蜇着杜甫的心灵。国破、家亡，乃生命中不可承受之重；痛苦忧愤，纷至沓来，无处不在，看到花开落泪，听到鸟鸣心惊，摸得白发短了，发簪无处安放。国仇、家恨、己愤，涌上心头，杜甫用四十个字，写尽了“黍离之悲”，写尽了战争的滋味。

相传西周亡后，周大夫行役，经过洛邑，见到周室从前的宗庙宫室，已经成为庄稼地了，长满了黍子、高粱，感慨万千，徘徊久之，不忍离去，作了《黍离》一诗，表达故国之思，书写凄怆之情，其首章云：“彼黍离离，彼稷之苗。行迈靡靡，中心摇摇。知我者谓我心忧，不知我者谓我何求。悠悠苍天，此何人哉？”忧思郁懑，呼天喊地，后人就常用“黍离之悲”表达国破家亡的故国之思。杜甫的诗句“国破山河在，城春草木深”表达的就是这种黍离之悲。山河依旧，可是国都已经沦陷，昔日长安是何等的繁华，如今繁华荡然无存，城池破碎，杂草丛生。

南宋时期的姜夔《扬州慢·淮左名都》中，也深切地记录了这种情感。

淳熙三年（1176）冬至这天，姜夔经过扬州。夜雪初晴，放眼望去，全是荠草和麦子。进入扬州，目力所及，一片萧条，河水碧绿凄冷，天色渐晚，城中响起凄凉的号角。姜夔内心悲凉，感慨于扬州城今昔的变化，因此创作了《扬州慢》这首词。“过春风十里，尽荠麦青青”，过去的扬州，“春风十里”，一派繁荣景色，如今却长满荠麦，叶草一片青青，这也是对山河破碎的哀思。

方回《瀛奎律髓》中评价杜甫此诗说：“此第一等好诗。想天宝、至德以至大历之乱，不忍读也。”《瀛奎律髓》成书于元代，经历了易代的方回，他对杜甫《春望》的评价，是心有戚戚，也应该是满含黍离之悲的。

重遇遗失的美好

（杜甫《绝句二首》其一）

安史之乱，对于杜甫来说，是一件天大的事情。国破山河在，城春草木深，一切都变了模样。他颠沛流离，妻儿离散，四处逃亡；他一心为国，却也被乱军俘虏；他忧心国事，力求有所匡救。经历战乱，方才切身体会到和平的珍贵，身处战乱，方才明白人生最美好的事情无过于休战。

乾元二年（759），饱受安史之乱之苦的杜甫，从长安跑到成都，在好友的照顾之下，在浣花溪畔建了一处草堂，得以安身，有了暂时的平静，心有所感，遂写诗言志，成《绝句二首》。

其中，第一首最为有名。

迟日江山丽，春风花草香。
泥融飞燕子，沙暖睡鸳鸯。

二十个字，写了一个字：春。春天的太阳，春天的江山；春天的风，春天的花草；春天的泥，春天的燕子；春天的沙，春天的鸳鸯。江山因迟日而秀丽，花草因春风而送香，燕子因泥融而筑巢，鸳鸯因沙暖而栖息。色调是暖暖的，一切都是因为春天而焕发了生机。

二十个字，由“迟日”二字领队，一切生机皆因“迟日”生发。迟，缓、慢之意。春天白天变长，感觉上太阳走得慢了，因此称“迟日”。《诗经·豳风·七月》中云：“春日迟迟，采蘩祁祁。”这是较早的出处。不过，《七月》中的这位采蘩女子并没有因为春日长而高兴，她的心情是悲伤的，因为“殆及公子同归”。同样是面对春天，杜甫的心情则是欣喜的、舒畅的。这是因为杜甫在漂泊辗转以后，在友人帮助之下，在成都浣花溪畔筑草堂，生活暂时稳定了，因此心情愉悦，所见、所闻、所感，皆欣欣向荣，生意盎然。只有心境安宁平和，才能去欣赏春景、感受春光，身体漂泊、心理劳乏之时，何谈春光，爱无力，爱不起啊！

可以说，这首绝句写的是“无我之境”，明丽悠远，但背后还是少不了杜甫的存在，一个新的季节到来了，燕子筑巢，鸳鸯栖息，都可以理解为杜甫的自比，终于有了一个安居之地。因此也可以说，这首绝句杜甫写了一种愉悦，一种身心通透的愉悦。这在他的一生中是不多见的。

英雄泪，只为英雄流

（杜甫《蜀相》）

对于蜀地来说，最为骄傲得意的事情，无过于蜀汉王国的建立，与曹魏、东吴政权，三分天下。对于蜀汉来说，最为骄傲得意的事情，无过于诸葛亮忠心辅佐刘备父子，打江山，定江山。杜甫到达蜀地，一件迫切的事情，便是去武侯祠凭吊诸葛亮。诸葛亮一生心血，一生功名，尽付与历史评说，亦让诗人泣涕涟涟。

《蜀相》，是一首咏史诗，也是一首怀古诗。

丞相祠堂何处寻，锦官城外柏森森。
映阶碧草自春色，隔叶黄鹂空好音。
三顾频烦天下计，两朝开济老臣心。
出师未捷身先死，长使英雄泪满襟。

咏史、怀古的触发点是位于成都的武侯祠，所以这首诗是杜甫寓居成都浣花草堂时写的，时间大约在唐肃宗上元元年（760）的春天。

踏入武侯祠，杜甫的脑海中涌现出了一幅幅画面：那是刘备的三顾茅庐；是诸葛亮的挥斥方遒隆中对；是诸葛亮的深入不毛，并日而食；是诸葛亮的鞠躬尽瘁，死而后已。杜甫感慨万千，愿为诸葛武侯献出自己的膝盖，洒出自己的热泪。

诗歌前四句写武侯祠之景，青柏森森，碧草春色，黄鹂空啼。风景似乎很美，但一个“自”，一个“空”，透露的是英雄落寞。后四句写诸葛亮一生功业，鞠躬尽瘁，可歌；壮志未酬，可泣，流露的是惺惺相惜。

“出师未捷身先死，长使英雄泪满襟”两句，杜甫不仅是凭吊诸葛孔明，也是哀悼自己，同时也在哀悼千古以来同等深情爱国的无数仁人志士。这两句诗，对于后代读者，具有巨大的感染力和强烈的移情作用。

唐代政治家王叔文，在自己的革新企图遭到挫败时，面对唐王朝宦官乱政却无力左右之时，“叔文独有忧色，而不敢言其事，但吟杜甫题诸葛亮祠堂诗末句云：‘出师未捷身先死，长使英雄泪满襟。’”为之流涕不已。（《旧唐书》卷一百三十五《王叔文传》）

宋爱国将领宗泽前后二十多次上奏，请求皇上回京，均被奸人所扣留，宗泽忧愤成疾，背上生疽。《宋史》卷三百六十《宗泽传》记载：“诸将入问疾，泽矍然曰：‘吾以二帝蒙尘，积愤至此。汝等能歼敌，则我死无恨。’众皆流涕曰：‘敢不尽力！’诸将出，泽叹曰：‘出师未捷身先死，长使英雄泪满襟。’翌日，风雨昼晦。泽无一语及家事，但连呼‘过河’者三而薨。”

同声相应，同气相和。因仰慕而追寻，崇敬之情油然而生；因落寞而相惜，内心之痛黯然泪下。壮志未酬，谁悲鞠躬尽瘁之人；长歌当哭，当在感同身受之后。名为咏史，实为咏怀；貌似怀古，实则思今。

怅望千秋满襟泪，那是英雄泪。

英雄泪，只为英雄流。

一夜春雨一城花

（杜甫《春夜喜雨》）

多年的压抑一旦释放，多年的愿望一旦达成，那力度便如同火山爆发，喷涌而出，不可遏制。满脸愁容、悲天悯人的小老头儿杜甫，在写了那么多愁、哭、泪、伤之后，在定居蜀地之后，终于又多了一双发现美的眼睛，有了一颗能感受欢快的心脏，看到花，不再是“感时花溅泪”，而是“春风花草香”；看到鸟，不再是“恨别鸟惊心”，而是“泥融飞燕子”；看到雨，不再是“雨声飕飕催早寒”，而是“好雨知时节”，自带喜感。

中国古代诗歌的标题，按照与诗歌内容的关系，可以分为两类：一类是随意而设，无特定含义；另外一类则是言简意赅，点明主题。

最早的诗歌本没有名字，后人在选录、编纂之时，为了方便，为了醒目，随手采撷诗首几个字设为题目。《诗经》第一首诗《关雎》，在历史上很有名，地位也重要，或言为美“后妃之德”之首，或言“乐而不淫，哀而不伤”，至清代，皇太极还将自己宠爱的宸妃海兰珠封于关雎宫，取“君子求淑女、琴瑟和谐”之意，关雎宫成了爱情的见证，被贴上深情的标签，“关雎”二字也成为厚重而不失深情的字眼。但实际上“关雎”何意？无意。只是取诗首“关关雎鸠”的两个字合为一题，很随意。

随意的诗题，对于诗歌内容没有任何提示作用，因此概括诗旨的题目便出现了，屈原的《离骚》《抽思》《思美人》《惜往日》《橘颂》等等，便是较早的尝试。从此，对诗旨有提示作用的诗题便成了主流，为诗人们所喜爱。

一个好的诗题可以与诗歌内容相互照应，相互诠释。杜甫的《春夜喜雨》便是一个对诗、对诗人、对读者都很负责的标题。

春夜喜雨，有四个关键词：

春，点明季节；

夜，点明时间；

雨，点明咏叹对象；

喜，点明感情基调。

一见题目，一种喜悦之情便扑面而来，那么，此种对雨的喜悦，因何而来呢？题目也引发了读者的阅读期待。

当然，诗歌内容也没让人失望，围绕诗题，给出答案：

好雨知时节，当春乃发生。
随风潜入夜，润物细无声。
野径云俱黑，江船火独明。
晓看红湿处，花重锦官城。

首联“好雨知时节，当春乃发生”，写雨时。

颔联“随风潜入夜，润物细无声”，写雨态。

颈联“野径云俱黑，江船火独明”，写雨境。

尾联“晓看红湿处，花重锦官城”，写雨果。

题目的四个关键词，春、夜、雨在诗句中都有直接体现，唯独没有出现“喜”字，但四联无一联不是在写“喜”字，字里行间，喜悦之情错落涌现，“‘喜’意都从罅缝里迸透”（浦起龙《读杜心解》）。首联首字“好”字，便是与诗题的巧妙衔接，一个“好”字，情感自现，一声“好雨”，直白浅显，感情真挚。其“喜”其“好”，源自三“恰”：恰逢其时，恰到好处，恰如人意。

此诗的雨时，有两层意思。一是诗歌直接表露出来的“春雨贵如油”的时节，春雨，即是金钱，“是春不雨，米斗千钱”（《资治通鉴》卷二百二十三），雨水弥足珍贵，雨水又滋养众生。二是诗歌隐藏的“久旱逢甘霖”的时节。此诗写于 761 年，杜甫在成都草堂定居两年了，与之前的颠沛流离相比，成都的日子过得总算安稳一些了。但是，杜甫就是杜甫，他不是一个甘心过自己小日子的人，他仍然是心系苍生。安史之乱，祸乱丛生，真的是民不聊生，根据《资治通鉴》卷二百二十一的记载，“属岁荒，米斗至七千钱，人相食”，天荒人祸，百姓无以为食，人吃人的惨剧自然出现。因此，杜甫期盼着苍天能够降下甘霖，赐给苦难的百姓一丝希望。春雨，即是希望。适时而降的春雨，如同拯救苍生的救世主，带着独有的生命力，带着浓深的情感，真的是诗人的知己，明其心，知其意。

花开四季，雨亦有四季。春雨绵绵，夏雨滂沱，秋雨凄苦，冬雨凛冽，四季的雨给予人的体验亦是泾渭分明。其实，春雨，亦是有着不同的性格，乍暖还寒时候，卷着大风，下起骤雨，亦给人冷瑟之感。很显然，《春夜喜雨》中的“雨”，已经走过了乍暖还寒的时节，稳稳地来到了暖暖的春天，与和风为伴，人称“细雨”。

细雨绵长，不急不躁，不急不骤，轻轻地来，慢慢地下，滋润着干涸的大地，从表层一点点渗入，透到心髓。此场好雨，虽然细密，但又绵长，云黑雨厚，似乎不淋漓尽致便不痛快。经受了一夜春雨滋润的万物自然格外精神，预示着一年的好风光，好年景。

纪昀曾评价此诗：“此是名篇，通体精妙，后半尤有神。”（《瀛奎律髓刊误》卷十七）其妙处，人们各有评说，有从神韵立言，亦有从字法立言者，如明代谭元春言：“‘红湿’字已妙于说雨矣。‘重’字尤妙，不湿不重。”（《唐诗归》卷二十一）但是，在历史传承中，此首《春夜喜雨》流传最广的却是“随风潜入夜，润物细无声”，继而滋生了“润物无声”这一成语。因何此句能够脱颖而出呢？

原因或许有二。一则形象，一个“潜”字，一个“夜”字，一个“无声”，构建起春雨滋润万物却不贪功的品性。在黑夜中暗暗洒下的雨滴，不耽误白天的工作，留下的是默默的付出，深深的情意。二则喻设面广，春雨默默无闻，敢于付出，勇于奉献，人们读到“润物细无声”时，脑海中会由物而人，或者由物而物，涌现出滋润人心的父母、老师、诗词、文章、品性等等。《老子》第二章言：“是以圣人处无为之事，行不言之教。万物作焉而不辞，生而不有，为而不恃，功成而弗居。夫唯不居，是以不去。”第七十七章亦言：“是以圣人为而不恃，功成而不处，其不欲见贤。”为而不居功，正是圣人境界，而中国自古即有“尚德”的传统，于是，“随风潜入夜，润物细无声”便成为人们颂扬无私奉献的经典名句。

黄昏青冢琵琶怨

（杜甫《咏怀古迹五首》其三）

大漠孤烟，凉风乍起，风卷黄沙，暮色沉沉，一行队伍浩浩荡荡，顶着风沙匆忙赶路。一辆最豪华的车马里面，一张绝色倾城的脸庞无言地望向窗外，唯任思绪悠悠飘逝。几天前，她还在大汉的后宫里黯然神伤，百无聊赖，仰望星空。青灯、空床、深宫，就是她的全部。走出汉宫，是她的选择；走向大漠，是她的未来。未来不可期，离别在眼前，熟悉的家，熟悉的人，熟悉的风俗，都在与她告别。自此世上多了一个手持琵琶遥望南方的女子。

闻名遐迩的中国古代“四大美女”，是美女，这没有问题，但是她们能被历史大浪淘沙留存下来，美丽不是最主要的，主要的是她们与政治、历史、文人联系在了一起，影响大，话题多，咏叹多。

王昭君在“四大美女”中，比较独特，虽有倾国倾城之貌，但没有倾城倾国之事，口碑相对要好一些。西施与吴国灭国、杨贵妃与安史之乱、貂蝉与董卓之死，有着直接或间接的关系，历史上对她们的评价有褒有贬，而王昭君和亲匈奴，为两国的和平友好外交贡献力量，换来百姓一时的安宁，因此文人们对王昭君的评价总体上很好，掌声很多，倾洒的同情之泪水亦不少。

杜甫《咏怀古迹五首》其三，即是咏叹昭君的诗作。

群山万壑赴荆门，生长明妃尚有村。
一去紫台连朔漠，独留青冢向黄昏。
画图省识春风面，环佩空归夜月魂。
千载琵琶作胡语，分明怨恨曲中论。

乾隆帝认为在所有明妃题材的诗歌中，此诗为翘楚之作，“咏明妃者，此首第一，欧阳修、王安石诗犹落第二乘”（《御选唐宋诗醇》卷十七）。

崇敬与惋惜，是杜甫写就的对王昭君的两种情感。

昭君一女子，生于江南，本是柔婉动人，却被杜甫写成了天地一英雄，“群山万壑赴荆门，生长明妃尚有村”，千山万壑行色匆匆赶赴荆门，浩浩荡荡，颇为壮观，颇有惊天地泣鬼神的气概。按照一般的写法，此句之后，接的得是“仰观临青天”“铁马秋风大散关”一类的雄壮之事，但是杜甫却说群山万壑为的是迎接王昭君的到来。如此烘托，“说得窈窕红颜，惊天动地”（吴瞻泰《杜诗提要》卷十二），足见杜甫对昭君之尊崇。

但是，如此天地一英雄女子，最后的结局却让人唏嘘不已：生，离开家乡走向大漠；死，不能叶落归根，只留一座青冢孤单地立于荒沙大漠。无须直言，一“朔漠”，一“青冢”，一广阔，一细小，再用一“独”字点染，无限悲凉之情存乎其中。

首联与颔联，对比特别明显，以“群”开头，以“独”收尾，生时绚烂，死则孤寂，起势很高，收尾甚低，“文势如天骥下坡，明珠走盘”（《御选唐宋诗醇》卷十七），又如琵琶声响，一泻千里。

后面两联，“移情”之法大显身手，杜甫移身大漠，面对着孤寂的青冢，感慨万千，此刻，杜甫就是王昭君，二人合二为一。杜甫相信，如若昭君显灵，回顾一生，她定然怨愤不已。于是，杜甫细数着昭君因为一幅画像而走向大漠，拿起琵琶，说起胡语，死后却无人做伴，无法回归故乡，无限的思念只能寄托在深夜魂归故乡。喃喃细语，幽幽泣诉，道尽心酸，引人泪目。

世上诸人之间能够相互吸引，不同时代的人能成为知音，冥冥之中，自有一种缘分。“同声好相应，同气自相求”，若无相似之经历、相似之感受，他们是不会走到一起的。杜甫的移情，亦是借昭君酒杯，浇自己块垒。

正是因为心理上的无限契合，杜甫才将昭君的怨写得丝丝入扣，让后人称赞不已，无从超越。所以，后来写王昭君的能手王安石、欧阳修只能另辟蹊径，写起了翻案诗。

悲天悯人杜子美

（杜甫《又呈吴郎》）

安史之乱，对杜甫来说也算一种成全，成全他写就了一代史诗，成全他成为一代诗圣。他心中有泛爱，他过江口见密网网鱼，心有不忍，“物微限通塞，恻隐仁者心”；他见秋雨连绵，担心农民，“禾头生耳黍穗黑，农夫田妇无消息”。他心中有大爱，他见狂风吹破草屋，心念天下，“安得广厦千万间，大庇天下寒士俱欢颜，风雨不动安如山”。他甘愿自己淋雨受冻，也想换来百姓的安宁，“吾庐独破受冻死亦足”。这一天，他的家里来了一位妇人，衣衫褴褛，愁容满面，向他诉说着什么，他心中又颇不宁静了。

《又呈吴郎》是唐代大诗人杜甫的一首七言律诗，是一首朴实无华的诗，也是一首悲天悯人的诗。

堂前扑枣任西邻，无食无儿一妇人。
不为困穷宁有此？只缘恐惧转须亲。
即防远客虽多事，便插疏篱却甚真。
已诉征求贫到骨，正思戎马泪盈巾。

唐代宗永泰元年（765），由于严武的去世，杜甫离开了成都草堂，辗转漂泊到夔州。在夔州地方官的照顾下，杜甫得以在此暂住，为公家代管东屯公田，自己也租了一些公田。唐代宗大历二年（767），也就是杜甫漂泊到夔州的第二年，他先是住在瀼西（四川奉节瀼水西）的一所草堂里。草堂前有几棵枣树，西邻的一个寡妇常来打枣，杜甫从不干涉。后来，杜甫搬到离草堂十几里路远的东屯去住，让自己一位姓吴的亲戚搬进了草堂。这位吴姓亲戚，就做了一番修整，在草堂周围插上了篱笆，禁止打枣。寡妇无奈，只得向杜甫诉苦，杜甫便写了此诗，劝说吴郎。

这首诗写了一个“无食无儿”“贫到骨”的寡妇，为了生存，只能到邻居家“扑枣”维持。是什么造成了她的贫困交加？她的遭遇，她的悲苦人生，是时代造成的，是千千万万底层百姓当时苦难生活的一个缩影。这不禁让人想起晚唐杜荀鹤的那首《山中寡妇》，“任是深山更深处，也应无计避征徭”。

“不为困穷宁有此，只缘恐惧转须亲”，设身处地，体恤底层百姓挣扎的痛苦，对弱者伸出温暖的手，这是杜甫悲天悯人的情怀。“正思戎马泪盈巾”，“忧国忧民”四个字，也只有杜甫能够真正当得起。

宋代的辛弃疾《清平乐·检校山园书所见》写道：“西风梨枣山园，儿童偷把长竿，莫遣旁人惊去，老夫静处闲看。”孟子说：“老吾老以及人之老，幼吾幼以及人之幼。”杜甫、辛弃疾，都有一腔悲天悯人的情怀。

前人评价杜甫的这首诗，颇有微词，说通篇议论，是律诗中最下乘者。杜甫写这首诗的时候，他想到的可能不是如何写诗，他想的是西邻寡妇的生活艰辛，想的是安史之乱造成的底层千千万万弱者的痛苦和挣扎。

他有大爱，有良知，有关怀，有正义感，有责任感，他是一个顶天立地的人。他的诗是人间的诗，是日常生活的诗，是发自肺腑的诗，因此也是上乘的诗。

岳阳楼上老杜泪

（杜甫《登岳阳楼》）

大历三年的普通一天，岳阳楼游人络绎不绝，在人群中，一个老人特别显眼：他头发花白，身形瘦削，脸色暗黄，右臂偏枯，走路艰难，但兴致很高，扶着竹杖，一步一步往前挪。这位老人就是重病缠身、漂泊无依、生活无定的杜甫。来到岳阳楼，老杜圆了一个梦，一个少年时就有的梦。登上岳阳楼，老杜登高临眺，吟诗抒怀，一幅气象沉雄的画卷缓缓出现。其实，此时的老杜已是“老年花似雾中看”，不知这幅画卷是眼中之景，还是心中之景呢？

读中国古代诗词，读着读着，就会有个词不自觉地跳出来，诉说它的作用，这个词便是“江山之助”。“江山之助”出自《文心雕龙·物色》，说的是自然物色有助于文思诗情。从《诗经》的“关关雎鸠”“蒹葭苍苍”，到屈原的《离骚》《九歌》，从陶渊明的“少无适俗韵，性本爱丘山”，到苏东坡的“乱石穿空，惊涛拍岸”，无一不是如此。

对于唐代的诗人来说，尤其如此。“读万卷书，行万里路”，是他们的时代口号，他们从书斋走向山川大漠，他们寻山问水，登楼踏阁，于是，唐诗变得灵动起来，丰富起来，传奇起来。当然，江山风景，也因诗人而人文色彩浓厚起来，声名鹊起。

唐代江南有三大名楼——黄鹤楼、岳阳楼和滕王阁，湖光山色，景色优美，登楼赋诗者络绎不绝。单拿岳阳楼来说，下瞰洞庭，前望君山，为千古名胜，张说、孟浩然、李白等人都曾留下诗句，以示纪念。一代“诗圣”杜甫登上岳阳楼，是在唐代宗大历三年（768），这时他的人生已接近尽头。当时杜甫颠沛流离，来到了岳州，近距离地接触了岳阳楼。当然，与他的偶像李白一样，他也留下了旷古名篇《登岳阳楼》。

昔闻洞庭水，今上岳阳楼。
吴楚东南坼，乾坤日夜浮。
亲朋无一字，老病有孤舟。
戎马关山北，凭轩涕泗流。

《登岳阳楼》一诗，写了两件事，有两种情，两种境界。

两件事，前一件是登上岳阳楼，得偿夙愿，另一件是思绪万千，凭轩涕泗。

两种情，前一种欣喜、安慰，后一种落寞、沉痛。

两种境界，前一种阔大，后一种狭蹙。

杜甫写诗，颇有章法，两种境界，顺承而下，又相互成就。此诗四联完全按照起、承、转、合来架构。

杜甫对岳阳楼神往已久，一朝得偿夙愿，自然感慨万千：一来满足，有生之年，终于登上心中的文化圣地；二来无奈，战乱频繁，漂泊多年，年老多病，历经多年方才圆梦。所以，“昔”“今”对比，时间拉开两端，几多沧桑，几多欢喜啊。这是起，写登楼之事。

登上岳阳楼，气象开阔，杜甫为之震撼，洞庭湖水真的是名不虚传，远远望去，水之宽广，将吴楚二地分隔开来；水之劲健，天地似乎都在湖面上日夜漂荡，足见湖水之浩瀚、磅礴。一“坼”，一“浮”，造就不寻常景色，本来毗邻而居的吴楚之地却分了开来，本来上下对立的天地却存在于同一湖面，这是楼高水阔共同作用的视觉反应，气魄沉雄，无以复加。真的是不登高楼，不临深水，不知天地造化之功。这是承，写壮阔之景。

诗歌如果就此戛然而止，也算得上一首合格的五绝，就是一首游历诗、写景诗。诗歌如果顺承而下，一路高歌，书写阔大沉雄，那便是李白，而不是杜甫了。

杜甫，尤其是晚年的杜甫，总是忧郁着，无论身处何方，时时刻刻想着他人，想着国家，他的诗是这样写的，他的人也是这样做的，千万不要说他是在博眼球，千万不要说他是故意高调，杜甫就是杜甫，他总是这样揣着他的情怀，一直在路上。

面对着无限流淌着的广阔湖水，杜甫感觉到了自己的渺小，感觉到了自己的生命有限，更想起了自己的亲人。这或许是人的本性，也或许是一种诗意传承，《诗经·魏风·陟岵》即言“陟彼岵兮，瞻望父兮”“陟彼屺兮，瞻望母兮”“陟彼冈兮，瞻望兄兮”。登高望远，思绪也飘远，很容易就会想到远方的亲人，思亲之情便会油然而生。杜甫也想到了亲人，但是亲人音信全无，只剩下他自己年老体弱，如同一叶孤舟存于天地之间。这是转，写落寞之情。

杜甫登楼远望，是面对着东南方向，“吴楚东南坼”，但是他的思绪却回到了遥远的北方，“戎马关山北”，一南一北，难以跨越，然而一切落寞，一切黯淡，皆因北方的战事而生。如若年轻，或许还能有所贡献，如今垂垂老矣、疾病缠身的他，也只能凭窗遥望，洒一把辛酸老泪了。这是合，越发紧蹙悲伤。

章法明了，情感跳跃却很大，忽而喜，忽而悲，忽而苦，忽而伤，反复低回。杜甫眼中，“我”和“我们”是重合的，“我”和“我们”一刻也不曾分离。个人的喜悲与国家安危、百姓命运深深相连，一喜则俱喜，一悲则俱悲。

王国维《人间词话》中说：“有我之境，以我观物，物皆著我之色彩。”你是怎样看待世界的，世界就会怎么看你，诗中的世界就是明证，所以，一切景语皆情语。读完《登岳阳楼》全诗，回过头再去看那壮阔的景语，分明也有了复杂之情。

孟浩然的《望洞庭湖赠张丞相》与杜甫的《登岳阳楼》，一直都被认为是唐诗中写岳阳楼的佳作，也常常放在一起比较，结果往往是杜甫胜出。刘克庄《后村诗话》评价杜甫《登岳阳楼》即言：“岳阳城赋咏多矣，须推此篇独步，非孟浩然辈所及。”个中原因，仁者见仁，智者见智，就我而言，“沉郁顿挫”四字，可解。

世事沧桑两老翁

（杜甫《江南逢李龟年》）

大历五年（770），在历史上注定是一个不平常的年份，这一年历经太多世事坎坷的杜甫离世了。晚年的杜甫，艰辛，凄惨，漂泊，连去世时也是漂流在湘江的船上。不过，老天或许自有安排，在杜甫离世之前，他在漂泊的他乡遇到了故交李龟年。风烛残年之际，遇到盛唐的标志性人物，或许是让老杜再回忆一下往日的美好，或许是让老杜总结一下自己的人生。

古代流传人生四大喜事：久旱逢甘雨，他乡遇故知；洞房花烛夜，金榜题名时。前二喜可看作一类，是经受痛苦之后的期待满足，后二喜可看作一类，是努力之后的期待满足。

中国古人的本土意识很强，安土重迁，一旦因诸多原因离开家乡，对家乡的思念就尤为深刻，此时，一声乡音就是温暖，就是温馨。如若这声乡音是自己的故旧好友发出的，那内心的震颤、激动是无以言说的。如若这个故旧好友是不期而遇，那么，翻江倒海般的喜悦之感便会倾泻而出。

杜甫的《江南逢李龟年》，写的便是他乡遇故知。

岐王宅里寻常见，崔九堂前几度闻。

正是江南好风景，落花时节又逢君。

杜甫是在他乡潭州（今湖南长沙），遇到了故交好友李龟年。

但是，相遇之后，二人却高兴不起来。

为何？一个字：变。天变了，境遇也变了。

这一个“变”字，很神奇，也很有力量。

因何而变？四个字：安史之乱。这四个字，重若泰山，摧枯拉朽。

因为李龟年，因为安史之乱，此次他乡遇故知，很不得了，它是大唐兴衰的见证。沧海桑田，犹如一幅幅画卷缓缓展开。

画卷中走来了三个关键人物，一个是大唐的“国宝级歌唱家”李龟年，唐玄宗都是他的铁粉，私人感情杠杠的，唐玄宗曾在黄金地段赐予李龟年高堂广厦、朱楼翠阁，豪华程度都超越了王侯的规制。一个是岐王李范，好学爱才，雅善音律，是唐玄宗宠爱的弟弟，唐玄宗自言与其“兄弟情天至”。一个是崔九，即崔涤，是唐玄宗的宠臣。这三个人身份可不得了，都是当时皇上面前的红人，显赫一时，而且这三个人都与文人关系密切。当时的重量级文学沙龙、音乐会，“岐王宅里”“崔九堂前”是最热闹、最吸引人的组织地，而李龟年是必请的压轴大咖。当时天下闻名的文人、音乐家常常在此聚会，杜甫与李龟年也常常在此相遇，文人们把酒言诗，弹曲唱词，情深意切，唱尽了盛世繁华，一片绚丽光彩。

画面一转，江南的落花在春光中带上了浓浓的黯淡之色。当年大紫大红的李龟年，当年大唐繁华的标志性人物李龟年，出现在了长沙街头，年老迟暮，流浪卖唱。唱着唱着，突然迷离的眼神一定，这不是当初“出入翰墨场”的子美吗？怎么也是如此落拓呢？颤巍巍的两人颤巍巍地握手在一起。

画面静止。

无言，胜过千言万语。

无限深情，无限感慨，隐而未发，却又昭然若揭，余音绕梁，余味深长。

清代邵长蘅对此诗评价甚高，其言：“子美七绝，此为压卷。”（《杜诗镜铨》卷二十）杜甫的七绝中，这是最好最有情韵的一首，其原因在于“以小见大”，以小事写大事，以小情写大情，“言情在笔墨之外，悄然数语，可抵白氏一篇《琵琶行》矣。”（《御选唐宋诗醇》卷十八）

微镜头与长镜头，《江南逢李龟年》与《长恨歌》，世运盛衰，皆可观看。但《长恨歌》是大场景，焦点展示，直接切入，《江南逢李龟年》则是小场景，缩影展示，侧面切入。四句诗，四个人，三个场景，四十年，大唐盛世，如花飘落，一去不返。

此次重逢，发生在大历五年，而杜甫也在此年离世，所以，子美七绝，《江南逢李龟年》不仅为压卷，而且是最后一绝。这真的是“国家不幸诗家幸，赋到沧桑句便工”。

海明威在《丧钟为谁而鸣》中说过，所有人其实就是一个整体，别人的不幸就是你的不幸，不要以为丧钟为谁而鸣，它就是为你而鸣。战乱对人的破坏力是不加选择的，“同是天涯沦落人”，李龟年如此，杜甫如此，当时的老百姓更是如此。因为，战乱带走的不只是地盘，还有生存；战乱结束，带走的不只是武器，还有幸福。在战乱面前，所谓的盛世繁华，不过是过眼云烟，落花飘尽，一切成空。

何惜百死报家国

（岑参《走马川行奉送封大夫出师西征》）

大唐诗坛上，岑参绝对是独特而亮眼的一位，他将人生与边塞勾连，他将诗情倾洒到边塞。他的诗，瑰丽奇崛，引人向往；他的诗，慷慨激昂，引人奋进。他写边塞之美，也不回避边塞之恶，但是，无论美恶，戍边将士的斗志一如既往地昂扬，奋勇前进。

盛唐诗坛，群星灿烂，风格不同，各领风骚，但盛唐诗坛也曾出现过群体创作热潮，抒写群体的情感诉求。此种“现象级”的群体创作热潮便是边塞诗的写作。

虽说“文无第一”，但是人们在观看这场盛唐边塞盛宴时，总是把第一把交椅安排给高适或者岑参来坐。二位各有千秋，一位老练雄浑，一位清俊峭拔，但皆慷慨悲壮，《沧浪诗话·诗评》即言“高岑之诗悲壮，读之使人感慨”，似乎难分伯仲。不过，若是论谁写边塞风景写得好，那可是众口一词，共推岑参，雄奇瑰丽，令人赞叹。

岑参的边塞风景诗，以奇取胜，杜甫《渼陂行》言“岑参兄弟皆好奇”，岑参到了辽阔的边塞大漠，一种异于中原大地的景象，让岑参顿感好奇、惊奇，于是奇特、奇异的雄奇之景便在他的诗歌中挥洒而出。其中，有两首最为有名，一首是《白雪歌送武判官归京》，一首是《走马川行奉送封大夫出师西征》。

此二诗，《白雪歌送武判官归京》写的是奇美。“北风卷地白草折，胡天八月即飞雪。忽如一夜春风来，千树万树梨花开”，八月即飞起的白雪，竟然被惊喜的岑参写成了梨花，梨花盛开，花团锦簇，千树万树的梨花，在春风的吹拂下，竞相绽放，那是何等的震撼啊。把寒冷的边塞写成了温暖的春天，把漫天飞舞的雪花，写成了“千朵万朵压枝低”的梨花。此种笔法，与谢道韫兄妹的“撒盐空中差可拟”“未若柳絮因风起”，境界高低立见。壮美、壮丽的边塞，对于非出身边塞地的岑参来说，那是一种从未体会的美。

《走马川行奉送封大夫出师西征》写的则是奇恶。

君不见走马川，雪海边，平沙莽莽黄入天。
轮台九月风夜吼，一川碎石大如斗，随风满地石乱走。
匈奴草黄马正肥，金山西见烟尘飞，汉家大将西出师。
将军金甲夜不脱，半夜军行戈相拨，风头如刀面如割。
马毛带雪汗气蒸，五花连钱旋作冰，幕中草檄砚水凝。
虏骑闻之应胆慑，料知短兵不敢接，车师西门伫献捷。

边塞荒漠，环境恶劣，再多的情感投射也改变不了这一现实，岑参在想象的赞叹之余，也用写实的笔触实实在在地摹写了边塞之凶恶之景。“君不见走马川，雪海边，平沙莽莽黄入天。轮台九月风夜吼，一川碎石大如斗，随风满地石乱走。”黄沙一望无际，大风狂肆，带着咆哮的怒吼，怒卷黄沙，遮天蔽日；怒吹大石，斗大的石头被吹得滴溜溜乱转。这种景象，在中原大地、南方秀美之地是极少极少甚至是不可能见到的，除非天降洪祸。因此，此景奇，但此奇景给予读者的感受，除了险恶，还是险恶，顿时想躲在被窝里压压惊，闭上眼睛，塞上耳朵，不看不听，屏蔽此景。

《走马川行奉送封大夫出师西征》一诗，摹写边塞环境之恶，书写戍边将士之苦，用的是铺排手法，风、沙、石头、雪、冰，层列而下，此法渊源有自，屈原的《招魂》即用此法。《招魂》为了招魂，内陈楚国之美，外陈四方之恶，铺张渲染。其中有言：“魂兮归来！西方之害，流沙千里些。”“魂兮归来！北方不可以止些。增冰峨峨，飞雪千里些。”恰恰是《走马川行奉送封大夫出师西征》恶劣环境的写照。屈原所写，来源于传说与虚构，而岑参却是实实在在感受到了真真切切的现实。屈原所写恶，实为恫吓，意欲魂兮归来；岑参所写恶，实为烘托，意欲衬托戍边将士的辛苦与雄壮。

滚滚黄沙，淹没了累累白骨，却没有遮蔽戍边将士的职责，亦没有埋没边塞诗人的豪情，反而引来了更多的蓬勃与热情：

功名只向马上取，真是英雄一丈夫（《送李副使赴碛西官军》）；

小来思报国，不是爱封侯（《送人赴安西》）；

万里奉王事，一身无所求。也知塞垣苦，岂为妻子谋（《初过陇山途中呈宇文判官》）。

热情、热火、热泪、热骨、热血，书写着盛唐自信之气，谱写着一世繁华，倾洒着一腔热忱。

这便是盛唐，这便是岑参。

无畏小子思故园

（岑参《行军九日思长安故园》）

读岑参的边塞诗，气势恢宏，那个写诗的岑参总是那样的充满好奇，满怀激情，他斗天斗地，只为征服边塞，只为树立大唐军威。这样的岑参，是纯粹的，是乐观的。但是，大唐军威树立起来难，倒下却很容易。一场安史之乱，带走了大唐的军威，也带走了岑参的青春梦想。那一刻，岑参似乎一下子苍老了许多，那个无惧无畏的边塞小子隐遁了。

《行军九日思长安故园》，是岑参的一首颇带悲情的小诗。

强欲登高去，无人送酒来。
遥怜故园菊，应傍战场开。

此诗题目较长，很关键，点出了诗歌的重要信息。

行军，是说岑参当时正在行军作战。天宝十四年（755），安禄山兴兵作乱，举兵叛唐。唐玄宗盲目相信安禄山，错估形势，在天宝十五年（756）六月，安禄山攻破潼关，逼近长安时，方幡然悔悟，然于事无补，只能逃出长安，

“九重城阙烟尘生，千乘万骑西南行”（白居易《长恨歌》），后长安沦陷。唐肃宗于当年七月在灵武登基称帝，至德二年（757），唐肃宗率军收复长安，由彭原行军至凤翔，岑参随行。这是写诗的背景。

九日，是说九月九日。九月九日——重阳节，日子很特别，也很重要。这一天，亲朋好友相伴登高、赏菊、饮菊花酒、佩茱萸，以求祛灾来福，这是古代的重要风俗。这是写诗的具体日期。

思，是全诗的情感基调，抒发思念之情。九九重阳节，这是一个热闹的节日，也是一个祝愿的节日，更是一个团圆的节日。远游在外、行军在外的人，如果不能参与到家庭的登高等活动中，他们内心的思念之情便会不由自主地倾洒出来。王维的《九月九日忆山东兄弟》：“独在异乡为异客，每逢佳节倍思亲。遥知兄弟登高处，遍插茱萸少一人。”就是重阳节思乡之作。

长安故园，是思念的对象。岑参是南阳人（一说荆州），他也思念家乡，思念亲人，但是此时他所思念的家乡，比较独特，是那已然被乱军占领了的长安，是那往日璀璨辉煌的国都，是那盛世和平的宁静。在战火纷飞、群魔乱舞的时刻，在立志要收复长安的时刻，在已经走出讨伐步伐的时刻，长安故园，就是岑参心中最念念不忘、最重要的心灵家园。

之前在和平、繁华的长安，每到重阳节，菊花怒放，人们倾城出动，观赏菊花，热闹空前，赏菊完毕，与三五友人，喝上一壶菊花酒，备感岁月静好，心满意足。

当日在凤翔，行军途中，漂泊在外，更加怀念往日的美好。感念此意，岑参便想整顿下心情，勉强应个景，也过个重阳节。

岑参选取了三个重阳节的习俗——登高、饮菊花酒、赏菊，但这三个最为平常的习俗，在战乱时节却是那样的稀缺。

写登高，用的词是“强”，勉强之意，故作欢乐，心底终是有隐忧。

写饮菊花酒，则言“无人送酒来”。此处是用了陶渊明的典故，当时也是重阳节，陶渊明在家，却没有酒喝，这对爱喝酒的陶渊明来说，简直是折磨，他只好独自一人走到菊花丛中，闷闷不乐。正在这时，他的好朋友王弘来了，不仅来了，还给他带来了菊花酒，这真是知己啊，不仅知道他好喝酒，还知道他没酒了。有这样的好友，夫复何求！良辰美景，好友在侧，怎能不一醉方休呢？于是，两个人欢快地醉了，醉在了重阳日。岑参反用其事，他虽在行军途中，喝点酒还不算是难事，但是，他要饮酒，要的是饮酒的气氛，要的是好友相伴的欢快，要的是共度佳节的喜悦。然而，这一切皆因战乱而不可得。

岑参写赏菊，是在想象中进行的，对于故园长安的菊花，他无法亲自前往，亦不能亲眼所见，只能“遥怜”一下，遥遥望去，遥遥想去，那故园长安的菊花，应该不会好过吧。毕竟原先的富贵地，如今则成了实实在在的战场，战场里面的菊花，又有谁有闲心闲情去欣赏呢？不欣赏都不算什么，更可怕的是，菊花或许早就成了“足下菊”了。

岑参此诗平平说来，没有什么大道理，也没有多么的悲愤，但是在他那平白如水的叙述中，我们分明读到了珍惜、痛惜与悲怆、悲哀。

岑参诗里的故园之菊与战场之菊，本是一物，只因时势改变，一盛开，一被碾作尘，对比强烈，顿时让人感慨：战争是魔鬼。

花之美、岁月之好，只有在太平年代，方能欣赏。

走入战争，人命如草芥，草芥又当如何呢？本应在重阳节竞相争艳的菊花，一株株、一朵朵，被碾压，被践踏。

最后，又想到了那句话：哪有什么岁月静好，只不过有人在替我们负重前行。

感谢和平！

浪子的华丽转身

（韦应物《滁州西涧》）

有老话说“三岁看大，七岁看老”，还有老话说“三岁定八十”，这些话靠不靠谱，因人而异。最起码，唐代的韦应物不符合这一“金科玉律”。年轻时的韦应物，就是拼爹、坑爹的典型，是豪门逆子的代表，他无赖、霸道，坏事做尽，无可救药。但是，安史之乱一来，爹拼不得了，他反而奋发图强起来，写诗作画，也成为一代大咖。或许，这也是安史之乱的副产品吧。

韦应物，中唐山水诗代表人物，常与柳宗元并称，史称“韦柳”。“韦柳”亦与王维、孟浩然并称，组成唐代四大山水诗大家。

韦应物的一生，就是一个传奇。

人不能选择自己的出身，这样的话一般是出身不高或者需要自己拼搏打江山的人爱说的，但是对于韦应物来说，他很幸运，也很得意，他降生在一个豪门里。

这个豪门很厉害吗?

厉害不厉害，空口无凭，我们用材料说话。

杜甫《赠韦七赞善》有言：“乡里衣冠不乏贤，杜陵韦曲未央前。尔家最近魁三象，时论同归尺五天。”长安的韦氏家族与杜氏家族是鼎鼎有名的名门望族，人才辈出，《新唐书·宰相世系表》记载，韦氏家族共出宰相十四人，杜氏家族共出宰相十一人。其实，韦氏家族的繁盛，自西汉即已开始，一路昌盛。民间百姓都有谚语流传：“城南韦杜，去天尺五。”此谚语一是说韦杜两家族的住宅离皇宫很近，这是无人可敌的“黄金地段”，光靠砸钱是弄不来的；二是说韦杜两家权倾天下，炙手可热。

韦应物生在这样的一个家族中，那真是含着金汤匙出生啊，他的地位、财富，可能是好多学子奋斗 N 代也不能企及的。怪不得人家韦应物这么有才呢，怪不得人家韦应物能成为大咖呢！无权无财，谁捧你啊？但如果这么想，就大错特错了。

少年时代的韦应物，那就是一个小痞子，混账无赖，横行乡里，人见人恨。

韦应物混账到什么程度，他的自传式诗歌《逢杨开府》都招供了：

少事武皇帝，无赖恃恩私。
身作里中横，家藏亡命儿。
朝持樗蒲局，暮窃东邻姬。
司隶不敢捕，立在白玉墀。
骊山风雪夜，长杨羽猎时。
一字都不识，饮酒肆顽痴。

原来，韦应物不仅有豪门出身，还有皇帝唐玄宗的恩宠。服侍过唐玄宗的韦应物，仗着这两重靠山，耀武扬威，横行不法，不仅自己干坏事，而且还在家中窝藏罪犯。一大早上就吵嚷着去赌博，晚上呢，就去调戏小姑娘。但是对于这个“恶少”，公安机关还不敢抓他。更为关键的是，那时的韦应物不学无术，大字不识一个，就知道喝酒耍横。这样的人，怎么可能会写诗，怎么可能会成为诗界大腕？再有权再有钱，这样的阿斗也扶不起来啊。况且人家韦应物根本不想写诗，也不需要写诗。顺风顺水，要风得风，要雨得雨，谁还想去奋斗呢。

但是，世上还有一句话，叫“人无千日好，花无百日红”，一场安史之乱，搅乱了韦应物的逍遥公子哥儿的快活日子。“武皇升仙去，憔悴被人欺。读书事已晚，把笔学题诗”，天变了，唐玄宗死了，韦应物的靠山倒了，这时的他即便哭破了天也没人帮了，而且他也尝到了被人欺负的感觉，没有办法，他只能开始学作诗。为何单单要学诗呢？因为唐朝科举考试重视诗歌。

就这样，韦应物浪子回头，做起了好人，一做就是大半辈子，他戒除恶习，鲜食寡欲，焚香、扫地、读书成了日常。做了官之后的韦应物，一心为民，不愿白拿俸禄，“身多疾病思田里，邑有流亡愧俸钱”（《寄李儋元锡》），以清德为世人所重。

浪子回头的韦应物，不做恶霸做好官，但是世事弄人，好官韦应物却受到打压，为民做事却被小人陷害，愤而辞官，再加上国势衰微、家庭变故，很多时候无能为力的感觉萦绕不去，韦应物无奈地又一次重启程序，寄情山水，寻找解脱。这一次，他成功了，他华丽转身，终于逆袭了，从此他平静处世，与山水为伴，山水成就了他。

美国电影《卡萨布兰卡》里有一句经典台词很流行：“你的气质里藏着你走过的路，读过的书和爱过的人。”其实，你的诗歌里也藏着你无法规避的人生。

《滁州西涧》是韦应物的代表作，这首小诗，写于他任滁州刺史之时，是他一生沉浮的结晶。

独怜幽草涧边生，上有黄鹂深树鸣。
春潮带雨晚来急，野渡无人舟自横。

此诗画面感很强，一处山涧，溪水潺潺流动，幽深的山涧旁边长满了青草，青草上面是高大树木留下的树荫，在树荫深处分明传来了黄鹂鸟的鸣叫声。傍晚时分，下起雨来，溪水涨潮，急急地涌来，荒野的渡口已然没了人影，只有一条小船横漂在溪水之上。一番描绘，山涧景物，春潮带雨的景象，历历如绘。宋徽宗就曾以“野水无人渡，孤舟尽日横”作为宫廷画苑的考试题目，足见其工。

韦应物的伯父韦鉴、父亲韦銮，都是唐代著名的画家。宋代朱景玄《唐朝名画录·能品上六人》言，“韦銮官至少监，善图花鸟山水，俱得其深旨，可为边鸾之亚。韦鉴次之，其画并居能品。”韦应物虽然年少轻狂，但是耳濡目染，多少受些影响，等他浪子回头之后，家学的影响慢慢就渗入脑际。所以，“诗中有画”的山水诗，不是王维的专利，韦应物也有一支生花妙笔，点染幽深画境。

一首小诗，一幅画卷，写出了春天的勃勃生机，画出了无穷的生命力量。仔细寻找，认真思索，一股浓浓的孤独感亦扑面而来。

“独怜幽草涧边生”，一“独”字，尽显不同，或许还有着不为人知、不为人理解的无奈。韦应物偏爱“幽”字，幽深之处，人迹罕至，只可与自然交流，他却淡然忘归，足见其主动性。“野渡无人舟自横”，那独自横着的小舟，独自感受着春潮春雨，独自感受着寂静而湍急的声响。诗中着力写景，不见一人，但是分明又有人的影子，又有人的力量，那幽草、那横舟，不就是韦应物吗？

“庄周梦为胡蝶，栩栩然胡蝶也”，物我合一，物我一体，自喻适志。《滁州西涧》，山水与韦应物亦是合二为一，山水成为他的伴侣，成为他的精神知己，成为他的心灵慰藉。横舟是孤独的，韦应物也是孤独的，但是对于孤独，横舟也罢，韦应物也罢，却没有丝毫的感伤与萧寂，反而有一种近乎欣赏与享受的感觉，或许这便是“孤单是一个人的狂欢，狂欢是一群人的孤单”的意思吧。

韦应物的山水诗，自带一股清新淡雅之气，冲淡自然，宋代晏殊尤喜其诗，言其“全没些脂腻气”（吴处厚《青箱杂记》卷五）。

寄情山水的人很多，冲淡自然的诗人也不少，韦应物在这些顶尖级山水诗人中，是个什么位置呢？朱熹直言韦应物诗作高于王维、孟浩然诸人，也高于陶渊明，能得此评价，韦应物也可算是“王者归来”。

看尽了人世“顶配级”繁华，历尽了人间“跌停式”沉浮，喊尽了盛唐遗声，唱尽了酸甜苦辣，韦应物历练成佛，无欲无求，确是人间一奇翁。

塞下一曲有余音

（卢纶《塞下曲》其三）

唐代宗大历年间，李端、卢纶、吉中孚、韩翃、钱起、司空曙、苗发、崔峒、耿湋、夏侯审十位诗人，注重诗歌形式，寄情山水，相互唱和，被称为“大历十才子”，引领了一代潮流。

卢纶虽为“大历十才子”的一员，但其诗歌成就最高的，却是与“大历十才子”诗歌情趣迥然不同的边塞诗《塞下曲》。

卢纶当时为咸宁王浑瑊的元帅府判官，亲在军营，感受边塞风光，故其所写《塞下曲》，很有生活气息，有现实基础。

《塞下曲》又题作《和张仆射塞下曲》，这组诗共六首。写出了戍边将士誓师、练兵、夜巡、出征、逐寇、庆功一系列军中生活。

组诗的第二首颇知名：“林暗草惊风，将军夜引弓。平明寻白羽，没在石棱中。”引用汉代飞将军李广的典故，写当时边塞将领临危不惧、从容镇定的勇武。

第三首亦是绝句精品。

月黑雁飞高，单于夜遁逃。

欲将轻骑逐，大雪满弓刀。

这首诗只有二十个字，却写得惊心动魄，着力渲染了一个“势”字：单于逃跑之势，将军追杀之势；单于溃败之势，将军胜利之势。

这种“势”，是通过两句特殊环境的诗句来蓄足的，单于在“月黑”之时溃逃，将军在“大雪”之际追杀，“雁飞高”将两种“势”胶合起来。单于遁逃，所以惊雁；因为雁飞，故能知晓，轻骑追杀。月黑、大雪两句，势蓄得足，不用写紧张激烈的直接交锋，结果已定。

边塞诗是盛唐时期最热的诗歌题材，到过边塞的、没到过边塞的，都写。中唐时期，国力日衰，诗风柔弱，虽然还有不少人在写边塞诗，但已经没有了盛唐的那种慷慨昂扬的调子。卢纶是个例外。他有在边塞幕府的亲身经历，字里行间仍充满着英雄气概，后人称其边塞诗有“盛唐余音”，置之盛唐，毫无愧色。

世界上最伟大的爱

（孟郊《游子》）

千载悠悠，母爱不变。千载悠悠，写母爱的诗，《游子》两篇，从不过时。孟郊，人称“诗囚”，一生困顿，一生苦吟，终其一生，唯有母爱，温润心田。幼年丧父，母亲独立支撑，抚育他长大；长大科举，两战两败，母亲不抱怨，不打击，鼓励他三战，“春风得意马蹄疾，一日看尽长安花”，那是对母亲最好的报答；中年丧妻，母亲含泪安慰，与他共渡难关；晚年丧子，又是母亲，垂泪陪伴，无言无语，却是最暖的爱意。终于，母亲也坚持不住了，撒手离去，这时的孟郊，没了母亲的陪伴，心力交瘁，没过几年，也追随而去。有母亲，一切都有可能，没了母亲，一切都会静止。

孟郊是中唐时期的著名诗人，现存诗五百余首，大都是五言短篇，没有律诗。其中有不少诗歌是写平凡的人伦之情的。如《结爱》写夫妻之情，《子庆诗》《杏殇九首》写父子之情，《忆江南弟》写兄弟之情，当然最著名的还是那首写母子之情的《游子吟》。

孟郊早年漂泊，穷困潦倒，五十岁时才得到了一个县尉的小官，结束了四处飘荡的生活，把母亲接到身边奉养。一个人在到处失意，备尝世态炎凉之后，愈加觉得亲情的珍贵。

孟郊的诗歌中最著名的诗篇，就是那首家传户诵的《游子吟》：

慈母手中线，游子身上衣。
临行密密缝，意恐迟迟归。
谁言寸草心，报得三春晖。

这首诗通过慈母在游子临行之际细密缝衣，唯恐儿子晚归衣服破损这样一个特定细节，歌颂了平凡、伟大、无私的母爱。

孟郊还有一首写慈母的诗《游子》：

萱草生堂阶，游子行天涯。
慈亲倚堂门，不见萱草花。

这首诗通过特定的“萱草”意象，写母亲对儿子的关爱与牵挂。

萱草，又名谖草。谖是“忘记”的意思，因此萱草还被称为忘忧草。《诗经·卫风·伯兮》中云：“焉得谖草，言树之背。”大意是说哪里才能找到忘忧草，把它种在屋子北面，这样就能忘记忧愁了，这和流行歌曲中唱的“给我一杯忘情水”差不多。《伯兮》写的是一个女子对出征远行的丈夫的无尽思念。

古时候，当游子要远行时，就会先在北堂种植萱草，希望减轻父母对孩子的思念，忘却烦忧。

《游子》这首诗，写的是游子要远走天涯，因此在北堂之阶种上萱草，希望可以消解母亲的忧思，以免母亲牵挂。这样做真的能使母亲忘忧吗？事实则是，即使种上萱草，也并不能使人真正忘忧，母亲仍旧天天倚门远望，等着，盼着，期望外出的儿子早日回来。

漂泊的游子就像风筝，母亲的目光就是那风筝线，从堂门直到天涯，即使种遍忘忧草，总也放不下；任凭风吹雨打，总也扯不断。

孟郊的一生是相当倒霉的一生。幼年丧父，中年丧妻，晚年丧子，科举蹭蹬，仕途不顺，人生的几大惨事都被孟郊一人“集齐”了。因此他的诗歌风格也奇奇怪怪，艰涩险奇。但是，他写人伦之情的这些诗歌，淳朴素淡，几乎没有任何雕琢与修饰，却是最具穿透力的，能够穿越时代，穿越地域，千载之下，读之仍令人心头一热，潸然泪下，因为他写的是世间人人共知共感的人性，一种普通的、平凡的、伟大的人性。

只有虚假的情感才需要用巧言令色来包装掩饰，“执手相看泪眼，竟无语凝噎”（柳永《雨霖铃·寒蝉凄切》），真正的情感根本不需要用华美的语言来雕琢，甚至根本不需要语言。

月下小夜曲

（刘方平《月夜》）

春天，是温暖的，是绚烂的。春天来了，人们踏青，寻找春的气息。在草长莺飞的二月天里，在睡鸳鸯的暖沙边，在竹外的三两枝桃花上，在吹送纸鸢的春风里，寻找春天。但是，这些，似乎都是春天已然来了的景色。真正在哪一天哪一刻，春天来到了，你自己真真切切地感受过吗？

提起刘方平，或许很多人感觉陌生，他是何方人士？干什么的？怎么很像个现代人的名字。

刘方平何方人士？很好回答，唐代洛阳人。

干什么的？则不太好回答，因为他干的事还挺多的。

孟老夫子很早之前，就教育我们读书吟诗要“知人论世”，“颂其诗，读其书，不知其人可乎？”（《孟子·万章下》）那么，我们就先去探探刘方平的生平。

搜集材料，调查完毕，可以给刘方平画个像了。

家庭出身：刘方平出身名门，家世显赫，簪缨世胄，真正的官宦世家。他的高祖刘政会官至洪州都督，赐封邢国公，爷爷刘奇官至吏部侍郎，父亲刘微官至吴郡太守。因此，刘方平有权有钱有闲，是正宗的贵族公子哥儿。

相貌仪容：刘方平当时也算得上有名的“小鲜肉”，《唐才子传》说他“白皙美容仪”，李颀《送刘方平》说他“童颜且白皙”，皮肤白皙，容貌俊美，面色红润，颜值很在线。

才学技能：善作文，善绘画。《送刘方平》与《唐才子传》皆称其“二十工词赋”，而且美名在外，“惟君著美名”。绘画则擅长山水画，《历代名画记》言其“工山水树石”，皇甫冉《刘方平壁画山》言其画“墨妙无前，性生笔先”。

职业工作：不做官，不种田，山间一隐士。按说，刘方平的资源很好，家里关系很多，进入体制内，当个公务员应该是手到擒来，易如反掌。因为资料有限，我们只能根据可见的材料来说话，刘方平也曾经有过此念头，曾经参加过科举考试，但很可惜落选了。后来到军队里待了一小段时间，很快便辞官不干了，就是这么“傲娇”。或许是科举落选刺激了他，再或许他本就志不在此，没有官瘾，从此以后他不再动官念，选择隐居山林，做了一个隐士。

品性：品性高洁，神意淡泊。《送刘方平》言“佩德如瑶琼”，《唐才子传》言“脱略世故，超然物外”，他的好朋友都曾为他打抱不平，为其怀才不遇而惋惜，“有才不偶谁之过，肯即藏锋事高卧”（李颀《送刘方平》），但是刘方平对此坦然处之。

看完刘方平的资料，陌生的刘方平渐渐变得清晰了：刘方平，“男神”一枚。家世超好，长相超好，才学超好，品性超好，心态超好，这得有多撩人呢！

看完资料，或许大家也能多少明白这个有爹拼，有颜值，有才学，又是“五好”青年的刘方平为什么陌生了，其实原因很简单，不好名。

不好名，隐居山林，也有一好处，心境淡然，不纠结，写出来的诗就很好看。《月夜》恰恰是他淡泊心境下写就的诗。

更深月色半人家，北斗阑干南斗斜。
今夜偏知春气暖，虫声新透绿窗纱。

唐代写月夜最有名的当属张若虚的《春江花月夜》，大气磅礴，清明澄澈，哲思深沉，情意绵绵，世人称之为“孤篇压倒全唐”之作。刘方平大约生于开元十八年（730）前后，极有可能读过《春江花月夜》，他的《月夜》写的也是春天的月夜，但是篇制短小，气韵自然，并没有太多的寄托。

开篇一句“更深月色半人家”，照应诗题，直写月夜。“更深”，写夜；“月色”，写月；“半人家”，写夜月的景象。刘方平此句极有画面感，他的绘画功底“秀”在了诗歌里，秀出了独特之景。夜半更深，月光如洗，倾洒而下，这时的月亮已偏离了正当空，所以月光是斜着洒下来的，光线洒到下面，家里的房屋一半是明亮的，一半是黯淡的，一半在月光的照拂下，一半在夜色的笼罩中。月亮似乎有所偏心一般，一家两不同。

第二句“北斗阑干南斗斜”，承接首句，再写星辰。“半人家”的景象是比较特殊的，如果未曾深夜不睡，如果未曾细心观察，这种景象是无从入眼的，诗人或许也是首次见此光景，很是好奇，很是疑惑，自然而然地要抬头望天，看看月亮是怎么了。结果，月亮还是那个月亮。刚要收回目光，却被天上交相辉映、耀眼夺目的北斗七星与南斗六星吸引了。在细细地观察下，北斗与南斗也在慢慢地倾斜，时间一点点过去。

深夜、月明、星亮、人静，构成了一幅清净的朦胧画。

夜半时分，诗人或许是失眠了，“夜中不能寐”，失眠是件难受的事，但是诗人不是选择躺在床上“翻烙饼”，也不是在那里“数绵羊”，而是起来“看风景”。为何如此有雅兴？心中无物累，他不需要像那些为生活奔波的人那样，“东方未明，颠倒衣裳”（《诗经·齐风·东方未明》），匆匆早起。

当然，看风景也有不同的心境，有人忧伤，“徘徊将何见？忧思独伤心”（阮籍《咏怀·夜中不能寐》），看到的也是孤鸿野外哀号，翔鸟北林惊鸣。刘方平则完全是一副欣赏的心态，星辰亦是熠熠生辉，更为有趣的是，他竟然在夜色之中感受到了一丝春意。

夜深露重，毕竟有些凉意，如果单纯看前两句，根本不知道这是哪个季节的月夜，也不知道诗人是为了写月夜而写月夜呢，还是另有寄托。直到“今夜偏知春气暖”一出，季节点明了，春天，而且是初春时节。夜风一吹，春姑娘的气息，扑面而来。

月夜的春意，是失眠的意外收获，而这一意外，显然让诗人备感幸福。恰在这时，耳边忽然传来了一声声细微的声响，在静谧的夜晚显得那样清脆。仔细一听，恰恰是小虫子的声音。《礼记·月令》有言：“孟春之月，……东风解冻，蛰虫始振。”蛰虫始振的节气，是为惊蛰，《夏小正》言“正月启蛰”，至汉代为避讳汉景帝刘启，“启蛰”改为“惊蛰”，而且把正月的惊蛰与二月的雨水调换了顺序。不仅春风拂面来，小虫子都从地下钻出来了，这不是春天是什么呢？虫子的鸣叫印证了之前感受到的春意。

“虫声新透绿窗纱”，一个“新”字，显示了这是诗人第一次听到虫儿叫，也或许就是虫儿第一次开始鸣叫，与上句的“偏知”相连，再一次显示出诗人的惊喜之情。“透”字，用得妙极，一般人都会说窗外传来了虫儿叫，很少用“透”，此“透”字具有很强的穿透力，穿透了窗纱，穿透了寒夜，穿透了人的心情，意蕴深长。“绿”字，是窗纱的颜色，这是现实，但也喻示着春天的蓬勃生命力，这是联想。

刘方平的此首《月夜》，写月夜，也写春意，出人意料，独具匠心。月色半人家、虫儿报春来，唤醒了人的视觉、触觉、听觉，唤醒了生命的复苏，从来没有人这么写过，所以刘方平也就被大家记住了。

那么，为何刘方平偏偏能发现这么独特的景象呢?

一个有心人。

什么心？诗心。

诗心敏感，诗心纯净。

善于观察，有生活基础，但生活于乡村、山林的人，却也不一定能看到此种景象，即便发现了估计也就是发现了，顶多“啊”上两声罢了，敏感的刘方平显然有一双发现美、欣赏美的眼睛，敏锐地触发了诗心。

夜静虫声鸣，宁静、悠远，生命萌动，生机顿生，春意盎然，仿佛一首优美舒缓的小夜曲，丝丝渗透，沁人心脾。月夜与生命，是其主题。

都说失眠惹人烦，可人家刘方平失眠也失得这么清新脱俗，而且还结成了一颗闲适疏淡的硕果，也是没谁啦！想到此处，失眠似乎都可爱了起来，哇，好想失眠啊!

见字如面写秋思

（张籍《秋思》）

木心有一首《从前慢》，诗意无限，撩动心弦，“从前的日色变得慢，车、马、邮件都慢，一生只够爱一个人”，一份柔软的爱情，一份坚定的誓言。其实，时间并不慢，它是最为执着认真的工作者，一分不差一刻不停，慢的是人的节奏，心理的节奏。显然，在一生只够爱一个人的诗意爱情中，慢慢的车、马、邮件，是重要的参与者。其实，慢慢的车、马、邮件，在从前的日子里，参与了人生所有的情感传递。因为慢，格外期待；因为慢，分外珍惜。

秋思，这个题目，在诗词圈里很寻常，比较著名的有李白、白居易、许浑、司空图、杜牧、陆游的《秋思》，马致远的《天净沙·秋思》、范仲淹的《渔家傲·秋思》，或写“断肠人在天涯”，或写“将军白发征夫泪”，或言身病，或言远游，或写落寞，或写忧愁，或高亢，或悲壮，汇聚成为一幅姿态万千的秋思长图。

中唐张籍也写了一首《秋思》。

洛阳城里见秋风，欲作家书意万重。

复恐匆匆说不尽，行人临发又开封。

此诗小巧，不事雕琢，却也意蕴深长，算得上秋思长图中的“小家碧玉”，别有一番风味。

题目秋思，交代了诗歌主题，写思念。

此诗共四句，各有所言，丝丝入扣。

首句“洛阳城里见秋风”，言秋思之由，此为起。

第二句“欲作家书意万重”，言秋思之深，此为承。

第三句“复恐匆匆说不尽”，言秋思之忧，此为转。

末句“行人临发又开封”，言秋思之广，此为合。

秋风乍起秋意凉，秋意一凉思亲娘。张籍宦游在洛阳，远离家乡亲人，秋风一起，思乡之情油然而生。此种情思，千古同悲。早在晋代，在洛阳做官的张翰，一见秋风，便想念家乡，想念家乡的鲈鱼、莼菜，于是辞官归乡。张籍没有张翰所处的复杂环境，也没有那么洒脱，他尚思有所作为，但是毕竟也是思乡情切，他只能将满腔的思念寄托于一纸书信。

在没有电话没有微信的时代，一封书信，便是情感沟通的主要纽带，张籍希望一纸书信能够带去他对父母亲人的深情慰问，他也希望书信能够带回父母亲人安康如意的消息。摊开纸，他却是心潮澎湃，思绪万千，一时竟不知如何说起。

思索半天后，他把最想要表达的话、最急切想问的话都写进了家书。书信写就，接下来的事情便是封缄、寄信了。

书信很私密，很早便有了书信封缄。

唐代的封缄主要有函封、筒封、囊封、纸封。函封一般是重大的国家事务或婚姻之事用，就是将书信装到盒子里；筒封是将书信放到竹筒中封存；囊封是将书信放到口袋中封存；纸封是用单纸皮封书信，用糨糊封好。唐代冯贽《云仙杂记》记载过一件逸事，唐顺宗时，刘禹锡负责朝中事务，门吏每天会收到数千封书信，刘禹锡须一一回复，门吏每日要用一斗面制成面糊，以供封缄。

书信封好，交付送信人。唐代的送信人有官邮与私邮之分，官邮就是官方的邮驿，主要靠快马作为交通工具，“一驿过一驿，驿骑如星流”（岑参《初过陇山途中，呈宇文判官》）。私邮有的是民间专门负责送信的信客，有的则是临时帮忙送信的人，此信可以是书信，也可以是口信，岑参《逢入京使》“马上相逢无纸笔，凭君传语报平安”，即是私人传递口信。

张籍写完家书之后，应该是用官邮，当时或许是官邮马上要出发了，张籍书信写就封缄之后，他似乎又感觉言不尽意，感觉还有好多的话要说，急匆匆地把用面糊糊好的封缄揭开，又补上了几句话。这不是强迫症，是因为有太多的话要说，有太多的思念要表达。

张籍的这首《秋思》，经过历史的大浪淘沙，成了秋思名篇，成了思乡佳作，为人推崇。

思乡主题，很常见，甚至可以说是被文人写滥了，要想赢得关注，占据“票房”，必须出奇制胜。张籍选取了一个独特的视角，他不咏物，不直言其情，只是客观展现了一件小事。写信这件事虽很普通，意义却挺重大。每个认字的人或许都写过信，但是一封普通的书信两端连接的却是最珍贵的真情，正所谓“家书抵万金”。一封信，联系起了读诗的每一个人，一封家书，激起了读诗人的乡思。

此诗直白，浅显易懂，不需要费很大脑筋就可以明白其意图。“平淡”，恰恰是张籍此诗要达成的效果，但是有水平有品位的“平淡”，却是诗歌中最难的，“作诗无古今，唯造平淡难”（梅尧臣《读邵不疑学士诗卷杜挺之忽来因出示之且伏高》），平淡来自繁华，平淡来自绮丽，至落其华芬，方可成平淡之境。

大诗人王安石对张籍很是推崇，他曾专门写诗《题张司业诗》颂美张籍：“苏州司业诗名老，乐府皆言妙入神。看似寻常最奇崛，成如容易却艰辛。”看似平常如大白话的诗句，其实是张籍辛苦学习、惨淡经营得来的，真的是“台上一分钟，台下十年功”了。

张籍是杜甫的铁杆粉丝，对杜甫的诗作反复琢磨，仔细消化。由此，世上还多了一则“拌蜜吃纸灰”的笑谈。张籍追星杜甫，行为很疯狂，曾经将杜甫的诗一首首地烧掉，然后将纸灰仔细收存，拌上蜂蜜，作为他每日的必备食品，每天早上吃三勺。如此异类的举动，让别人很是不解，吃点什么不好呢，偏偏吃灰！那么爱吃灰，为什么还要拌蜂蜜，这不是自找麻烦吗？张籍有他的理由，他说他喜欢杜甫，但是杜甫已经离去，他不能跟着杜甫学习，那么退而求其次，他烧掉杜甫的诗再吃掉，就相当于杜甫亲自教他学诗了，他也就学得了杜诗的精华。对于这种疯狂的举动与妄想，人们只能“呵呵”啦。这则故事，应该是虚构，是对张籍痴迷杜甫的夸张改造。但张籍学杜甫是事实，而且张籍还转益多师，与韩愈、白居易、王建等交往甚密，多有所获。

张籍学习、交往的这些人，有一个共同特点，便是注重“炼字”，不管他们是走向奇崛，还是走向平淡，这一点是共通的。张籍此诗也是用字准确、老练。洛阳城里见秋风，一“见”字，出人意料，秋风怎么能看见呢？细思又很有意味，秋风不可见，秋风到来的威力却可见，“悲哉秋之为气也，萧瑟兮草木摇落而变衰”（宋玉《九辩》），“袅袅兮秋风，洞庭波兮木叶下”（屈原《九歌·湘夫人》），“秋风起兮白云飞，草木黄落兮雁南归”（刘彻《秋风辞》），“秋风萧瑟天气凉，草木摇落露为霜。群燕辞归鹄南翔，念君客游思断肠”（曹丕《燕歌行》），草木凋零，树叶黄落，大雁南飞，见此自然见秋风。这种修辞上的“通感”，更能见出“陌生化”的审美效应。

“意万重”，重，可作“层”讲，万重，言说乡思之多；也可作“厚、沉”讲，言说思乡之深。意义多重，共同构建乡思之特点，余韵绵长，足见张籍之细腻。

“说不尽”，与“意万重”相连，乡思很多很重，想要表达的不是一纸书信能表达够的，也不是一时半会儿能够表达完的，再加上“匆匆”而就，“匆匆”而发，纸短时短，一时间万重意怎能说尽。故而“行人临发又开封”，真的是欲说不休，欲说还休。一字连着一字，一词连着一词，有着内在理路，思念、焦虑、担忧，诸多心理，顺接而下，既细腻，又水到渠成。浅浅细语，皆自肺腑流出，不见斧凿痕迹，真实自然，更为动人。

看似寻常的文字，是张籍不同寻常的“艰辛”在支撑。

看似寻常的文字，底层是寻常又不寻常、感人至深的深情。

看似寻常的文字，代入感却很强，读者感同身受，在平淡如水的片段中，分明看到了自己的影子，分明想到了自己那远方温暖的家。

有家就有温暖，有温暖就有牵挂，有牵挂便有了书信，有了书信，爱便流通于世。

絮絮叨叨，终于找到了这个字，对，是“爱”，是爱让张籍写成了《秋思》，是爱让读者爱上了《秋思》，也是爱，让《秋思》穿越古今，天下闻名。

恨不相逢未嫁时

（张籍《节妇吟》）

人生的相遇，需要缘分；人生的相遇，亦讲究时机。有人说，在对的时间遇到对的人，是一种幸福；在对的时间遇到错的人，是一种悲伤；在错的时间遇到对的人，是一声叹息；在错的时间遇到错的人，是一种无奈。似乎每个人都期待自己是幸福的那一个，但造化弄人，总有那么几个“每个人”要遭遇缘分错位。

《节妇吟》，是唐代诗人张籍自创的乐府诗。

君知妾有夫，赠妾双明珠。
感君缠绵意，系在红罗襦。
妾家高楼连苑起，良人执戟明光里。
知君用心如日月，事夫誓拟同生死。
还君明珠双泪垂，恨不相逢未嫁时。

节妇，坚守节操的女子，多指对丈夫忠贞的妻子。吟，诗体的名称，比如乐府诗中有《白头吟》《梁甫吟》《东武吟》等题。

这首诗有的版本题名为《节妇吟寄东平李司空师道》，东平李司空师道何许人也？

李师道是当时藩镇之一的平卢淄青节度使，兼检校司空、同中书门下平章事，权势和影响炙手可热。中唐以后，中央的控制力减弱，藩镇割据呈尾大不掉之势，不少地方节度使用各种手段拉拢文人，一些仕途不顺的文人往往也依附他们。唐代著名的文人韩愈曾作《送董邵南序》，对董邵南屡考不中表示同情的同时，对其意欲北上河北托身藩镇的举动也进行了委婉的规劝。当时的李师道向张籍抛出橄榄枝，以书币招纳。作为韩门大弟子的张籍，思想主张一如其师，主张国家统一，反对藩镇分裂割据，但又不能明言拒绝，于是写下了这首诗，委婉又坚决地拒绝了李师道的招纳。

可见此诗有明确的言说对象，是有言外之意的，并非纯粹的歌咏节妇，或者说，这首诗包含两层意义：一层字面的意义，一层字后的意义。在字面意义上，君指男子，妾指已有丈夫的一位女子，诗歌描写了一位忠于丈夫的妻子，面对一位多情男子的追求，经过思想斗争后终于含泪拒绝，没有做出出轨之举，守住了妇道。字面背后的意义，君指李师道，妾指张籍自己，诗歌委婉地表达了自己忠于朝廷、不被藩镇收买的决心。字面的意义是装饰、是幌子，字后的意义才是重点、是核心。这是一首隐喻诗。

这首诗最出名的是后两句“还君明珠双泪垂，恨不相逢未嫁时”，尤其是最后一句“恨不相逢未嫁时”仍然活跃在现代汉语中，意为因相识太晚而留下的遗憾。

其实，张籍说“恨不相逢未嫁时”，不过是一个借口，一个美丽的、体面的借口，一个让李师道无法继续邀请、收买乃至用强的借口，即使他们相逢于未嫁之时，肯定也不会成为良朋佳侣，所谓道不同不相为谋，投靠一个没有底线的人，无异于与虎谋皮。而现代人引用这句诗，主要是表达一种遗憾，一种美丽的遗憾。这已经超越了原诗的语境，具备了独立的意义，因为这句诗太有名了。这也是古人断章取义、赋诗言志的传统。

十全十美的人生固然是好，但人生之事，不如意者十之八九，某些美之所以美，正是因为有缺憾。有缺憾的美，才是令人反复品味，值得不断回忆的。

看的是风景，也是心情

（韩愈《早春呈水部张十八员外》）

一年四季，春生夏长，秋收冬藏。春天万物复苏，春江水暖，山青花燃，吹面不寒，但亦有雨打梨花深闭门，“愁聚眉峰尽日颦，千点啼痕，万点啼痕”；夏日绿树成荫，接天莲叶，映日荷花，细麦落花，但亦有蝉噪梅雨，“不展秋心，能卷几多炎热”；秋日秋高气爽，叠翠流金，桂子飘香，霜日红花，但亦有秋风瑟瑟秋雨绵绵，“南浦凄凄别，西风袅袅秋”；冬日天寒地冻，朔风凛冽，漫天风雪，山鸟飞绝，但亦有青松挺且直，“绿蚁新醅酒，红泥小火炉”。四季还是四季，风景还是风景，只是看风景的人不同，看风景的心境不同，风景也就变了样子。

《早春呈水部张十八员外》，是韩愈的一首寄赠诗。

天街小雨润如酥，草色遥看近却无。
最是一年春好处，绝胜烟柳满皇都。

水部张十八员外，指的是张籍，唐代诗人。张籍在同族兄弟中排行第十八，曾任水部员外郎，故世人称其为“张十八”或“张水部”。

韩愈这首诗作于唐穆宗长庆三年（823）早春。当时韩愈已经五十六岁，任吏部侍郎。虽然就任时间不长，但此时他的心情很好。此前不久，镇州（今河北正定）藩镇叛乱，韩愈奉命前往宣抚，说服叛军，平息了一场叛乱。穆宗非常高兴，把他从兵部侍郎任上调为吏部侍郎。在文学方面，他早已声名大振。同时在复兴儒学的事业中，他也卓有建树。因此，虽然年近花甲，韩愈却不因岁月如流而悲伤，而是兴味盎然地迎接春天。

这是一首“诱惑”的诗。

韩愈约张籍游春，张籍以事忙、年老推辞，韩愈于是作这首诗寄赠。所以这首诗其实就写了一句话：盛情邀请张籍先生一同赏春。极言早春景色之美。其中，“草色遥看近却无”一句，声震古今，名闻遐迩。这么大的名气，究竟高明在什么地方呢?

高明就高明在，韩愈用这一句告诉了张籍：一年之美在于春，一春之美在早春，早春之美在春草，春草之美在草色，草色之美在细雨霏霏、若有若无之中。

一年之美在于春，因为春天是个万物萌生的时节；而春天最美之时不在仲春、暮春，尽管文学中写这两个时段也有写得很美的，像南朝时期丘迟《与陈伯之书》中说“暮春三月，江南草长，杂花生树，群莺乱飞”，美则美矣，但眼花缭乱。春天最美的时候是在早春，这是严寒肃杀冬天过后新一个轮回的开始，而最能体现这个轮回开始的莫如春草。春草美在哪儿？草色。一大片一大片绿油油的草不行，那就不是早春了，必须是春天乍临的时候，第一批青草发的嫩芽。那个嫩芽远看是绿色的，但是近看就没有颜色了，要过几天才有绿。韩愈观察得很仔细，表达非常精准，写出经历了寒冬之后，从细微之处，蓦然发现了春天到来的那种“惊”与“喜”。

单纯的草色还显得有点枯干，如果再加上细雨的滋润，让草色在细雨之中，若有若无、若隐若现，那景色就完美了。而这细雨，是怎样的雨呢？回到上一句，润如酥。

现代文学家朱自清有篇散文《春》，其中写道：“雨是最寻常的，一下就是三两天。可别恼。看，像牛毛，像花针，像细丝，密密地斜织着，人家屋顶上全笼着一层薄烟。树叶却绿得发亮，小草也青得逼你的眼。”朱自清写细雨，细致入微，很好，但全是视觉，远没有韩愈三个字“润如酥”好，将视觉转移到感觉，一种深入骨髓的妥帖。

除却妥帖的比喻，除却朦胧的写景，韩愈还直接抒情，还对比烘托。春天是美好的，春分三月，孟春、仲春、季春，皆是暖意融融，但是细加区分还是略有不同，仲春是“二月湖水清，家家春鸟鸣。林花扫更落，径草踏还生”（孟浩然《春中喜王九相寻》），季春则是“烟花三月”，则是“烟柳满皇都”。烟花、烟柳，是季春时节的标志景象，鲜花似锦、柳絮如烟，艳丽、浓烈。韩愈比较一下，最爱的还是那初春的一丝淡淡绿意，这正是“最是一年春好处”。

无独有偶，宋代苏轼的《赠刘景文》也有类似的诗句“一年好景君须记”，也是赠送给好友的。只不过，同样是写一年之中最美好的时段，最美好的景物，韩愈认为是早春，是“草色遥看近却无”的时候；苏轼认为是晚秋，“正是橙黄橘绿时”。

苏轼这首诗写于宋哲宗元祐五年（1090）的晚秋，当时苏轼已经五十四岁，任杭州太守。这是写给好友刘景文的。刘景文是世家子弟，却终身潦倒，到了将近六十的时候，还是处于朝不保夕的状态。苏东坡和刘景文一见如故，引为知己。他看到这位昔日的老友处在这种颓唐的状态，就写作了这首诗送给老朋友，以鼓励他振作起来。这首诗虽然是鼓励朋友的，也大有自勉自慰之意。当时的苏轼，已经经历了乌台诗案、被贬黄州，时知杭州，也算东山再起，但对仕宦生涯也看得很透彻了。晚秋之际，荷尽菊残，但凌寒傲霜，而且橙黄橘绿，仍不失为一年好景，这是勉励朋友保持气节，乐观向上，困难只是一时，切莫意志消沉。

其实，风景美不美，并不全在风景。欣赏的是风景，看的是心情，是心态，是处世态度，是胸怀。

春天美好，林黛玉还不免伤春落泪；秋天寂寥，刘禹锡依然快乐豪情。哪怕看的是同一片风景，心情不同，景色也会不一样。心情好时，即使走在路上，都像是在旅游；心情不好，虽处万花丛中，也难免黯淡无光。

永不退缩韩退之

（韩愈《左迁至蓝关示侄孙湘》）

据佛教经典，佛祖释迦牟尼本是迦毗罗卫国的太子，生活安逸而富贵，奢华而舒适，但是看到人间那么多生老病死的苦恼，便舍弃太子之位，出家修行，解救天下苍生。有一天他在菩提树下顿悟了，大彻大悟。释迦牟尼慈悲为怀，普度众生，“能仁”“能儒”“能忍”“能寂”这四层意思，不仅是释迦牟尼名字的意思，也是佛教的重要教义。佛教传入东土大唐后，举国沉迷，顶礼膜拜。当时的一位儒生写了一篇《论佛骨表》，痛斥佛之不可信，要求将佛骨“投诸水火，永绝根本，断天下之疑，绝后代之惑”，结果引得龙颜大怒，要将之处以极刑。后经多方说情，免于一死。这个儒生就是韩愈。

唐宪宗元和十四年（819）正月，唐宪宗下令将凤翔府法门寺真身塔中据说是释迦牟尼的一节指骨舍利迎入长安大内供奉，长安城内群情激动，万人膜拜。

韩愈一生崇儒反佛，时任刑部侍郎的他看到皇帝、王公、士民的这种狂热举动，写了一篇《论佛骨表》，火力全开，劝谏阻止唐宪宗，反对迎佛骨入京，说东汉以来凡是信佛的皇帝没有一个好死的。这是一篇不要命的奏章，自然引得龙颜大怒，韩愈几乎被处死。经裴度等人的极力说情，韩愈最后被贬为潮州刺史，宪宗令其即日上道。

韩愈写《论佛骨表》的时候，难道他没有想到结局，难道他不怕死吗？

和韩愈差不多同时的李肇撰有《唐国史补》，这是一部笔记，记载了唐朝开元至长庆大约一百年的社会风俗及朝野逸事。其中有一则是写韩愈的，说韩愈有一次与友人一起登华山，登上极顶以后，吓得嗷嗷大哭，写了遗书，自忖要把老命留在这里了，甚至要发疯发狂了。后来，华阴县令费了好大劲，想了很多办法，才把韩愈弄下来（《唐国史补》卷中）。韩愈是不是有恐高症，不好说，但他登上极顶，竟然被吓得如此，可见他的胆子是很小的，也是很怕死的。

但是，在举国迎佛骨的狂欢中，韩愈断然抛弃了他的胆小，以大无畏的气概，以尖锐的言辞，向举国崇佛发起攻击。他自知一死，仍然赴汤蹈火。从前的韩愈越是胆小，现在的韩愈越是令人敬仰。幸运的是，韩愈最终没有被处死，但也被发配到了蛮荒之地的潮州。

潮州距离当时的京师长安有三千多里。韩愈满心委屈，满腔愤慨，只身一人，仓促上路，走到蓝田关口时，他的侄孙韩湘赶来送行，悲歌当哭，他写下了《左迁至蓝关示侄孙湘》这首诗。

一封朝奏九重天，夕贬潮州路八千。

欲为圣明除弊事，肯将衰朽惜残年！

云横秦岭家何在？雪拥蓝关马不前。

知汝远来应有意，好收吾骨瘴江边。

首联写被贬原因，因为谏迎佛骨；

颔联写谏迎佛骨的原因，为圣上革除弊政；

颈联写谏迎佛骨的结果，被贬上路，离家渐远，前途艰难；

尾联再次表明谏迎佛骨的决心，交代后事。

五十六字，虽然满腹不平，但看不出一丝一毫的后悔之意。

古人的名和字都是有一定联系的。韩愈，字退之，名和字是反义，可能“愈”字太冒进了，用“退之”来中和一下。不过，从韩愈的一生行事来看，很对得起他的名，确是永不退缩的一生。他认准了的事，认准了的理，即使去死，也无怨无悔，永不退之。古人云“文死谏，武死战”，说的就是韩愈这样的人吧。

这首诗最能代表韩愈的精神：刚正坚强、不同流俗、一往无前。他有自己的底线和坚持，“虽千万人吾往矣”，这种特立独行是需要极大的勇气的，这种敢于与权威背道而驰的行为是需要付出巨大的代价的。他为官如此，为文如此，发言直率，无所畏避。宋代的苏轼评价说：“文起八代之衰，而道济天下之溺，忠犯人主之怒，而勇夺三军之帅。”（《潮州韩文公庙碑》）也正因为如此，韩愈活出了不同寻常的人生，他的一生虽然只有五十七年，但注定是不平庸的。

风吹杨柳不见人

（刘禹锡《杨柳枝词》其六）

南京夫子庙前的一条小巷，本是三国孙吴乌衣营的所在地，东晋大族王氏家族、谢氏家族居住在此，名为“乌衣巷”，豪门大宅，繁华鼎盛，人才辈出，冠盖簪缨，一时荣耀无比。斗转星移，到了唐代，重要、繁华的豪宅不见了踪影，一片废墟，埋葬了一切。

大运河，一条国家动脉，隋炀帝南游，龙船出行，浩浩荡荡，奢侈繁华，大运河周边也变了样，“拂堤杨柳醉春烟”，优美清新；光阴荏苒，再到唐代，大运河依旧，然河岸上只剩几株残柳，凄凉无比，但似乎又在回味着往日的兴盛。燕子飞入寻常百姓家，柳絮因风而起，却是不见当时人，真的是“物是人非事事休，欲语泪先流”。

《杨柳枝词》，又名《折杨柳》《折柳枝》，是乐府旧题。隋唐时期为教坊名曲，形式似七绝，多用于歌唱。民间流行的《杨柳枝词》，多以杨柳为题材，托物抒情。

刘禹锡是个善于改造民歌的高手，他在巴蜀民歌基础上改造的多首《竹枝词》，有民歌底子，又很上档次，如“杨柳青青江水平，闻郎江上唱歌声。

东边日出西边雨，道是无晴却有晴”，家传户诵。《杨柳枝词》组诗九首，也是他学习民歌加以翻新改造的流行歌曲。白居易晚年居洛阳时，曾以此曲与刘禹锡互相唱和，这组诗大概就是这个时候创作出来的。

刘禹锡《杨柳枝词》组诗九首中的第六首云：

炀帝行宫汴水滨，数枝残柳不胜春。
晚来风起花如雪，飞入宫墙不见人。

隋炀帝时，为乘龙舟到江都游玩，修建大运河，从今荥阳引黄河水经汴水故道，到今开封，折向东南，到江苏盱眙对岸流入淮河，名通济渠，又叫御河，沿河两岸遍种杨柳，设行宫四十余所，以供出行居住享乐。

如今，不仅当年隋炀帝沿运河巡游的盛大场面不见了，而且河堤遍种的杨柳也只剩残柳，这几枝残柳，都配不上这美好的春光了。晚来时分，风吹杨花柳絮，纷然飘过宫墙，却是荒无人烟，一片寂寥。

这首诗写了汴水、杨柳、杨花柳絮、宫墙，似乎很美，曾经也的确很美，不过如今一切都已残败，化为荒凉，隋宫残败不堪，周围荒凉一片。这写的就不单纯是风景的残败了，更是写了一个王朝的衰亡，写的是历史，写的是一种沧桑的时间感和空旷的空间感。

刘禹锡的诗歌大多凝聚了对历史、时空的深沉思考与感慨，有诗人的情致，也有哲人的睿思，因此他的诗歌与众不同。在感慨之后，不是走向消极悲观，而总能意气焕发，有一种积极的正面的能量。如“沉舟侧畔千帆过，病树前头万木春”（《酬乐天扬州初逢席上见赠》），“自古逢秋悲寂寥，我言秋日胜春朝。晴空一鹤排云上，便引诗情到碧霄”（《秋词》）

等等，均能给落寞之中的人一种向上的力量。刘禹锡的《杨柳枝词》是一组诗，第一首中写道“请君莫奏前朝曲，听唱新翻《杨柳枝》”，已经为这组诗歌奠定了一个基调，有新必胜旧、来定胜往的意味。

差不多和刘禹锡同时而稍早的诗人李益，也写过类似题材的诗作，其《汴河曲》云：“汴水东流无限春，隋家宫阙已成尘。行人莫上长堤望，风起杨花愁杀人。”他的另一首《隋宫燕》则云：“燕语如伤旧国春，宫花旋落已成尘。自从一闭风光后，几度飞来不见人。”这两首诗涉及汴水、隋宫、隋堤、风起、杨花、春天、燕子，写得都很好，但刘禹锡用一首改造的民歌就把这两首诗歌的内容包括了。当然，刘禹锡诗中没有出现燕子，但以燕子的视野来表达世事沧桑，刘禹锡也写过，就是那首著名的《乌衣巷》：“朱雀桥边野草花，乌衣巷口夕阳斜。旧时王谢堂前燕，飞入寻常百姓家。”比较而言，以杨花柳絮的视野来写，似乎比燕子更加无意，所写内容也就更具普遍性。

桃花运·桃花劫

（崔护《题都城南庄》）

清明日，一袭俊美的身影，沿着小径，缓缓向都城南面走去，没有目标，没有方向，踽踽独行。原来，这是科举未中的士子，为排遣郁闷之气，到野外透透气。走着走着，一座茅屋旁边的桃花吸引了他，那桃花，粉红灼灼，花团锦簇，香气宜人，与幽静的氛围很配。这士子抬手叩门，一位如桃花般娇艳的女子从门缝中窥探，问是谁有何事，士子自言名叫崔护，想讨杯水喝。一番交谈之后，多情善辞的他撩了桃花姑娘。离去之后的崔护，似乎忘记了这番艳遇，再到都城南庄，已经是整整一年后了。但是，桃花还是那株桃花，门上却多了一把大锁，桃花姑娘不见了踪影。

崔护，唐德宗贞元十二年（796）进士，正史记载的有关他的事迹少得可怜，但一首《题都城南庄》，却让他声名远播。

去年今日此门中，人面桃花相映红。

人面不知何处去，桃花依旧笑春风。

这首诗写了一份桃花运和一场桃花劫。世事遇合，物遇人合，可以偶遇美好；世事变化，物是人非，又会丢掉美好。

这首诗有本事。据唐人孟棨《本事诗》记载：

博陵崔护，姿质甚美，而孤洁寡合。举进士下第。清明日，独游都城南，得居人庄。一亩之宫，而花木丛萃，寂若无人。扣门久之，有女子自门隙窥之，问曰："谁耶？"以姓字对，曰："寻春独行，酒渴求饮。"女入以杯水至，开门设床命坐，独倚小桃斜柯伫立，而意属殊厚，妖姿媚态，绰有余妍。崔以言挑之，不对，目注者久之。崔辞去，送至门，如不胜情而入。崔亦睠盼而归，嗣后绝不复至。及来岁清明日，忽思之，情不可抑，径往寻之。门墙如故，而已锁扃之。因题诗于左扉曰："去年今日此门中，人面桃花相映红。人面祇今何处去，桃花依旧笑春风。"后数日，偶至都城南，复往寻之，闻其中有哭声，扣门问之，有老父出曰："君非崔护耶？"曰："是也。"又哭曰："君杀吾女。"护惊起，莫知所答。老父曰："吾女笄年知书，未适人，自去年以来，常恍惚若有所失，比日与之出，及归，见左扉有字，读之，入门而病，遂绝食数日而死。吾老矣，此女所以不嫁者，将求君子以托吾身，今不幸而殒，得非君杀之耶？"又特大哭。崔亦感恸，请入哭之。尚俨然在床。崔举其首，枕其股，哭而祝曰："某在斯，某在斯。"须臾开目，半日复活矣。父大喜，遂以女归之。

崔护是博陵（今河北定州）人，博陵崔氏是世家望族。然而后人知道崔护，可不是因为他出身名门，更不是因为他曾做过京兆尹、御史大夫、节度使这样的大官，而是因为这首诗，因为"人面桃花"这个词。

一诗定诗名。崔护，《全唐诗》仅存其诗 6 首，写得都很好，唯有《题都城南庄》成就了崔护的不朽诗名。

此诗知名，不单是他创造了"人面桃花"的意象，因为将女子与桃花联系在一起的，崔护绝对不是第一个。此诗的知名，更重要的是有本事。与其说是本事，还不如说是故事。诗歌背后有故事，而且故事不一般，具有传奇色彩，还有志怪性质。这个故事真真假假，难以具体考证。但可以推测的是，故事前半部分，城南遇美，再寻不遇，题诗于户，颇有可能。这段艳遇，人面桃花，美。再寻不遇，物是人非，也是一种美，残缺的美。所谓人生不如意事十之八九，现实总是如此。但这很不符合读者的接受心理，于是后半部分就演化成为传奇志怪，女子相思而亡，崔护哭之复活，二人结合，大团圆。虽然大千世界无奇不有，但这里臆造杜撰的成分很大。后来汤显祖的《牡丹亭》，唱词虽特别华美，其实也就是写了这样一个非常俗套的故事。美——残缺的美——悲剧——喜剧，这非常符合读者的接受心理和接受期待。读者心里是舒服了，但往往不符合事实，这其实也影响艺术的魅力。因此，很多选本介绍这首诗时，只讲故事前半部分，讲到诗歌部分就戛然而止，讲一种遗憾之美，一种残缺之美。“将美的东西毁灭给人看”，这更能让人心里哽着噎着，牵肠挂肚，唏嘘感叹。

桃花的意象，在古代诗词中很常见。从《诗经·桃夭》“桃之夭夭，灼灼其华”写女子出嫁开始，桃花与女性之美就经常联系在一起。写女子貌美如桃花，称之为“桃花脸”“桃花腮”“桃花眼”“桃花妆”“桃花面”，甚至男子得到女子的特别青睐，也称作“桃花运”。清代还有一部传奇命名为《桃花扇》，孔尚任创作的，写的是明末侯方域与李香君的爱情故事。

崔护的这首诗将人面桃花写得很美，后人更是赋予了其完美的故事，女子与桃花的这种缘分看来是分不开了。这种意象与意义一直传承下来并活跃在现代汉语中，除了邓丽君曾将这首诗直接翻唱为现代歌曲外，再如歌曲《在那桃花盛开的地方》中唱道："桃花映红了姑娘的脸庞。"《桃花朵朵开》中唱道："我在这儿等着你回来，等着你回来，看那桃花开。"《桃花谣》中唱道："桃花儿红女儿娇。"诸如此类，因为明用或者暗用了人面桃花的意象，这些现代通俗流行歌曲也具备了一些古典的意味与气息。

写不尽的送别：从白居易到李叔同

（白居易《赋得古原草送别》）

世界上生命力最强大的，也最不起眼的，就是小草。自然的风吹雨打，人为的火耕水耨，虽也能使其暂时消亡，但一旦遇到暖湿的条件，它依然爆发出旺盛、蓬勃的生命力，所以古诗中才有“野火烧不尽，春风吹又生”的经典总结。曾几何时，这不起眼的小草，竟也与送别、分离、思念沾染上了千丝万缕的关系。从战国时期的《楚辞》到唐代的白居易，从白居易到近代的李叔同，他们把依依不舍却又无可奈何的送别以及绵绵不尽的思念，用萋萋青草一遍遍地编织起来，真是剪不断、理还乱，别有一番滋味在心头。

《赋得古原草送别》，是白居易的成名作。

离离原上草，一岁一枯荣。
野火烧不尽，春风吹又生。
远芳侵古道，晴翠接荒城。
又送王孙去，萋萋满别情。

赋得，是古人学习作诗、文人聚会分题作诗、科举考试时命题作诗的一种方式。凡是借古人诗句或成语命题这样限定的诗题，题目前一般加上“赋得”二字，称为“赋得体”。作法与咏物相类，须先讲清题意，起承转合要分明，对仗要精工，全篇要浑然天成，方称得体。诗歌是美的，“赋得”是有约束的，赋得体就像“戴着脚镣跳舞”，束缚如此之严，因此难有佳作。

据唐人张固的《幽闲鼓吹》记载，白居易当年入京，投谒当时的名士顾况，呈献诗文，以求延誉，这就是行卷。也就是一个人，光自己行还不行，必须有行的人说你行才行。当时，顾况看到署名“白居易”三个字后说：“米价方贵，居亦弗易。”拿别人的名字开玩笑，这有打趣的意思，也很可能有轻视之意。不过等顾况看到白居易进呈的文章首篇“咸阳原上草，一岁一枯荣。野火烧不尽，春风吹又生”后，颇为震撼，大加赞赏，说有这样的警句，“居即易矣”。随后，为之延誉，四处宣传，白居易因此声名大振。《幽闲鼓吹》这部书主要是记载中、晚唐时期的逸闻逸事，前人将之隶属于小说，但《旧唐书·白居易传》《唐摭言》（卷七）也有类似的记载，可见此事也不完全是捕风捉影、无中生有，唐代盛行行卷，至少是有一些原形存在的。

白居易这首诗之所以出名，主要是因“野火烧不尽，春风吹又生”这十个字。一方面，这十个字写的是一种自然现象，古原之上野草的“一岁一枯荣”，写野草冬天枯萎、春天发芽的自然生态；另一方面，这十个字又不仅仅写自然现象，字面背后蕴含着别样的内容和思想，“野火烧不尽”寓含着坚韧顽强，“春风吹又生”寄寓着生生不息，这是写一种生命精神。这种精神，成为人们在面临困境、日暮途穷、走投无路时的精神支撑。这两句诗所表达的浅显的自然现象背后蕴含的是一种自强不息的生命精神，具有一种鼓舞人心的力量，因此理所当然地具备超越诗歌字面意义的永恒意义。这两句，也是我们今天能够保持文化自信的一个重要来源。

正因为颔联两句惊警，小学语文课本中选入这首诗时，去尾留首，只选入了前四句，另名为《草》，这可能是照顾小朋友的接受能力，因为后四句的确写得更“文”一些。

但是，话说回来，白居易为什么写草？

目的还是写送别。草与送别有什么牵扯？《楚辞·招隐士》中云：“王孙游兮不归，春草生兮萋萋。”这是说看到春草萋萋，思念远行不归的人。白居易稍加变通，由春草能想到远行不归的人，而现在却要送别远行之人，远行之后，不知何时才能相见，这送别就愈加不舍，满眼的萋萋芳草，都是那离别之情。只有分别，才有离恨。所以，草与送别、分离、别情、离恨就纠缠不清了。南唐亡国之君李煜的《清平乐》中云 “离恨恰如春草，更行更远还生”，却是用绵绵春草，将送别之情与离别之恨直接连在了一起。所以，我认为，如果语文课本再选此诗的话，还是选全为好，给孩子们一个完整的版本，考虑孩子们的接受水平的话，不妨放在高一点的年级学习。

二十世纪初，弘一大师李叔同填写了一首词《送别》，其中写道：“长亭外，古道边，芳草碧连天；晚风拂柳笛声残，夕阳山外山。”这首词配上美国一个作曲家的曲调，经《城南旧事》等电影的传播，广为传唱，成为那个时期的新“阳关三叠”。在二十世纪初，这首名为《送别》的歌曲的确“送别”了太多的东西。有人说，李叔同的这首词，是深受日本一个词作家犬童球溪《旅愁》的影响的，其实并非如此。《旅愁》与《送别》都是借用的美国作曲家约翰·P. 奥德威的曲调，但李叔同的词，是地地道道的中国传统，词中出现的八个意象：长亭、古道、芳草、晚风、杨柳、笛声、夕阳、远山，都是中国古代文学中常用的表达送别的意象，其中的古道、芳草，白居易的这首赋得体送别诗中都用过。

一笑一哭总关情

（白居易《长恨歌》）

作为女人，杨贵妃是超级魅力女生，她能让一位原本兢兢业业的君王，为了她不上早朝；她能让一位身边美女环绕的男人，专宠她一人。着实了得。那么，唐玄宗爱她哪儿呢？美。那样一位“云想衣裳花想容”的美人，谁人不爱呢？李白为杨贵妃画的像，美则美矣，似乎还是那云端的仙女，缺少凡人的情感。如果让画像上的贵妃笑一下哭一番，会是怎样的景象呢？或许更能让人理解唐玄宗的爱吧。白居易的《长恨歌》中就写到了杨贵妃的笑与哭。

《长恨歌》是白居易的经典之作，对其主题，有人说是颂扬李杨爱情，有人说是反思历史沉浮，争执不下，呶呶不休，但不管哪种主题，都有一个共同的支撑，一个根本的触发点，那便是杨贵妃之美。“汉皇重色思倾国”，杨贵妃必然是美的，唐玄宗就是这样的审美，他的爱情源自对美的喜爱，而他的重色又是国家动乱的根源。

《长恨歌》写杨贵妃之美，集结在两处：一处是“一朝选在君王侧”之时，一处是“临邛道士鸿都客”精诚致魂魄之时。前一处写笑，写娇媚；后一处写哭，写忧伤。

先来看笑。

汉皇重色思倾国，御宇多年求不得。
杨家有女初长成，养在深闺人未识。
天生丽质难自弃，一朝选在君王侧。
回眸一笑百媚生，六宫粉黛无颜色。
春寒赐浴华清池，温泉水滑洗凝脂。
侍儿扶起娇无力，始是新承恩泽时。
云鬓花颜金步摇，芙蓉帐暖度春宵。
春宵苦短日高起，从此君王不早朝。

唐玄宗喜欢美女，寻求了多年，也没有找到那个真正让自己怦然心动的女子，终于有一天杨贵妃来了，杨贵妃的那种美，让整天在美女堆里混腻的挑剔皇帝顿时没了毛病。这是对杨贵妃之美的铺垫。那么，杨贵妃到底多美呢?

天生丽质。

天生丽质，美则美矣，但是也太宽泛了吧。

白居易也知道读者不满足于这么四个字，直言不尽兴，那就来点衬托吧。于是，大笔一挥写就："回眸一笑百媚生，六宫粉黛无颜色。"杨贵妃美，美得极致，她的到来，让唐玄宗的后宫妃嫔顿时黯淡无光，黯然失色。为何?杨贵妃虽然美，但美不是她被唐玄宗喜爱的唯一原因，人家还有关键的制胜法宝：笑。

女子一笑，惹人动情。

想当初，周幽王为了博得褒姒一笑，“烽火戏诸侯”；想当初，贾大夫为了让“三年不言不笑”的美女老婆开开尊口，笑上一笑，“御以如皋”(《左传·昭公二十八年》)，纵马射雉；想当初，《诗经·卫风·硕人》的“巧笑倩兮”，让画一般的庄姜一下灵动了起来，迷倒了卫庄公与卫国百姓。白居易写杨贵妃的笑，选取了一个特殊的瞬间，即回头那一刹那，秋波一动，嫣然一笑，动人、迷人、媚人，“一顾倾人城，再顾倾人国”。一“顾”一“笑”一“媚”，顺接而下，自然而然，杨贵妃的美也有了生命，有了情态。所以，这一瞬间，便成了经典；这一瞬间，便成了刻画美女的点睛之笔。电影《唐伯虎点秋香》中的秋香就“神还原”了此瞬间之美，只不过秋香是娇羞之美，杨贵妃是娇媚之美。

再来看哭。

闻道汉家天子使，九华帐里梦魂惊。
揽衣推枕起徘徊，珠箔银屏迤逦开。
云鬓半偏新睡觉，花冠不整下堂来。
风吹仙袂飘飖举，犹似霓裳羽衣舞。
玉容寂寞泪阑干，梨花一枝春带雨。

哭是人之本性，爱哭，似乎是女人的特长。伤心了落泪，忧郁了落泪，激动了落泪，受委屈了落泪，有爱而哭之，有畏亦哭之。在泪美人的世界中，似乎没有什么事情是哭解决不了的，当然，如果哭一次解决不了，那就哭两次嘛!

古代女子的哭功很厉害。

善哭的女子肺活量都很大，孟姜女连哭十天十夜，感天动地。

孝女曹娥沿江号哭，昼夜不绝声，一连哭了十七天。

当然，效果也很明显：娥皇女英，在丈夫舜死了之后，痛哭流涕，泪水挥洒在竹子上，变成了竹子的斑纹，即为斑竹。一哭，催生了一种竹子新品。

杞梁妻哭亡夫，涕泪俱尽，继之以血，城墙崩陷数尺，后来就演化成孟姜女哭倒长城的故事。

此女子们，以哭制胜，威力很大：惊天地，泣鬼神，悲壮。

还有一类女子，有泪不在量多，不在声大，而是以美取胜，最有代表性的诗句便是白居易这句“梨花一枝春带雨”，简短，却极出彩，梨花言其脸，肤白，素淡；雨言泪珠，一滴滴，一点点，柔媚动人，让人又怜又爱。

还有一个人的哭是兼而有之，哭态美，功效大。此人便是素有“泪人”之称的林黛玉。

黛玉本是三生石畔一株绛珠仙草，她来到人世，就是为了“还泪”。她为宝玉哭了一生一世，历时久；呜咽哭泣，致落花满地，宿鸟惊飞，致宝玉“痛倒在山坡上”，威力大。哭着吟唱《葬花吟》，飞花、泪水，合二为一，一双似泣非泣含露目，本就多情，此时泪珠儿断断又连连，更引人垂怜。黛玉泪美人之美在纤弱美、忧郁美，她是一位多病西施，多泪西施，把一滴滴泪珠变成了一粒粒情感的珍珠。

“玉容寂寞泪阑干，梨花一枝春带雨”，这是《长恨歌》写杨贵妃泣下如雨时的姿容，写得楚楚动人，令人哀怜。前一句言泪言哭，后一句写泪态写哭容。哭相，一般不会太美，涕泗滂沱也罢，微泪轻垂也罢，或者会哭花了妆，或者会哭红了眼，总之会失了精致。当然，一般规律只对一般人适用，而人家杨贵妃可不是一般人，况且此时的杨贵妃已然是太真仙子了，所以即便是哭，也依然美丽。白居易很会选择物象，梨花洁白静雅，特别适合一心修道的仙子，“梨花一枝”便是写其容貌娇而不俗，丽而不妖，“春带雨”则是写仙子垂泪，那泪珠就如同春天梨花上的雨滴，让其分外润泽美丽。

宋代的欧阳修也曾用这个意象来写女子，《渔家傲》言：“三月芳菲看欲暮，胭脂泪洒梨花雨。”后来“梨花带雨”就成了写女性娇艳之美的常用词。《封神演义》第四回写妲己：“杏脸桃腮，浅淡春山，娇柔柳腰，真似海棠醉日，梨花带雨。”为了写妲己的娇艳，一下子搬出了如此多的植物：杏、桃、柳、海棠、梨花。虽然写到了极致，但也一览无余了。这是小说的写法，比较而言，诗歌中倒是更加含蓄。

一笑一哭，风姿不同，却是俱见风采，塑造出了一个无论何时何地都美的杨贵妃形象。

除此之外，美人杨贵妃还有一个特征，头发很美。

头发也是女子美的重要组成部分，发质不同、发型不同，形象亦大有差异。古代美女的标准中，美发也是重要的一项。

历史文献记载的第一位美发者是有仍氏的女儿，《左传·昭公二十八年》载：“昔有仍氏生女，黰（zhěn）黑而甚美，光可以鉴，名曰玄妻。”有仍氏之女头发乌黑发亮，很有光泽，其光泽可以照见人影。

美发很重要，有的女人会因此得到幸福，如汉武帝宠幸卫子夫，就与卫子夫的美发有关，张衡《西京赋》称：“卫后兴于鬒发，飞燕宠于体轻。”卫子夫因侍衣得幸，汉武帝见其美发，无比喜爱，遂纳入宫中。东晋广陵公陈逵的妹妹才貌俱佳，一头秀发长达七尺，后赵武帝石虎十分宠爱她，封为夫人。

有的女人则会因头发而免祸。晋朝大将军桓温平定蜀地，娶蜀王李势女儿为妾。桓温老婆（晋明帝之女）南康长公主知道后，立即前往问罪，拔刀想杀了李氏。哪知急匆匆赶到时，恰巧看见李氏在窗前梳头，“发垂委地，姿貌端丽”，头发垂下来铺到地上，肤色像白玉一样光彩照人，神色自若，缓缓走来。桓妻一见，丢下刀说：“我见汝亦怜，何况老奴。”留下了“我见犹怜”这一典故。

正是因为头发很重要，古代女人对于头发很重视，多加装饰，于是，各种发型，各种发饰便出现了，比如笄、簪子、钗、步摇。女子的成年礼笄礼，是头发与发饰的完美结合，长发梳成一个秀美的发髻，郑重簪上发笄，这意味着女子成年，可以嫁人了，也意味着秀发有更多的机会遇到更美的饰品了。

饰品装饰了美发，美发成就了饰品。二者相互成就，对于女子都重要。所以，饰品也成了女子的代表。恋人、夫妻分离之时，头饰往往就成了信物，成为情感的寄托。发钗两股，一股自留，一股送给对方，约定再见之时发钗二者合一。纳兰性德《浣溪沙·十二红帘窣地深》即言“珠衱佩囊三合字，宝钗拢髻两分心。定缘何事湿兰襟”。

《长恨歌》写杨贵妃之美，写其美发，写其发饰，这是其他诗人亦会用到的手法。白居易的高妙，在于他将头发、发饰作为重要的“道具”，叙事抒情，与事与情，融为一体。

《长恨歌》写了四次发饰，源自四次不同的场景，四种不同的情感。

第一次：云鬓花颜金步摇，芙蓉帐暖度春宵。

此为杨玉环新承恩泽时。云鬓，指的是美发，浓黑、柔软，这是中国人的审美。步摇，始于两汉时期，最初用于贵族礼服。其形制多为凤凰、蝴蝶类，或缀有流苏，随着佩戴者走路而摇动，故名步摇。白居易以此写杨玉环的美，摇曳生姿。

第二次：六军不发无奈何，宛转蛾眉马前死。花钿委地无人收，翠翘金雀玉搔头。

此为杨玉环被逼身亡之后。之前装饰了她的美发的花朵形首饰花钿散落在地，失却了它们的美好，翠翘、金雀钗、玉簪，也因美人不再而失色。

第三次：云鬓半偏新睡觉，花冠不整下堂来。

此为道士寻到杨玉环时，太真仙子的形态。半梳着云鬓刚刚睡醒，来不及梳妆就走下堂来，还歪戴着花冠。这是急切得忘记了梳妆。

第四次：惟将旧物表深情，钿合金钗寄将去。钗留一股合一扇，钗擘黄金合分钿。但教心似金钿坚，天上人间会相见。

此为唐玄宗、杨玉环离别定情时，定情物是钿合金钗。

红颜已逝，一颦一笑，俱成历史。

花钿委地，无人收拾，淹入尘埃。

钿合金钗，诉说衷情，引人慨叹。

历史远去，无从追求，但是杨贵妃的美、杨贵妃的笑、杨贵妃的哭、杨贵妃的发、杨贵妃的故事，似乎还在时空隧道中穿行，或许，这就是白居易的意图所在吧。

自作聪明的小把戏

（白居易《池上二绝》其二）

童年，一个多么美好的字眼，饱含着最为真挚最为珍贵的爱意。童年，会有那么多的人毫无保留地爱护着你。童年，会有那么多的人肆无忌惮地宠溺着你。有人扶你走路，有人陪你玩耍，还有人在欣赏着你的调皮。自作聪明、敢做不敢当的事，你干了不是一件，搞点小把戏，弄点小伎俩，虽然有时也会招来打骂，但从来没有人会真正地敌视你。当你慢慢长大，再回首，定然心怀感激。当你慢慢长大，再看孩童，定然满眼温情。

白居易的《池上二绝》其二，写了一个小淘气。

小娃撑小艇，偷采白莲回。
不解藏踪迹，浮萍一道开。

小淘气偷偷地摇船出去做坏事，偷采白莲。做完坏事之后，颇为得意，不躲不藏，众目睽睽之下，大摇大摆地划着船回来了。按照常理，做了坏事，唯恐人知道，这个淘气包却是唯恐人不知。哪来的自信？哪来的勇气？

原因无他，他只是太天真了。他以为没人知道他的秘密，没人知道他做了坏事，却不知船划开的浮萍，早已泄露了他的秘密。孩子为知识所限，做了一些让人忍俊不禁的事情，天真可爱，让人舍不得去责怪他。当然，如果长大成人了，还这样做，那就真的是“很傻很天真”了。

此诗写得清新可人，童趣十足。

白居易，唐代新乐府运动的中坚力量。《长恨歌》《琵琶行》，鸿篇巨制，远近闻名；《秦中吟》《新乐府》，讽喻现实，淋漓酣畅；“一车炭，千余斤，宫使驱将惜不得”“是岁江南旱，衢州人食人”，直揭现实黑暗；“可怜身上衣正单，心忧炭贱愿天寒”，叹息肠内热。忧心来自关心，关心源于爱心。

关心国事、深爱国家的白居易，也特别喜欢孩子，宠爱孩子，所以他才能写出如此富有童趣的诗歌。

白居易结婚晚，三十五岁结婚，一年多后他做了爸爸，有了一个女儿，取名为金銮子。年近四十，才有孩子，白居易很激动，之后的白居易就成了名副其实的“女儿控”，不断地在朋友圈里写诗秀美图，并且信誓旦旦说自己要努力工作，为女儿打造一个美好的未来，真是个绝世好爸爸。但是世事无常，金銮子三岁时得了病，医治无效不幸夭折。掌上明珠就此离去，白居易悲痛万分，如祥林嫂一般在诗歌里不断发泄着内心的悲痛，“慈泪随声迸，悲肠遇物牵”（《病中哭金銮子》），金銮子的衣服还在衣架上，没吃完的药还放在桌子上，好像一切还是以前的样子，但是他的金銮子却已经躺在了三里之外的小墓穴里。“莫言三里地，此别是终天”（《病中哭金銮子》），三里地的距离，隔断的是父女相伴的美好。

好在四十五岁时白居易又有了一个女儿，取名阿罗，白居易对阿罗百般宠爱，看着女儿安稳地长到七岁，可以学妈妈画眉，可以学爸爸吟诗，他幸福感十足。后来又生了个儿子阿崔，白居易更加开心，开始各种晒娃，晒小手，晒头发，晒脸庞，“腻剃新胎发，香绷小绣襦。玉芽开手爪，酥颗点肌肤”（《阿崔》），希望能把这种幸福继续下去，但是，老天不公，阿崔三岁也夭折了。

白居易后半生在得到孩子的幸福与失去孩子的煎熬中度过，无论哪种情况，无论哪种心态，在看到憨态可掬、活泼可爱的孩子时，他总是温情以待，看到孩子，就是一种幸福，就一定会带来快乐。

除了是“子女控”之外，白居易还是典型的“小池迷”，他一生创作了三百首左右与“池”有关的诗，其中以“池”为题的就有六十多首。

白居易早年感慨“长安米贵，居大不易”，在长安居住，基本是租房，“游宦京都二十春，贫中无处可安贫”（《卜居》），等到五十多岁回到洛阳时，白居易终于有了自己的房，而且是豪宅，“十亩之宅，五亩之园”经过一番装修后，文雅疏淡，“皆吾所好，尽在吾前”（《池上篇》），其中便“有水一池”，颇富林泉雅致。

有一天，他来到小池，又看到有孩子，自己最喜爱的事物凑到一起了，再加上孩子自作聪明的“高超”演技，白居易心里都乐开了花，诗兴大发，妙笔一点，一幅颇有趣味的动感画面缓缓展开了。自然，白居易在看之时、在写之时，脸上展露的是宠溺、嬉笑的表情，他沉醉其中，也让人沉醉了。

悯农诗人悯农否

（李绅《悯农二首》）

炙热的阳光，直直地落下，落在那光着的膀子上，化作了一滴滴滚烫的汗珠。蒸人的暑气，浓浓地向上钻，钻入那满是茧子的脚底板，带来热浪一阵又一阵。四野尽是知了肆意欢叫的声音，再加酷热，更添烦躁。这样的天气，谁人不想“懒摇白羽扇，裸体青林中”，谁人不想宅在凉屋里，开轩纳微凉，但是，一个一个在田地里劳作的人，却在大汗淋漓地喘息着，“力尽不知热，但惜夏日长”，努力耕作着，畅想着一年的收成，希望能让日子过得更好一些，希望能让家人更欢喜一些。

李绅的《古风二首》，亦称《悯农二首》，名气很大，小学语文课本都选了，儿童都会背。

其一

春种一粒粟，秋收万颗子。

四海无闲田，农夫犹饿死。

其二

锄禾日当午，汗滴禾下土。

谁知盘中餐，粒粒皆辛苦。

李绅也因《古风二首》被冠以“悯农诗人”的称号。

那么，李绅是怎样赢得这一称号的呢？

李绅是个苦孩子。

李绅六岁丧父，由寡母独立抚养，虽说母亲尽心培育，亲自教育，但锦衣玉食的生活是没有的，有的只是贫苦的日子，一餐一饮，都倍加节俭。

李绅是个苦学生。

年纪稍大，李绅到惠山读书，生活依旧贫寒，条件很艰苦。

史书记载李绅个子很矮，时号“短李”，李绅的身材或许有遗传的因素，发育时期缺少食物缺少营养，或许也是一个原因吧。

同时，李绅又是个好孩子，好学生。

母亲的培养，惠山读书的刻苦努力，都为李绅的成长打下了基础，他打好了自身这块铁。韩愈曾写《与祠部陆员外书》，举荐包括李绅在内的十位青年人，称赞他们“或文或行，皆出群之才”，文才品性皆佳。这是李绅写成《古风二首》的主要原因。

李绅这个好孩子、好学生慢慢长大了。长大了的李绅志向很高，他要让家道中落的家庭重回往日的辉煌。于是，像很多唐代文人一样，李绅开始了漫游，拜谒名人。漫游过程中，李绅目睹了百姓的艰辛。看到田中那顶着烈日劳作的农夫，他的思绪似乎又回到了小时候与母亲吃饭的时光，那时候，母亲就教育他珍惜粮食，要懂得节约，不能浪费。目光再回到田地边，李绅真正懂得了母亲的伟大，于是，感同身受的李绅满怀感慨地写就《古风二首》。“四海无闲田，农夫犹饿死”，对比强烈，引人震颤；“锄禾日当午，汗滴禾下土”，形象直观，让人倍加感恩农民，让人倍加珍惜粮食。

生活历练人，生活也造就人。

李绅写《古风二首》，既有生活基础，又有感情基础，真情实感，令人动情。

当然，深受儒家思想影响的李绅，其《古风二首》不仅以情取胜，还有现实寄托。中国社会“以农为本”，农业是社会生产的根本，中国政治又提倡“以民为本”，民固则国牢，很显然《古风二首》选取的农夫，恰恰是“以农为本”与“以民为本”两种观念的集结点，对农夫的关注，既是对农业对百姓的关注，更是对国家社稷的关心。李绅采用中国诗教“温柔敦厚”“主文谲谏”的传统，希望以下讽上，有所匡助。此种家国情怀，令人动容，令人敬佩。所以，当李绅行卷拜谒吕温时，吕温读完《古风二首》，大为赞赏，并断言李绅有宰相器度。吕温如此判断，就是看到了《古风二首》背后的拳拳爱民爱国之心。果不其然，李绅真当了宰相。

吕温的评判，对于《古风二首》的传播起了很大的提升作用。《旧唐书》记载，李绅擅长作诗，乡贡之年，李绅的诗歌经常为人吟诵，《古风二首》是最脍炙人口的。

《古风二首》，内容厚重，浅显易懂，此二点是其在民间、庙堂广泛传诵的根本原因。内容厚重，决定了传播的深度；形式上的浅显易懂，决定了传播的广度。明太祖朱元璋对其赞赏有加，许多诗歌选本多次选入，而且还有不少模拟之作出现。人们称《古风二首》，可抵得上一篇周公含血带泪的《无逸》，上可匡扶时政，下可教育子孙，故而雅俗共赏，流芳百世。

据说在敦煌文献中还发现李绅的另一首《悯农》：“垄上扶犁儿，手种腹长饥。窗下织梭女，手织身无衣。我愿燕赵姝，化为嫫女姿。一笑不值钱，自然家国肥。”这首诗内容、风格都与前两首一致，有可能真是李绅的。

李绅写《古风二首》，感念百姓之苦，体恤百姓，一般认为，这样的人做了官，真的是百姓之福啊。但是，李绅一生，尤其是后期，并没有彻底落实他的诗歌所写。

李绅后期，晚节不保，黑料不少，择其要者有二：

一是生活不务节俭，近乎奢侈。

最为有力的黑料，便是李绅爱吃鸡舌，为了满足自己的口腹之欲，他一顿饭要杀三百只鸡。这是最要命的，简直是直接将李绅一棍子打死呀，这样的人，你要说他曾经写过《悯农》，估计很多人打死都不会相信。但是，此则故事，出处不详。

另外，有个成语叫“司空见惯”，说的便是李绅，源自刘禹锡《赠李司空妓》。有一次，李绅为招待刘禹锡，专门组织了一场盛大宴会，起因很简单，李绅很倾慕刘禹锡的名声。席间有歌舞助兴，其中一个歌妓甚得刘禹锡欢喜，于是宴会结束，李绅便将此歌妓送给刘禹锡。刘禹锡遂写就《赠李司空妓》一诗：“高髻云鬟宫样妆，春风一曲杜韦娘。司空见惯浑闲事，断尽苏州刺史肠。”刘禹锡本意是感谢，还是有所讽刺，不得而知，但是一句“司空见惯浑闲事”，还是让后人抓住了把柄，说唯有生活奢靡的人，家中的歌妓才能够随便寻常地送给别人，若家中只有一个歌妓，估计他也不舍得送。

二是为政暴虐，制造冤假错案。

李绅的为官之道，务为威烈，有时甚至有暴刻之嫌，是一个酷吏。

酷吏有好的一面，李绅对境内的豪强叛卒、地痞无赖，不畏惧、不手软，严厉打击，因为他执法严格，犯者无宥，境内治安一度很好。

不好的一面在于，李绅的严酷也会面向寻常百姓。做官之后的李绅“爱惜自己的羽毛”，为了赢得皇帝的赞赏，在一次大的蝗虫灾害之后，他刻意隐瞒灾情不报，还说因为皇上圣德，蝗虫虽然过境，但未下一口，未造成一点灾害。如此一来，李绅赢得了皇上的喜爱，谁不愿意听好话呢？代价则是百姓的忍饥挨饿。

李绅在晚年还制造了一起冤假错案，借机打击报复。当时有人举报江都尉吴湘贪污受贿，还强娶民女，李绅直接将吴湘判了死罪，而且还不是“秋后问斩”，近似于“斩立决”。李绅为何如此匆匆判案？源自牛李之争，吴湘恰恰是牛党人物，李绅则是李党。后来李党失势，牛党上台，吴湘案被重审，当时李绅已经去世，但仍旧戴上了滥杀无辜的帽子，更严重的是祸及子孙，朝廷下诏追削他的所有任命，子孙世代不得为官。

历史的真相如何，我们已经不得而知了。或许过够了苦日子的李绅，一旦感受到了纸醉金迷的乐趣，他就变了，腐化了，黑化了，也或许是牛党或者其后人编造的“真相”。当然，这些或许也都不重要了，重要的是李绅留下了那么感动人心、引人向上的《古风二首》。

才华与理想之间

（贾岛《剑客》）

年轻人，满怀青春朝气，有着一颗为理想躁动的心，有着一颗为梦想奋斗的心。在年轻人眼中，未来很是美好，未来很是磅礴，未来是大有作为的广阔天地。年轻人抱负满怀，激情澎湃，期待才华绽放，激扬文字，挥斥方遒。在年轻人眼中，才华与理想之间，是直线；才华与理想之间，有自信。这就是青春的力量，这就是年轻的梦想。但事实究竟如何呢？

《剑客》是唐代苦吟诗人贾岛写的一首五言绝句。

十年磨一剑，　霜刃未曾试。
今日把示君，　谁有不平事？

贾岛早年家境贫寒，年少出家。元和年间，辗转来到京城，在元和六年（811）的时候与韩愈相识。韩愈非常欣赏贾岛的诗歌才能，劝其还俗应举。贾岛欣然接受，从此踏入了科举考试的坎坷道路。从《剑客》这首诗歌表达的思想倾向来看，应该是贾岛还俗后不久的作品。

诗歌题名为《剑客》，可见这是一首写人的诗，但看起来更像是一首咏物诗。

通篇不是着力写剑客，而是极力写剑。剑是用十年时间磨成的利剑，剑刃寒光闪烁，还未试锋芒。现在我就把这剑拿出来让您瞧瞧，世间有什么不平之事，都可以用这把剑来解决。当然，利剑的背后，始终有一剑客存在，是他用十年时间磨成这把利剑的，是他还没有初试锋芒，是他拿出利剑来展示给人看的，也是他要用利剑来摆平世间不平之事的。单从这一方面来看，这首诗写得很巧妙。

不过，这又不是一首纯粹的咏物诗，也不是纯粹写一个剑客行侠仗义的诗，这还是一首自喻的诗，是贾岛自我推销的诗。

剑客是谁，指的是贾岛自己，剑指的是贾岛的才华。他用十年的寒窗苦读，终于练就了满腹的才华，现在是时候拿出来向世人展示了，他跃跃欲试，要大展宏图。这里展示的是贾岛的才华、自负和理想。

但是，理想和现实之间总是有距离。

他想得太天真，以为凭借自己的才华，一定能春风得意，一举考中，谁知，屡考屡败，一次次名落孙山。他以为凭借自己的“十年磨一剑”，一定能够解决世间不平之事，但现实总是不按照他的预期发展，于是他心生不满，郁闷怨恨。

有一次，贾岛写了一首《病蝉》诗：“病蝉飞不得，向我掌中行。拆翼犹能薄，酸吟尚极清。露华凝在腹，尘点误侵睛。黄雀并鸢鸟，俱怀害尔情。”这是一首咏物诗，写蝉，而且是病蝉；这也是一首咏怀诗，写自己，而且是不得志的自己。诗歌说黄雀、老鹰都不是什么好鸟，都一样是想祸害蝉的，都是些害人的玩意儿。很明显，其中语含讥刺，讽刺权贵，当然会惹恼一些人。他们睚眦必报，说贾岛在考场内举止疯狂，破坏了科考秩序，将贾岛列入“十恶”，是无才之人，不得采用，驱逐出京。

从此，贾岛告别长安，告别科考，一生始终与功名无缘。

贾岛是个苦吟的诗人，“两句三年得，一吟双泪流”，在诗歌字句上下足了功夫，还因此创造了“推敲”的词语、典故。

看看贾岛一生的遭遇，年少时家境贫苦，出家时生活清苦，还俗后仕途痛苦，他的“苦吟”不是没有原因的。不过，《剑客》这首明白如话的五言绝句，也贡献了一个成语——十年磨一剑，用来比喻多年的刻苦磨炼。

向来缘浅，奈何情深

（贾岛《寻隐者不遇》）

层峦叠嶂、连绵起伏的高山之下，一位书生模样的人，匆匆而来，轻声叩门，却无人回应，只好在葱翠挺拔的松树下踱步。松树郁郁葱葱，正给了书生一个等待的好去处。白云悠悠，山幽水深，真是一个修道的好地方。书生欣赏着风景，感受着仙风道骨之气。正在这时，一个小童子走了过来，是道师的徒弟。童子告诉书生，师父往山中采药去了，山高云深，不知何时回来；云雾缭绕，更不知现在在哪个地方。书生一声长叹，遇与不遇，全是缘分。

《寻隐者不遇》，写寻找，写不遇。

松下问童子，言师采药去。
只在此山中，云深不知处。

此诗作者，有两种说法，一种是贾岛，另一说为孙革，诗题为《访羊尊师》。《全唐诗》中两说并存。

这诗写得很妙，呈现了一场情趣盎然的情景剧，一句问，三句答，词意真率，主角隐者未出场，却字字围绕他来写，凸显隐者的高致。

“不遇”，是中国文学的传统题材，中国古代最早明确以“不遇”为题写不遇的是董仲舒的《士不遇赋》，其后，司马迁的《感士不遇赋》，陶渊明的《悲士不遇赋》都是此主题的名作。但是，细细读完之后，此种不遇，与人的命运联系至密，悲伤、无奈、愤慨，成了关键词，总是给人一种萧瑟、压抑之感。

终于，到了晋代，“不遇”作品有了一丝亮光。

这则“不遇”，着实有些特别，《世说新语·任诞》记载：

王子猷居山阴，夜大雪，眠觉，开室，命酌酒，四望皎然。因起彷徨，咏左思《招隐》诗。忽忆戴安道。时戴在剡，即便夜乘小船就之。经宿方至，造门不前而返。人问其故，王曰：“吾本乘兴而行，兴尽而返，何必见戴？”

王子猷即东晋名士王徽之，王羲之的儿子。雪夜访友，乘兴而来，兴尽而返，这是自己主动造就的不遇，并且留下了“雪夜访戴”的趣闻，以及“乘兴而来”“兴尽而返”两个成语。这则不遇，尽显魏晋风流，率性任情，洒脱自适。

唐代诗人也写不遇，多写与隐士的不遇，李白、白居易、李商隐等人都写过此类诗，都是客体隐士造就的不遇。李白《访戴天山道士不遇》，寻隐者不遇，其情是惆怅的，“无人知所去，愁倚两三松”。白居易有《晚出寻人不遇》，其情则是放达的，“篮舆不乘乘晚凉，相寻不遇亦无妨。轻衣稳马槐阴下，自要闲行一两坊”。李商隐《访隐者不遇成二绝》，“玄蝉去尽叶黄落，一树冬青人未归”，写景写不遇，无言其情，但给人无限遐想。

《寻隐者不遇》，亦写与隐者的不遇，其情也未直言。其实，此诗的独特首先在于写出了波折，一遇一不遇，可遇而终不遇，出其不意，引发读者如坐过山车一般波澜起伏的情感体验，期望、失望，再期望、再失望。“松下问童子”，诗人带着相遇的期待而去；“言师采药去”，这是不得而见；“只在此山中”，这是指出采药的范围；“云深不知处”，则彻底断了念想。文似看山不喜平，这便是审美艺术。

此诗成为经典，还有一个重要原因便是富含哲理，引人思考。

生活中有许多的期待，可以是一顿美食，也可以是一座房子，还可以是一个职位，更可以是一个理想，顺利实现，自然舒心，一旦不成，甚或刚有希望又遭破灭，此时，我们该怎么办？引人思索。诗歌没有明确给出它的答案，但是那劲松、高山、深云、隐者营造的意境传递出来的，或许就是白居易“相寻不遇亦无妨”的心境，因为一切都是最好的安排，你来，无论多大风雨，我都去接你，你不来，我继续。这就是遇与不遇，一切随缘。

脸妆与心妆

（张祜《集灵台二首》其一）

中国传统有一观念，女人要安守本分，稳重朴实，不可过于装饰，不可过于妖艳。如此一来，似乎那些不事雕琢、素面朝天、原生态的人就是心地善良之人，而那些涂脂抹粉、擅长引人关注的人，都是存心勾引别人心生不轨的坏心肠的人。其实，脸可以化妆，心也可以化妆，脸化妆还能赏心悦目，心化了妆问题就大了。

世上有两句话，对女人来说是金科玉律，一句叫“爱美之心，人皆有之”，一句叫“女为悦己者容”，不管你是西施，还是东施，不管你是真的美人，还是效颦丑女，不管你是美给自己看，还是美给爱人看，女人都想让自己美美哒。

就这样，美妆出现了。

简单的化妆一般包括傅粉、施朱、画眉、点唇。

中国人以白为美，故爱傅粉增白，晋代崔豹的《中华古今注》卷中记载：“自三代以铅为粉。”

白面红颊，红润动人，胭脂便出现了，胭脂原名燕脂，《中华古今注》

卷中云："盖起自纣，以红蓝花汁凝作燕脂。以燕国所生，故曰燕脂。涂之作桃红妆。"

在春秋战国时期，中国女子的化妆就已经很普遍了，《诗经·卫风·硕人》："螓首蛾眉。"《战国策·楚策三》言："彼郑、周之女，粉白墨黑，立于衢闾，非知而见之者以为神。"《大招》言："粉白黛黑，施芳泽只。……青色直眉，美目媔只。"宋玉《神女赋》言："朱唇的其若丹。"

罗列这些材料，只是说明，女子化妆是一种审美需求，此种需求很早便得以满足，并且一如既往地发展下去，发扬光大。

至唐代，经济发达，生活富足，"稻米流脂粟米白，公私仓廪俱丰实"（杜甫《忆昔》），爱美的女子们自然对于化妆热情很高。因此，妆容丰富了很多，桃花妆、飞霞妆、酒晕妆、檀晕妆等等，层出不穷。而且，一种新妆容甫一出现，便会以旋风一般的速度流行全国，刘方平《京兆眉》即言："新作蛾眉样，谁将月里同。有来凡几日，相效满城中。"

可以说，没有女子，大唐风采将大大逊色；没有化妆，大唐女子之美也会黯淡很多。

但是，世间总有几个特立独行的人，杨贵妃的姐姐虢国夫人就是其中一位。

虢国夫人在成语殿堂中留下了"素面朝天""淡扫蛾眉"两个成语。成语"淡扫蛾眉"，出自唐代张祜的《集灵台》。《集灵台》是组诗，共有两首，第一首写唐玄宗在集灵台，也就是祭祀天神的地方宠幸杨贵妃之事，第二首写与唐玄宗有染的虢国夫人的狂傲。

二诗都意含讽刺，单就第二首诗来看，很有意味。

虢国夫人承主恩，平明骑马入宫门。

却嫌脂粉污颜色，淡扫蛾眉朝至尊。

虢国夫人非唐玄宗妃嫔，却与其有男女私情，这是“名不正言不顺”，既属乱伦，也不合君道。但就是因为有这一层关系，虢国夫人成了一介狂人，狂在哪里?

第一，时间选得狂。“平明”，黎明时分，此时正是唐玄宗上朝听政的时间，虢国夫人不当上朝，却选在这个时间去见唐玄宗，要是换作别人，这一定是作死的节奏，但是人家有唐玄宗的袒护，谁怕!

第二，代步工具选得狂。按照规定，朝官入朝，也需按部就班，步行而入，而虢国夫人则是“骑马入宫门”，马蹄劲踏，颇有“一骑绝尘”的架势，厉害!

第三，面容来得有点狂。拜见一国之君，是大事，即便是尊贵如杨贵妃，也要盛装以待，这不仅是“女为悦己者容”，也是一种礼仪。然而，虢国夫人只是轻轻地画了画眉毛就去了。这种自信，佩服!

虢国夫人哪来的自信呢?

据说虢国夫人生得俊美，比杨贵妃都要美，这便是我是美女我怕谁呀，真正的美女何惧素颜?但是细细读诗，虢国夫人似乎心思不是那么简单，“却嫌脂粉污颜色，淡扫蛾眉朝至尊”。

第一，她虽然没有浓妆艳抹，却也是浅浅地画了画眉毛才去见唐玄宗，这也不是真正的素颜呀!其实，看看唐玄宗的喜好，就会明白虢国夫人的画眉之举，原来，唐玄宗非常喜欢女人的眉毛，也非常爱看画眉的形状，后来还曾专门命画工画《十眉图》。淡扫蛾眉本就是投其所好。

第二，诗里说虢国夫人“却嫌脂粉污颜色”，认为脂粉会玷污她的眉毛，故而不涂脂抹粉，似乎虢国夫人真是一个素颜主义者。但是，这真是她的个人喜好吗？她真的美得天下无双吗？也不尽然。在一个化妆成风的时代，唐玄宗周围的妃嫔浓妆艳抹，虢国夫人想让身边珠玉环绕的唐玄宗记住她，宠幸她，也是要用点手段的。

想要让人过目不忘，两种手段比较有效：一种是绝对优秀，“亮瞎”别人的双眼；另一种便是反其道行之，做个“另类”。很显然，虢国夫人选择了做另类。人有时就是这样，吃惯了山珍海味，偶尔来点农家饭，下个食堂，很容易刺激味蕾，产生快感，心生满足。

虢国夫人这些有违礼法、不同寻常的举动，靠的只是那点不正常的男女关系。其实，这只是一首小诗中记载下来的，文献中记载的虢国夫人声名狼藉之事多了去了。

素颜没有掩饰，但是心却化了妆，这样的人反而更危险。所以，特立独行有时也不见得是件好事，一旦成为作秀的手段，为野心作掩护，反倒不如“泯然众人矣”。

徘徊在鬼神的边缘

（李贺《李凭箜篌引》）

音乐，听之入耳，感之入心。韩娥鬻歌假食，余音绕梁，三日不绝。秦青抚节悲歌，声振林木，响遏行云。嵇康岩岩若孤松之独立，善琴，一曲《广陵散》，动人心魄，闻者悲泣。许和子既美且慧，善歌，能变新声，喉转一声，响传九陌。盛唐音乐家云集，李凭以善弹箜篌闻名，他的箜篌演奏独步一时，无人能敌。他的箜篌音，清脆如同美玉击碎，动听如同凤凰鸣叫，他的箜篌音能让白云聚起，能让娥皇女英泪洒斑竹，能让九天素女满腔忧愁，吴刚彻夜不眠，玉兔伫立聆听，连天帝都被感动了。如此无穷魅力，如此鬼斧神工，让人惊异，让人“忐忑”，让人向往，让人回味。

在唐代诗坛上，李贺是独一无二的，他是大唐诗坛上的一个“异类”。《新唐书》中说，李贺的语言，总是响落天外，高深莫测，“当时无能效者”。其实，不但当时，即使其后，也没有人能够学得像，学得好。明朝王世贞说，李贺“不可无一，不可有二”，是说李贺的诗歌奇特，奇特到了极致，已经无法模仿了。

唐代诗人各具特色，李白被称为“诗仙”，杜甫被称为“诗圣”，王维被称为“诗佛”，李贺则被称为“诗鬼”。李贺之所以被称为“诗鬼”，其原因可概括为四字：“心怀鬼胎。”当然，这是说的字面意义，不是贬义。

他的诗歌，好写鬼神，题材意象，不离鬼神；他的诗歌结构，奔腾跳跃，不合常规，隐秘不测，破碎零乱，是意识流；他的诗歌语言，生硬险怪，鬼斧神工，正如仓颉造字，可使“天雨粟，鬼夜哭”；他的诗歌阅读效果，是“陌生化”，不走寻常路，不走人间道。李贺是唐代的魔幻主义代表，是神秘主义的代表，是唐代的意识流代表，是唐代的荒诞派代表。

清代编纂的《唐诗三百首》中，李贺的诗歌一首未收，很多人为此愤愤不平。其实，这太正常不过了。《唐诗三百首》是一部普及性读本，而李贺的诗歌的确晦涩难读，总是徘徊在鬼神的边缘，有点偏执，隐然包含着某种对死亡的渴望，这非常不适合启蒙，不适合普及。

《李凭箜篌引》，是写唐代著名艺术家李凭弹奏箜篌的绝妙技巧的。

吴丝蜀桐张高秋，空山凝云颓不流。
江娥啼竹素女愁，李凭中国弹箜篌。
昆山玉碎凤凰叫，芙蓉泣露香兰笑。
十二门前融冷光，二十三丝动紫皇。
女娲炼石补天处，石破天惊逗秋雨。
梦入神山教神妪，老鱼跳波瘦蛟舞。
吴质不眠倚桂树，露脚斜飞湿寒兔。

唐代摹写声音的至文中，白居易《琵琶行》、韩愈《听颖师弹琴》，可以与李贺《李凭箜篌引》相提并论，但很显然，李贺的《李凭箜篌引》

更加鬼斧神工，更加新奇瑰丽。可以说，这首诗歌，通篇借助鬼神意象，极力描写李凭的绝妙艺术；也可以说，这首诗歌和李凭没有多少关系，李贺只是借着“李凭箜篌”的名头，再次表达了内心的“鬼胎”——一种神秘的生存体验。

李贺仅活了二十七岁。他到世间一遭，以一种偏执的姿态，就是为了体验世间生存的艰辛和荒诞。

有人说，他活了二十七岁，却让我们想了一千多年。

这是不错的。我们还要想下去。

英雄有用武之地却无法用武的悲哀

（李贺《马诗》其五）

相传黄帝时代有人捕获了几匹野马，野性十足，嘶鸣不已，王亥将野马关到围栏中，尽心喂养。过了几天，王亥跳到一匹温顺的马身上，结果马儿受惊，腾空奔起，撒腿就跑，将王亥重重地摔倒在地。王亥悻悻而归，不料马儿又跑回来了，王亥便用桑树皮将马儿的头拴住，马儿就被控制住了，听从指挥了。就这样，马儿被戴上了笼头，为人所用。“老马识途”“塞翁失马焉知非福”“厉兵秣马”，诉说着马儿的功劳，“一马当先”“马革裹尸”，诉说着人的抱负。唐代诗人李贺有一组诗，集中全力，火力全开，写尽了马之众相。

《马诗》是中唐诗人李贺写作的一组五言绝句，共二十三首。

这组诗，首首写马，咏马、赞马、叹马、悲马。

李贺为什么对马如此热衷？

第一，李贺是属马的。李贺生于贞元六年（790），这一年是庚午年，在十二生肖中是马年，难怪李贺对马如此一往情深了。

第二，马最能展现李贺的情怀。这组诗名为咏马，实为咏怀。李贺是借题发挥，借马抒情，马的穷达哀乐，正是李贺的穷达哀乐。或美，或悲，或惜，或讥，以此表现个人的奇才异质、远大抱负以及不遇于时的感慨与愤懑。这种写法在古代文学中很常见，是中国文学的比兴传统。

《马诗》第五首，很有名。

大漠沙如雪，燕山月似钩。

何当金络脑，快走踏清秋。

此诗写马，开篇两句却是写景，写边地风光。

大漠、燕山，是产良马的地方，是马的故乡，也是疆场、战场。李贺生活的时期，藩镇割据，肆虐跋扈，幽州蓟门一带藩镇为害最甚。钩，指的是弯刀，看到月牙，想到的是弯刀，这是思战之意。岑参说：“功名只向马上取，真是英雄一丈夫。”（《送李副使赴碛西官军》）李贺自己也说过：“男儿何不带吴钩，收取关山五十州。”（《南园》）所以，前两句十字，无一字提及马，却是处处写马。

后两句正面写马，却是想象中的马。

金络脑，是用黄金装饰的马笼头，是马受重用的意思。“何当金络脑”，是强烈期盼，也是遥遥无期。“快走踏清秋”，渴望奔驰在秋高气爽的辽阔草原上，建功立勋。

马是良马，产自名地，而边陲天地广阔，正可奋勇奔驰，所缺唯有“金络脑”；李贺自许有才，生逢用人之时，亦有用人之地，但缺乏伯乐，没有明主，无人赏识，“快走踏清秋”也不过是一厢情愿的幻想。诗歌写得气象越大，越见作者的内心愤懑不平之气的强烈。

这是英雄有用武之地，却无法用武的悲哀。

湿漉漉的诗，湿漉漉的情

（许浑《咸阳西门城楼晚眺》）

大自然的万事万物，进入到诗人的笔端，生化成了曼妙多姿的作品。山水，作为描写大好山川的最佳选择，很早就开始明志言情。《诗经》里的“关关雎鸠，在河之洲”“溱与洧，方涣涣兮”“高山仰止，景行行止”“山有扶苏，隰有荷华”，这是情之所起。孔子“知者乐水，仁者乐山”，这是性情之不同。诗人们或言山川之壮伟，或言山川之秀丽，曲尽其妙，巧夺天工。然一生专力写水，浸润在湿漉漉的水世界中、浑身湿透的诗人，许浑却是唯一的。

《咸阳西门城楼晚眺》是晚唐诗人许浑的一首七言律诗。

一上高城万里愁，蒹葭杨柳似汀洲。
溪云初起日沉阁，山雨欲来风满楼。
鸟下绿芜秦苑夕，蝉鸣黄叶汉宫秋。
行人莫问当年事，故国东来渭水流。

与唐代另一位诗人孟郊专写古体诗不同，许浑留下来的五百多首诗歌全是律诗。

咸阳旧城在西安市西北，汉时称长安，秦汉两朝在此建都。隋朝时向东南移二十里建新城，即唐京师长安。唐代咸阳城隔渭水与新都长安相望。一天傍晚，许浑登上咸阳古城楼晚眺，看到秦汉宫苑，已成废墟，当年繁华，杳无痕迹，只剩下渭水无语东流，又想到大唐王朝风雨飘摇，于是深有感慨，写下了这首诗。

整首诗歌写了一个“愁”字。

愁从万里之外弥漫到登临的城楼，无处不在；愁从秦汉的繁华无痕延伸到大唐的衰退，无时不在。所以说，这首诗写的是“宇宙之愁”。

更要命的是，这种愁是没有办法消解的，大唐帝国的颓势，就像那东流的渭水一样，一去不返，难以挽救，这是一种深层的、无力的悲凉。

这首诗是许浑诗歌中最广为传诵的一首，主要还是因为颔联两句“溪云初起日沉阁，山雨欲来风满楼”写得好。

这两句既是写实，又是写“势”。作者自注，溪指的是磻溪，阁指的是慈福寺阁。许浑傍晚登上城楼，看到的是磻溪罩云，暮色苍茫，一轮红日渐薄远山，仿佛靠近寺阁而落，而蓦然之间凉风四起，咸阳西楼顿时笼罩在凄风之中，一场山雨眼看就要来了。同时，这两句也是写大唐王朝，云起日沉写大唐王朝日薄西山，雨来风满写大唐王朝危机四伏，摇摇欲坠。这和李商隐的“夕阳无限好，只是近黄昏”表达的是同一层意思，只是许浑写得更加惊心动魄，李商隐写得更加无奈、无力。

“山雨欲来风满楼”这一句，太有名。很多人知道这句诗，却不清楚是谁写的。这一句仍然活跃在现代汉语中，常用来比喻局势将有重大变化前夕的迹象和紧张的气氛。

其实，许浑在当时是很知名的，文学史上的晚唐，在杜牧、李商隐之外，总是会写到许浑；而且，后人曾将之与杜甫并列，云“许浑千首湿，杜甫一生愁”。许浑的诗歌中总喜欢写水，现存五百余首诗歌中，大约有四百首写到水。翻开许浑的《丁卯集》，汩汩而来，潺潺作声，感觉是一个湿漉漉的世界。“许浑千首湿，杜甫一生愁”的评价，也有点互文的意味，许浑的诗歌“湿了”，是因为其中弥漫着一种挥之不去的愁。

许浑在今天知不知名，不重要，重要的是，他给我们留下了一句令人惊警的表达，这就足够了。

最霸道的一首情诗

（徐凝《忆扬州》）

什么是名诗？名诗人写的诗？名诗人写的诗成为名诗的概率要大一些，但名诗人写的诗，很多也不为人知。远近闻名的诗？远近闻名的诗，受众很多，但也有哗众取宠、勇作另类者。名诗的出现，两个因素缺一不可，一是作品优良，二是受众接受。经过大众认可的历久弥新的作品，方能称之为经典名作。

扬州，一座风景优美的城市。“春风十里扬州路”，带着春天的气息拂面而来；“烟花三月下扬州”，已然成为许多人心中的梦想与回忆。

扬州，一个舒适的人间乐园。“淮左名都，竹西佳处”，得生于此，人生乐事；“人生只合扬州死”，得死于此，人生幸事。

扬州，更是一个文人的精神圣地。他们或者生于斯，或者游于斯，或者宦于斯，或者亡于斯，朝拜她，吟咏她，精雕之，细琢之，留下了诗句摹写她。

扬州，是海纳百川的，以最大的包容接纳来自四方的文人，无论你是高傲还是谦卑，无论你是“春风得意马蹄疾”还是“落魄江南载酒行”，在扬州都有你的容身之处。但同时，扬州又是挑剔的，文人墨客，诗词歌赋，能被扬州人接纳、赞赏的那必须是精品，而如果要给扬州冠名，那更得是有品位的。

其实，在很多很多年前，扬州人民曾经举行过一次“扬州城别名选拔赛”，也要寻找城市代言人。颇有文化气息的扬州人民，随口吟出了许多名句，也提出了李白、杜牧、姜夔等代言人人选，但是，最后的结果出乎意料，大明星、大诗人们都落选了，当选的是一匹“黑马”。官宣：扬州别名定为“月亮城”，代言人是徐凝。此结果一宣布，群言嚣嚣，人们纷纷表示大跌眼镜，这个徐凝是谁呀？谁在捧他呀？背后肯定有黑幕。

还真别怪人们反对，这徐凝啊，一介布衣，虽曾中进士，但也没什么显赫事迹，不仅普通百姓不知道，就是在诗圈里，也没有什么名头，生于何时，卒于何时，都没有记载，只知道他与白居易、元稹有一定交往，“一生所遇惟元白，天下无人重布衣。欲别朱门泪先尽，白头游子白身归”（《唐才子传》卷四），这是他的自我总结。而且，徐凝在圈里名声似乎也不怎么好，他的一首《庐山瀑布》被认为学术不端，剽窃李白的《望庐山瀑布》，有“恶诗”之名，其诗云：“虚空落泉千仞直，雷奔入江不暂息。今古长如白练飞，一条界破青山色。”宋代的苏东坡曾经嘲笑徐凝的这首诗，说庐山瀑布日夜飞流，水花四溅，也洗不净徐凝的这首滥诗（飞流溅沫知多少，不与徐凝洗恶诗）。说实话，徐凝的这首写庐山瀑布的诗，比不上李白的《望庐山瀑布》是肯定的，但也没有那么烂。不过，苏轼说它是“恶诗”，那很多人就认为它是“恶诗”了。

所以，当徐凝的个人简介一公布，大家更不淡定了，这样的人何德何能啊！

别急，官宣又来了。没有过多的身份包装，没有过多的陈述理由，只是留下了一首诗给大家看，让诸君评判。此诗一出，全体缄口结舌，心悦诚服，群声欢呼。

为何？一个字，美！

此诗名为《忆扬州》，与扬州有关，但是忆的不是扬州，而是扬州的人。

萧娘脸薄难胜泪，桃叶眉头易觉愁。

天下三分明月夜，二分无赖是扬州。

所忆者何人？心上人。

“萧娘脸薄难胜泪，桃叶眉头易觉愁”，即是写心上人。心上人为何人？不可直言，不能尽言，用“萧娘”“桃叶”两个典故，足显其情。

萧娘，在历史上确有其人，指的是南朝梁武帝的儿子萧宏。萧宏身长八尺，貌美，容止可观，然生性怯懦，胆小如鼠，与北魏作战，畏懦不敢进，魏人送其妇人头巾，称其为“萧娘”。貌美，胆小，符合女子的特点，后来人便将“萧娘”作为女子的泛称，至唐代“萧娘”经常与“萧郎”对应，成为恋人的代称。孟郊《赠婢》“侯门一入深如海，从此萧郎是路人”，杨巨源《崔娘诗》“风流才子多春思，肠断萧娘一纸书”，即是代表。这就如同《天龙八部》中虚竹与西夏公主互称“梦姑”“梦郎”一般。

桃叶，也是确有其人，指的是王献之的爱妾，王献之笃爱桃叶，专门为她写了《桃叶歌》三首，纪念两人的爱情，“桃叶映红花，无风自婀娜。春花映何限，感郎独采我”，无限深情。

此两句是想象之词，想象心上人对自己的思念。相思催人泪，相思让人愁，涕泣涟涟，娇嫩的脸庞都无法承受如此的泪水；眉头紧锁，让人更觉忧愁。此种情景，多次出现在诗人的脑海之中，因为当初分别的时候，那个她就是这样一副让人怜爱的模样，依依难舍，再次想她时，一“泪”一“愁”容，率先涌现。

“三十三天宫，离恨天最高。四百四十病，相思病最苦”，相思一至，无限磨人。佳人想转移一下注意力，暂时忘却一下相思，仰望天空，不想那皎洁的月色却让相思更加泛滥成灾。

“天下三分明月夜，二分无赖是扬州”，如果天下明月有三分，此时扬州的月色便占了二分，似乎大半的月色都倾洒到了扬州，闭上眼都觉得美。但是，美美的月色，也需要有人有心情欣赏，在徐凝心上人那里，月色撩人，月光思人，月色也恼人，如此多的月色月光，卷不走，拂不尽，岂不是倍增相思吗？

天上只有一个月亮，月亮普照大地，没有分别，“平分秋色一轮满，长伴云衢千里明”（李朴《中秋》），但是徐凝极写相思之苦，遂发此旷古奇思，书写缱绻之情，合情，却不合理。

但是，扬州人民相中的恰恰是这不合常理的两句，“天下三分明月夜，二分无赖是扬州”，写得多么霸道，多么有气魄，大扬州占尽了天下三分之二的月色，这岂不是说我们大扬州独特吗？想我扬州，自古即是繁华之都，这两句话，恰恰是在为我们的繁荣地位正名。就这样，扬州人民接受了徐凝，并将扬州城南的南便门命名为“徐凝门”。

诗歌的接受是一个多向的改造，扬州人民所认可的“天下三分明月夜，二分无赖是扬州”，已经是改头换面了，脱离了诗歌本身的怀人主题，“无赖”则从“无奈”变成了“可爱”之意，“天下三分明月夜，二分无赖是扬州”也变成了写扬州之盛美可爱。

诗歌的接受也是一个双向的选择，没有后台、没有靠山、没有颜值的徐凝，最终拼才华，终于在诗圈打了一个漂亮的翻身仗。当然，徐凝也是幸运的，《忆扬州》也是幸运的，他因一首诗而为人所记住，他也因为一座城而为人所永记。要不然，徐凝这么一个诗圈的无名小卒，估计早已沉入历史长河，不为人知了。

常识容易蒙蔽人

（杜牧《清明》）

世上最难纠偏的便是“常识”二字。常识，自人出生，就逐渐刻入脑海，根深蒂固，牢不可破。文学史上的一些作品，要纠偏，其最大的难度来自人们的广泛传唱。文学最开始就是口耳相传的，尤其是诗歌，口耳相传的诗歌，相对于其他文学形式来说，更易于传播，童叟皆可知，童叟皆能知。但是口耳相传有一个最大的问题，便是容易发生变换，导致以讹传讹，张冠李戴的现象就不可避免。

杜牧的这首《清明》诗太有名了，每年清明节，我们都会想起这首诗，这是写清明的经典之作。

清明时节雨纷纷，路上行人欲断魂。
借问酒家何处有，牧童遥指杏花村。

清明，既是节气，又是节日。清明是祭祀逝者的日子，因此清明常下雨。清明的雨，是泪，湿了枝头，湿了杏花，湿了行人，湿了衣巾，也湿了内心。

清明还是一个赏花踏青的日子，要有花，要有酒，因此宋人写诗说“无花无酒过清明，兴味萧然似野僧”。生与死，悲与乐，通过清明节竟自然地结合在一起，很是独特。在今天，这个节日，算得上是最闲适的一个节日了。因为没有微信寒暄，安静了很多；没有春节的迎来送往，心静了很多。

诗中的杏花村，一说位于安徽池州秀山门外，原来只不过是几间荒烟野草之中的茅舍酒肆，毫无名气可言。正是《清明》这首千古绝唱，才使“杏花村”名播青史，饮誉天下。当然，也有人力主杏花村在山西。安徽也罢，山西也罢，其实真正受益的倒是山西的杏花村集团。

所以，即使这首诗写的不是山西的地方，他们也应该感谢杜牧，感谢《清明》这首诗。杜牧是名人，《清明》是名诗，杏花村也就成为名酒了。与此相似的，还有杜康，曹操的“何以解忧，唯有杜康”，也让杜康酒声名远扬。所以，有些地方争商标所有权，说来说去还是因为有利益在内。

不过，这首诗很有可能不是杜牧的作品。

杜牧的诗文集《樊川集》二十卷是杜牧病重时安排他外甥裴延翰编成的，流传至今，其中并没有这首诗。后来宋朝人搜罗杜牧的集外散佚之作，成《樊川别集》《樊川外集》各一卷，也没有这首诗。清朝编写的《全唐诗》杜牧名下仍不收此诗。

最早收录这首诗的是宋代的类书《锦绣万花谷》，并没有说作者是杜牧，只是说“出唐诗”（《锦绣万花谷后集》卷二十六“村”）。

在南宋刘克庄、谢枋得先后编选的《千家诗》中，才出现这首署名杜牧的《清明》。《千家诗》是启蒙读物，流传甚广，因此很多人就理所当然地认为这首诗名为《清明》，作者是杜牧。据学者考证，此诗作者有可能是和杜牧同时代的许浑，也有学者认为这是宋人之作。

当然，也有不少学者持不同的意见，力主《清明》为杜牧所作，但是也没有拿出什么有力的证据。对于这样的问题，最好暂时存疑。

从小就背诵杜牧的《清明》，认为这是个常识，忽然间剥夺了杜牧的著作权，很多人心理上接受不了。爱因斯坦曾说，常识就是十八岁前沉积在你思维中的各种偏见。既然可能是偏见，那就理应纠偏。至少，在这个问题上，我们最好不要断然就说《清明》这首诗的作者是杜牧，杜牧再有名也不行。

五代至宋初的诗人杨徽之也有一首写清明的诗，题名为《寒食寄郑起侍郎》，诗云：

清明时节出郊原，寂寂山城柳映门。
水隔淡烟修竹寺，路经疏雨落花村。
天寒酒薄难成醉，地迥楼高易断魂。
回首故山千里外，别离心绪向谁言？

这首诗无论用韵还是意象，与《清明》都有近似之处，二者之间肯定有影响，只不过不能确定到底是谁影响了谁。

历史能否假设

（杜牧《赤壁》）

建安十五年(210)，曹操击败袁绍兄弟，占据邺城，修建了冰井台、铜雀台、金凤台三座高台楼阁，其中铜雀台最高、规模最大，后人遂将此三台共称为铜雀台。铜雀台建成，曹操与自己的儿子共同登台观景，并让他们各自赋咏铜雀台，曹植援笔立就，成一篇《铜雀台赋》。其中有言“连二桥于东西兮，若长空之蝃蝀(dì dōng，虹)”，本写两座高桥，但因与三国时的风云人物“二乔”谐音，遂演绎出一段家国情仇的故事来。这一故事，被曲折离奇地记载在《三国演义》中，诸葛亮将之改为“揽二乔于东南兮，乐朝夕与共之”，说曹操想将二乔揽之于怀，刺激周瑜，遂成孙刘联盟。那么，故事的源头在哪里呢？

有人说，唐代诗词分两半，前一半读“李杜”，后一半还读“李杜”。

前一半，读李白和杜甫，可仰视巍巍大唐盛世的气象；后一半读李商隐和杜牧，便尽览这个王朝末日的余晖。

杜牧好作翻案诗，对已经尘埃落定的历史人物、事件，另辟蹊径，重新评价，提出反面意见，因为见解奇特，备受关注，所以流传千古。杜牧的这首《赤壁》以及另外一首《题乌江亭》都是这类翻案诗的典范。

当然，翻案文章，首先要有案可翻。

杜牧的《赤壁》，所咏叹的是赤壁之战这一重大事件。

折戟沉沙铁未销，自将磨洗认前朝。
东风不与周郎便，铜雀春深锁二乔。

赤壁之战，是三国鼎立局面形成的关键一战，曹操二十万大军，占据绝对优势，最后却败于孙刘五万联军。此种以少胜多的战况，引人思索，何以成此战局呢？

作为战争的主要发起人，曹操在战后曾经给孙权书信，言说此事：“赤壁之役，值有疾病，孤烧船自退，横使周瑜虚获此名。”曹操自找托辞，为自己找回点颜面，他的话有三点意思：第一，赤壁之战时自己军队多有疾病，给了对方一个钻空子的机会；第二，烧船是自己的行为，为的是自保；第三，周瑜因为赤壁之战，一战成就虚名，“周郎妙计安天下”。

亲自参与了赤壁之战的曹操，虽然有点打肿脸充胖子，虽然有点不服气，但也不得不承认周瑜的名声。周瑜在战争之前力排众议，坚定孙权联刘抗曹决心，战争中巧借天时地利一举击败曹操，确实立了大功。

那些没有参与这一历史的文人，对周瑜的赞美之情也是油然而生，不加掩饰。

三国吴人韦昭写《伐乌林》，歌颂东吴功绩，“赖我大皇，发圣明。虎臣雄烈，周与程。破操乌林，显章功名”（《乐府诗集》卷十八）。韦昭是吴人，故不提及刘备，却极力彰显周瑜之功。

李白曾写有《赤壁歌送别》，其中有言“二龙争战决雌雄，赤壁楼船扫地空。烈火张天照云海，周瑜于此破曹公”，周瑜用计火烧连船大破曹操，其功勋也如同那熊熊烈火一般卓著。

刘长卿《观校猎上淮西相公》亦有言“三十拥旄谁不羡，周郎少小立奇功”。

一时间，周瑜声名鹊起，他的美姿容，他的善音律，他的佳姻缘，再一次成为热点，为人津津乐道，可以看作赤壁扬名的副产品。

杜牧的《赤壁》，似乎对周瑜的英雄称谓不太感冒，他认为一切皆自“偶然”。“东风不与周郎便，铜雀春深锁二乔”，是杜牧来到赤壁古战场，拿着旧兵器，涌现出的历史反思。在杜牧看来，如果当时没有那一股东风，曹操将大胜，周瑜不仅不能成为英雄，而且连自己的老婆都保不住，东吴朝廷在这一次战争中也会烟消云散了。

杜牧擅长以小见大，一“折戟”，便想到了赤壁成败，一“二乔”，则指代东吴国运。二乔：一指大乔，孙策妻子；一指小乔，周瑜妻子。此二人虽为女子，但因为夫婿地位特殊，所以她们一旦被锁被拘禁，只有一种情况，那便是孙权、周瑜无力保护她们了，而这种情况，只有在亡国或者灭身时才会出现。杜牧不欲直言吴亡，变换其词。沉重的历史思索中，又有了一抹柔软。

杜牧精于兵法，他自然知道战争是综合实力的较量，天时地利人和，缺一不可，然而在此首翻案诗中，他却独独强调了天时——东风，这自然是有意为之。此种心理，当与阮籍登广武城，观楚汉战争故地，所发的“时无英雄，使竖子成名”相互发明。显然，阮籍、杜牧都是自恃其才，但怀才不遇，而那些风风光光的大咖人物实际上却是徒有虚名，其出名亦是历史的偶然。

“东风不与周郎便，铜雀春深锁二乔”，杜牧这是在假设历史。

历史是不能假设的，因为时光不能倒流，无论如何，尘埃落定的事件是没有办法逆转为尘土飞扬的；另一方面，历史又是可以假设的，在每一个十字路口，历史总是面临多种选择。虽然最后的选择已经摆在那里，不能更改，但是，正是因为有了假设的存在，过去的事情，对于现在，才变得有价值，有意义。这就是鉴往知来。

赤壁很知名，除去历史大事在这里不断上演之外，文学艺术的渲染更为关键。杜牧的这首《赤壁》、苏轼的《念奴娇·赤壁怀古》以及他的两篇《赤壁赋》推波助澜，尽管所写赤壁并非同一个地方，但后人不知，反而让赤壁更加知名。

谁能叫得动一个装聋的人

（杜牧《早雁》）

大雁，是秋之信。每到深秋九月，天气转凉，已经在北方繁殖过后代的大雁，都要成群结队地飞向南方，寻找温暖舒适的居处。这一天，是仲秋日，广袤无边的塞外，一大群正在休息的大雁，突然一下子四散飞起，哀鸣不断，甚至有大雁鲜血淋漓，还没来得及搞明白发生什么事情就不明不白地死去了。原来，一群野蛮人骑着马袭击了它们。野蛮人很狂妄很残暴，本来还要在北方待上一段时间的大雁，只能匆匆逃离，避免被杀戮。

一提到杜牧，很多人就会想到他自己作的“广告词”：“十年一觉扬州梦，赢得青楼薄幸名。”（《遣怀》）这个广告效应超级厉害，从此杜牧便被打上了“风流公子”的标签，成了扬州的代言人。一时间，点赞的、转发的、造谣的、挖坑的，蜂拥而至，真是“春风十里不如你”啊，杜牧的风流似乎也成了晚唐的一大谈资。

剥去大众的谈资，风流公子杜牧却唱不出很多的快活。

他出身很好，根正苗红，祖辈谋下了一份家业，他也曾是傲娇的小王子。傲娇，可以骄傲，可以娇贵，但不代表麻木，不代表无能。杜牧是日暮途穷年代的清醒者，他明白国家病了，作为名门之后，作为相府子孙，他是有责任感的，他是务实的。杜牧为国家开出的药方，最为著名的便是那气势沉雄、声调浑厚的《阿房宫赋》，还有那底蕴深厚的“二十八字史论”，他不断地给人们“敲黑板”“开药方”，但最终还是没有敲醒梦中人，治不了病，救不了人。

《早雁》，是在列病症，但是似乎开不出什么好药方了。

金河秋半虏弦开，云外惊飞四散哀。
仙掌月明孤影过，长门灯暗数声来。
须知胡骑纷纷在，岂逐春风一一回？
莫厌潇湘少人处，水多菰米岸莓苔。

唐武宗会昌二年（842），北方少数民族回鹘乌介可汗率兵入侵，向南骚扰，大唐百姓纷纷外逃。杜牧时任黄州刺史。

杜牧从金河写起，写大雁的哀嚎惊飞。金河，在今内蒙古呼和浩特市南，这里泛指北方边地。开篇写地点，写射猎，写灾祸，写乱象。

一“惊”字，言“虏弦开”的后果，此事事发突然，大雁未曾预料，为突发人祸。

一“哀”字，言大雁之心声，平静的生活被打破，还要离开熟悉的家园，顿时哀鸣连连。

当然，写雁即是写人，表层写大雁的遭遇，实是喻指身处人间炼狱的百姓。

首联，杜牧列出了病症之一：边患严重，百姓流离失所，无家可归。

颔联，杜牧又列出了另一项病症：深宫皇帝不作为，不愿亦不能，无能亦无意，也就是皇帝病了，病得很无力。

这是一病症，其实也是一病因。

“仙掌月明孤影过，长门灯暗数声来”，用了两个典故：仙掌、长门。汉武帝为求长生在建章宫建造了一个金铜仙人，仙人舒掌托承露盘，“仙掌”指此。长门指的是失宠的陈皇后幽居之地。杜牧以此两典故代指长安城，喻指皇帝。早雁飞过国都，发出数声哀泣，然终究没有回应，只能离去，这是说皇帝无意拯救哀泣连连、流离失所的百姓。典故一出，寄托立现，最高层的无意，才是问题的根本。本应保护百姓的皇帝，权力最大的领导人，自动屏蔽了百姓的求助声，甘愿做一个失聪者，又能如何呢？谁又能叫得动一个装聋的人呢？最应该开出药方的人，拒绝出诊，无视病人疾苦，又能如何呢？

杜牧很沉痛，也很无力。

他没有那么大的权力，无法庇佑那么多的难民。

他也没有那么大的能力，找到治疗疾病的灵丹妙药。

但是，他最后还是开了一个方子，一个暂时缓解疼痛的方子：北方没法待，就在南方待着吧，虽然人烟稀少，但可免受饥寒，相对安定，“莫厌潇湘少人处，水多菰米岸莓苔”。这真的只是权宜之计。若是弓箭射到了南方，南方也不安全了，怎么办？很显然，杜牧也没有办法，因为他本身也是怀才不遇，抱负未展，只能掬一把同情的泪水了。

此诗的整体风格是含蓄蕴藉，婉曲细腻。感情不直露，托物言志，劝解大雁，亦是宽慰百姓，宽慰自己。诗中杜牧没有直接表露感情，但是字里行间则是无限深情。皇帝的淡然漠视与杜牧的深情关怀，一反一正，一显一隐，对比鲜明。

《早雁》一诗，立意风格，皆有老杜遗风。杜牧人称“小杜”，能够与老杜杜甫并称，诚不我欺！

这首诗只有他一个人懂

（李商隐《锦瑟》）

昏暗的灯光下，玉溪生抚摸着华美的瑟，他的思绪又飞走了，久久不能自拔。他一会儿走入庄生梦蝶，一会儿又去往杜鹃啼血，一会儿看到了沧海珠泪，一会儿又看到了良玉生烟。那庄生、那杜宇、那鲛人、那玉石，又激起了他那萦绕于心的情，那情曾经美好，那情曾经痛断心肠，那情如此刻骨铭心，但是那情又不能直说，不好言说，不能不说。追忆往昔，他还是抑制不住倾吐心事的欲望，于是，进入他思绪中的人、物出面，营造了一个只有他懂的意境。此刻，他爽了。此后，别人不爽了。

李商隐诗作难解，《锦瑟》一诗尤为难解，“一篇《锦瑟》解人难”。

锦瑟无端五十弦，一弦一柱思华年。
庄生晓梦迷蝴蝶，望帝春心托杜鹃。
沧海月明珠有泪，蓝田日暖玉生烟。
此情可待成追忆，只是当时已惘然。

虽然有诗题，但与《无题》诗一样，未言主旨。有人说这是吟咏爱情，有人说是追忆爱情，有人说是悼亡妻子，有人说是自伤遭遇，不一而足、莫衷一是，遂有“独恨无人作郑笺”（元好问《论诗三十首》）的感慨。

其实，这正是朦胧诗的魅力所在。无限解读的可能，无限解读的空间，似乎要抓到真意了，但其实离得还很远。这何尝不是可望而不可即呢？

可望不可即，有什么特点呢？

我们可以去读读《诗经·周南·汉广》《诗经·秦风·蒹葭》，与《锦瑟》有异曲同工之妙。

可望不可即，最是迷人。永远可以向往，但永远不能到达。

可望不可即，最是深刻。求之不得，方会辗转反侧，虽有遗憾，却刻骨铭心。

可望不可即，让人忧伤。有人将“玉生烟”，用吴王夫差女儿紫玉的故事来解读。紫玉爱上贫家子韩重，韩重向夫差求婚不得，于是外出游学，紫玉相思成疾，一病身亡。韩重归来后到墓前祭奠，紫玉感动万分，从墓中走出，二人遂在紫玉墓中结为夫妻。紫玉临别之际，赠送珠子给韩重。韩重拿着珠子给了夫差，夫差认得是女儿陪葬之物，便认为是韩重盗发紫玉墓，要将韩重处死。紧急关头，紫玉现身，出现在夫差面前，向他说明原委。紫玉母亲想拥抱一下女儿，紫玉则化烟而去。对于韩重来说，紫玉是曾经可以望见，如今却不能碰触到的爱人，阴阳相隔，莫大悲痛。找到真相，似乎是人的一种本能需求，但是，历史一旦过去，就不可复原，李商隐没有留下线索，即便再努力，真相已然成为不可知的“谜”。

可望不可即，引人奋进。虽不能至，但曾经望到。因为望到，所以努力，或者会“溯洄从之”，或者会“溯游从之”，即便“道阻且长”，也绝不放弃。

吸引着读者不断去探索，不断去解读，一代一代，新说迭见，一首《锦瑟》，历代解读，蔚为大观。

“此情可待成追忆，只是当时已惘然”，收束全诗，无论当时如何，今日仍然在追忆着那可望不可即的一切，正如我们今日仍然在探寻李商隐的幽眇之心。

李商隐这首诗到底写的是什么，我们似乎懂了，又似乎没懂。李商隐自己清楚，可他就是不直说，任由后人去猜。

确认过眼神的悸动

（李商隐《无题》）

茫茫人海，人来人往，熙熙攘攘，有人目不见人，自动屏蔽了一些走过的人；有人目中有人，打眼一瞧，又匆忙赶路；有人眼神交汇，匆匆一眼，擦肩而过；有人双目对视，不忍离去，不能离去，悸动不已。“只是因为在人群中，多看了你一眼，再也没能忘掉你容颜，梦想着偶然能有一天再相见。”

李商隐的《无题》诗，有一首的关键词是“遇见”。

昨夜星辰昨夜风，画楼西畔桂堂东。
身无彩凤双飞翼，心有灵犀一点通。
隔座送钩春酒暖，分曹射覆蜡灯红。
嗟余听鼓应官去，走马兰台类转蓬。

李商隐此诗写的是美丽的遇见与无奈的转身。

遇见，是个美好的字眼。李商隐为美丽的遇见设置了美丽的场景：有星星，有微风，这是天时，微风轻拂，星辰做伴，适合发生点故事；有高楼，有桂堂，这是地利，开阔的地点易于点燃舒畅的心情。很幸运，诗人在对的时间遇到了对的人，他们是“心有灵犀一点通”，这是何等的震撼，这又是何等的幸福，正如《诗经·郑风·野有蔓草》所言：“邂逅相遇，适我愿兮。”原来，他们确认过眼神，遇见了对的人。

如果诗歌一直这样写下去，那就是一段完美的遇见。但是，如果那样，便不是李商隐的遇见了。忧郁王子李商隐恰恰是以哀婉悱恻著称的，他总是在欢快中抓到一丝忧伤，让人无奈，又让人释然，似乎这才是世间真相，大多数的美好都是略带遗憾的。本诗最终因“嗟余听鼓应官去，走马兰台类转蓬”，在热闹、欢快之后陡然一转，作者急急忙忙去打卡上班，无缘而散，无奈、寂寥自然现身。

写遇到了对的人，按照一般的写法，那个人应该在诗中着力表现，但此诗中那个人只是一个朦胧的影像，是一个隐形的存在，形貌、神情、品性等全部略过，只用了一句“心有灵犀一点通”，这一句，却抵得上一万句，只要懂你，其他一切皆是浮云。

昨夜代表的是美好，美好的夜晚，有佳人，有星辰，浪漫，温馨。

昨夜代表的是热烈，是欢快，他们喝春酒，他们玩送钩，玩射覆。

送钩，也称藏钩，即把钩在暗中传递，大家猜测钩在谁手上，猜中者胜，猜不中则要罚酒。射覆游戏，很早就有，《汉书·东方朔传》里就记载了这种游戏，三国时期的管辂是这种游戏的高手。《红楼梦》第六十二回中也描述了这种游戏，很是热闹。

射覆，本质上就是一个猜谜游戏，最大的乐趣在于“看破不说破”。“覆”者，盖也，指藏起来。“射”者，中的（dì）也，既中的，又有影射之意。这个“射覆”令的游戏规则，第一步是出谜语，给个谜面让你猜，谜底范围一般都是眼前的事物，不会无根无据，脑洞千里；第二步是猜谜，根据谜面给出的线索，猜出谜底所在；第三步是答题，猜谜者用另一个谜面来回答出题者的谜底，如果出题者认可，则过关。吃瓜群众可能还云里雾里懵懵懂懂，两位高手已经过了无数回合。

这种射覆游戏，大多是才子佳人的游戏，风花雪月的场合常见，富贵人家的场所常有，也很“阳春白雪”，虽说有点不亲民、不接地气，但是很适合那晚那酒那对人。

昨夜代表的是无奈，回忆起来，无限感慨顿生。首句两个“昨夜”自对，回环往复，语气舒缓，有回肠荡气之概。

对昨夜的念念不忘，源自昨夜的美好。

对昨夜的反复咏叹，还源自今日的黯淡，今日的无奈。

是美，是怀念，是黯淡，是忧伤，无限思绪皆在昨夜的美好中缓缓流逝。

惊鸿一瞥洛神去

（唐彦谦《洛神》）

洛神宓妃，一个现实中不存在的女子，却让现实中的文人才子恋恋不舍，爱之，念之，写之，咏之。一段文学旅程，曹植功勋卓著，一篇《洛神赋》，神秘洛神，美丽宓妃，来到人间。她“翩若惊鸿，婉若游龙”，她“凌波微步，罗袜生尘”，她“含辞未吐，气若幽兰”，她若轻云之蔽月，若流风之回雪，容貌、体态、服饰、举止，似乎可触可感，但又摇曳飘忽。“华容婀娜，令我忘餐”，一场人神之恋，就此展开，微妙相通，终因人神殊途，戛然而止。《洛神赋》本是虚构，昭明太子、李善踵事增华。美人加爱情，本就是绝配，如果这美人是曹植的嫂子，那是不是会更吸引眼球呢？

唐彦谦，字茂业，是晚唐诗人，大约生活在唐懿宗、唐僖宗、唐宪宗时期。他不是“大家”，现在知道他的人并不多，但他在晚唐诗坛上的确是比较独特的一个诗人。关于他的生平经历记载歧异，大概是北海（今山东）人，一生多次参加科举考试未中，后从地方幕僚做起，做过几个地方的刺史。晚年隐居鹿门山，号鹿门先生，作品集为《鹿门集》。

唐彦谦的诗歌，取法温庭筠、李商隐，又能融会贯通，不为束缚，有所突破，在唐末独树一帜，也成为宋初西昆派文人学习的对象。《洛神》是其代表。

人世仙家本自殊，何须相见向中途。
惊鸿瞥过游龙去，漫恼陈王一事无。

洛神，相传为伏羲氏女，溺死于洛水，为洛水之神。曹植之前，一些文人作品中也写过洛神，但影响不大。曹植受此神话、传说启发，写成名作《洛神赋》，幻化出一出人神相恋但终不能结合的故事。按照古代“香草美人”的书写传统，曹植写作《洛神赋》应该有所寄托，大约是说自己壮志难酬、理想不能实现的意思，其直接潜在的读者应该是曹丕。

《洛神赋》中写洛神宓妃的美，“翩若惊鸿，婉若游龙，荣曜秋菊，华茂春松。髣髴（即“仿佛”）兮若轻云之蔽月，飘飖兮若流风之回雪。”翩然若惊飞的鸿雁，蜿蜒如游动的蛟龙，容光焕发如秋日下的菊花，体态丰茂如春风中的松树，时隐时现像轻云遮住月亮，浮动飘忽似回风旋舞雪花，把洛神的美丽写得无与伦比，令人自然想到希腊神话中的美女海伦，但海伦之美是清晰可见的，宓妃之美则是朦胧可感的。

南朝萧梁时昭明太子编纂《文选》时，选入了这篇辞赋。唐代李善注《文选》时，又引用文献，附会出一段本事来。大意是说，魏东阿王曹植曾求娶甄氏为妃，曹操却将她许给曹丕。甄后被谗死后，曹丕将她的遗物玉带金镂枕送给曹植。曹植离京归国途经洛水，梦见甄后对他说：“我本托心君王，其心不遂。此枕是我在家时从嫁，前与五官中郎将（曹丕），今与君王。”曹植感其事作《感甄赋》，后明帝改名《洛神赋》（句中“宓妃”即洛神，代指甄后）。因为《文选》在古代传播广泛，这段所谓的本事就广为人知。尽管后人多方证明这个事情不是真实的，但读者“好奇”，毋宁信其真，这也使曹植的《洛神赋》、顾恺之的《洛神赋图》在神秘色彩之外，还蒙上一些传奇色彩。

文人也喜欢这个题材，经常将曹植、曹丕、洛神、甄氏，现实与神话、传奇，交织起来，真真假假，混为一谈，加以演绎，发表个人高见，寄托个人情怀。

晚唐诗人李商隐写过一首《东阿王》：“国事分明属灌均，西陵魂断夜来人。君王不得为天子，半为当时赋洛神。”还写过一首《涉洛川》：“通谷阳林不见人，我来遗恨古时春。宓妃漫结无穷恨，不为君王杀灌均。”灌均，监国谒者，是曹丕安排在曹植身边的眼线。这两首是咏史诗，前一首说曹植主要因为写了《洛神赋》，所以曹操不许他继承王位，这是把甄后的故事当成真事来写的。后一首也是把宓妃、甄后纠结在一起，说宓妃这些遗憾愁怨，都是她没有帮助曹植杀死灌均造成的。

晚唐时期，很多文人都写咏史诗，这是因为唐王朝已经步入“近黄昏”的时代，文人反省历史，借历史来说现实，并且好标新立异，喜欢假设，做翻案文章，如杜牧的《赤壁》《题乌江亭》如此，李商隐的这两首诗亦如此。

唐彦谦是学习李商隐的，他的这首《洛神》，首句是檃栝曹植《洛神赋》的故事，人仙两途，不可能结合，故云曹植返回封国途中与洛神的会面毫无必要，因为故事没有开始结局早已注定。第三句还是檃栝《洛神赋》，说洛神如何之美，终究转瞬即逝，她对曹植的埋怨懊恼之事更是子虚乌有，这似乎是针对某位文人所言而做的纠正。当然，唐彦谦的这首诗或许有所针对，有所寄托，不过，就像李商隐的很多诗一样，当初就有许多不愿明言、不想说清的因素，今天我们更难弄清楚了。

我是一棵小小的松树

（杜荀鹤《小松》）

安徒生童话中，有一只丑小鸭，它丑陋、瘦小，成为周围的笑柄，最后竟然连鸭妈妈也厌弃它。刚出生没多久的丑小鸭，还没好好感受家庭的温暖、母亲的慈爱，就被迫离开了“原生家庭”。丑小鸭流浪去了，然而流浪的生活并不好过，冷嘲热讽仍然纷至沓来。丑小鸭带着对美的向往，在白眼、责骂之中，砥砺前行，终于活成了自己喜欢的样子。中国的诗歌中有一棵丑小鸭似的小松树，它貌不惊人，俗人忽视它、漠视它，它靠着同样的期待，努力生长，终于长成了俗人叹服的样子。是金子总会发光的，谁也不是一生下来就自带光环的，努力，努力，其他一切，与我无关。

生长，是自然规律，似乎世间万物都在自然而然地生长着。

成长，是心理的进步，厚重，也很珍贵。成长永远在路上，但是有的人一辈子不会成长，一辈子长不大，有的人某一刻也会停滞不前，那些成长的人，面对的都是一场孤独的战斗。

中国的咏物诗，自古就有托物言志的传统，屈原的《橘颂》即是较早的尝试，它说的也是成长的故事，天地孕育的橘树，“受命不迁，生南国兮”，不仅开花结果，而且坚定了志向。杜荀鹤的《小松》，将一棵小松的成长作为言说的对象，短小精悍，气概豪迈。

> 自小刺头深草里，而今渐觉出蓬蒿。
> 时人不识凌云木，直待凌云始道高。

小松，最初与草为伍，一起生长，最开始还不如深草高，后来才渐渐略高出蒿草。一是因为生于荒郊野外，二是因为未现出特异之处，貌不惊人，因此，经过的人并没有拿它当回事，顶多看作一根草。但是，只要你是一棵松，总有一天会长成高入云霄的参天大树。或许，那些目光短浅、有眼无珠者的漠视、轻视、无视，恰恰是成就小松长成凌云木的“催生剂”，小松不惧严寒酷暑，不怕冷嘲热讽，伸长了脖子去生长，努力做好自己，努力做强做大，最后终于成功了。

人唯一不能选择的就是自己的出身。杜荀鹤生于唐末，当时社会的关键词就是战乱，战乱，战乱。而且他也没有生在高门大户中，他自称“江湖苦吟士，天地最穷人”（《郊居即事投李给事》）。杜荀鹤一心要改变命运，所以他将全部精力放在了唯一一条看似公正的道路上，那便是科举考试，这是他多次考虑之后认定的一条路，社会底层的读书人要改变命运，只能在当时的高考路上搏一搏了。但是，“帝里无相识，何门迹可亲”（《辞九江李郎中入关 》），单打独斗的杜荀鹤一搏便搏到了四十五岁。终于在唐昭宗大顺二年（891）考中进士，梦想成真。

科举进士及第，只是一个资历，只是一个学历，终归要回归社会，寻找谋生的工作。有人说，都是进士了，金饭碗不就有了吗？但是，人有时候背运，喝口凉水也塞牙，杜荀鹤就是这样悲催的人。当时的国家战乱频繁，无暇他顾，考中进士的杜荀鹤不仅没有拿到金饭碗，连个饭碗也没有啊，只能落拓而归。后来因为朱温，杜荀鹤做了翰林学士，也算圆了梦，但此梦也仅仅做了五日，五日之后他便死去了，人称“五日翰林”。

明白了杜荀鹤的经历与梦想，再看《小松》，那么直白，那么明了，这不就是杜荀鹤的诗人自道吗？那不受人重视的小松就是杜荀鹤。松树自古就是高洁、坚劲的象征，足见杜荀鹤对自己的肯定与期许，也见出了杜荀鹤的志向与坚守。“时人不识凌云木，直待凌云始道高”，正是对世俗之人的批判，一个“识”字虽然简单，却是弥足珍贵，世间真正能够识人识才的真的是少之又少，这正是“千里马常有，而伯乐不常有”啊！

君不见烛之武白发斑斑不见用，一退秦师天下闻。

君不见淮阴侯年少忍受胯下辱，一朝领军为战神。

君不见吕尚四方游说无遇合，卖肉为生妻离去，渭水钓鱼遇文王，商纣江山无影踪。

君不见苏秦西说秦王不为用，妻不下纴嫂不炊，一朝身挂相印回，父母清宫嫂蛇行。

……

杜荀鹤历经坎坷，遭遇冷眼，故而警醒深刻，一首小诗，一株小松，道尽人情，说尽人性。因此，此诗能超越时代，超脱个人，穿透历史，深入人心。

其实，不妨把成长留给时间，把评判留给时间，因为，时间是最客观的见证者，更是最优秀的检验者。只要你是一棵松，哪怕是歪脖子松，只要努力长，终究会脱离杂草的世界；只要你是一只白天鹅，哪怕是遭遇嘲讽冷遇，只要时间到，终究会靓丽转身走出生命的精彩。唯有如此，方能打脸无知无识者；唯有如此，方能为自己正名。

当然，前提是你是一棵松，不是一根草。

乱世的白骨与功名

（曹松《己亥岁二首》其一）

唐朝末年，风雨飘摇，生灵涂炭。刚刚经受了安史之乱的百姓，又逢天灾，再迎战乱。王仙芝、黄巢农民起义，历时十年，这是又一场噩梦。兵荒马乱，老百姓居无定所，胆战心惊，往日里枯燥乏味的砍柴割草都成了奢侈，都成了欢乐的回忆。这是“宁为太平犬，勿为乱世民”。富庶的江南没了往日的繁华，取而代之的是金戈铁马。百姓哭，百姓泪，掩盖不了累累白骨、淋漓鲜血，而这些却是封侯封赏的资本，这是“一将功成万骨枯”。

曹松的《己亥岁二首》（其一）这首诗，还算知名。

泽国江山入战图，生民何计乐樵苏。
凭君莫话封侯事，一将功成万骨枯。

四句之中，最后一句“一将功成万骨枯”，最有名。

但这首诗的作者曹松，对于今天的大部分读者，可能会有点陌生。他生活在唐代晚期，舒州（今安徽潜山）人，在晚唐时期也一度很知名。

唐昭宗光化四年（901）二月，开科考试，这一榜主考官是杜牧的次子杜德祥，曹松等二十六人登进士第。去年的十一月，唐昭宗被几个宦官联合废位，及至本年正月，朱温助其复位成功。新的一年总的说来，高兴的事挺多，唐昭宗心情也不错，因此命主考官杜德祥特别选出曹松等五个“考霸”级别的老头，不用再参加各种上岗考试，直接授官，时称“五老榜”。这个时候的曹松，已经五十四岁了（一说七十岁，似不确），特授校书郎（秘书省正字），结果两年后就去世了。

也有学者认为，曹松不在“五老榜”中。据主考官杜德祥的上奏，比曹松年龄大的还有五人，最大者七十三，最小者也五十九了。不管曹松有没有进入“五老榜”之列，这一年的科举全国也就二十六人及第，曹松作为其中之一，名列第八，在当时肯定是很有名了。

《己亥岁二首》曹松题下注：“僖宗广明元年。”广明元年，干支为庚子，此前一年是乾符六年（879），干支为己亥。所以，这两首诗是追忆，追忆的乾符六年的事情，时黄巢已起兵反唐，朝廷派兵镇压，不管谁胜谁败，处处生灵涂炭，血流成河。曹松的这两首诗是写实，第一首更知名。

“凭君莫话封侯事，一将功成万骨枯”，揭示了古代社会的一个普遍现象，立功封侯看似荣耀，背后却是血流成河、皑皑白骨，其中包括为其肝脑涂地卖命的士兵，也包括被无情杀戮的敌军，还有在战火中无辜丧生的千千万万的百姓。这是从一个旁观者的视角，对战争使生灵涂炭进行的深刻反省、质疑。

战争是残酷的，与曹松同时的一个诗人陈陶《陇西行》诗云：“可怜无定河边骨，犹是春闺梦里人。”同时的另一个诗人张蠙（pín）也深刻地感叹这种战争灾难，他的《吊万人冢》诗中说：“可怜白骨攒孤冢，尽为将军觅战功。”另一个诗人杜荀鹤《再经胡城县》诗中则说：“今来县宰加朱绂（fú），便是生灵血染成。”不管文官，还是武将，他们升官封侯背后，都是鲜血白骨，写得触目惊心，读来毛骨悚然。

在唐代众多的诗人中，曹松算不上大家，诗歌学的是贾岛的路子，工于铸字炼句，格局不够阔大。但是他一直生活在社会底层，看多了战争给劳苦大众带来的苦难，对此有深刻的体验，所以写得一针见血。后人评价说，曹松诗文，终当以《己亥岁》首篇为冠。也正是因为这一句诗，让我们知道了晚唐时代的这位“白头进士”。

温庭筠的“候人歌”

（温庭筠《梦江南·梳洗罢》）

在古代，对于女人来说，最幸福的事情，无非有二：一是有自己愿意做的事（这件事，可以是一个理想，也可以是养育一个娃，还可以是一份家务）；二是有自己爱的人陪伴。这是完美状态。但是十全十美者，毕竟是少数。古代的思妇很多，丈夫远游，或者求官，或者经商，或者参军，或者服役，没有丈夫的陪伴，她们或者首如飞蓬，或者精心打扮，她们或者默默忍受，或者翘首以盼，她们忽而自豪感萦绕，忽而悔意顿生。容貌不同，情景不同，然而一个“愁”字，亘古传递，足以写尽千古思妇断肠事。

梦江南，又名望江南、忆江南，属于小令，二十七字。白居易曾用这个词牌写过一组小令，很知名，其中“忆江南，风景旧曾谙。日出江花红胜火，春来江水绿如蓝。能不忆江南”这一首脍炙人口，传唱最广。

温庭筠也写有一首《梦江南》：

梳洗罢，独倚望江楼。过尽千帆皆不是，斜晖脉脉水悠悠。肠断白蘋洲。

温庭筠的这首小令属于闺怨词，选取了日常生活中的普通一天，以江水、远帆、斜阳为背景，抓住倚楼独望这一特定细节，以疏宕之笔、二十七个字，速写了一个望夫盼归、凝愁含恨的思妇形象。

二十七字，没有一个字多余，每一个字都充满张力，共同指向思妇。

梳洗罢，一是指时间，这里指早上。早上起床梳洗打扮，与后面的斜晖，指夕阳落山，共同构成了一个完整的时间段。从早到晚，这是一天的时间，是一年三百六十五天中的某一天，也是三百六十五天中的每一天。

梳洗罢，二是指化妆，《诗经・卫风・伯兮》中说："自伯之东，首如飞蓬。岂无膏沐？谁适为容！"自从心上人到东方出征以后，这位女子就蓬头垢面，连化妆品都省下了，也不梳妆打扮了，因为"女为悦己者容"，如今打扮得漂漂亮亮给谁看呢！《诗经》中的这位女子不打扮，是因为她清楚心上人一时半会儿还回不来，所以没心思打扮。温庭筠笔下的这位女子，每天起床之后的第一件事就是打扮得漂漂亮亮，是因为她内心深处在期盼着这一天，这一天心上人说不定会突然归来，一定要把最美好的一面展现给他。这是说她内心的强烈渴望，当然这种渴望很可能最终化为失望，但并不妨碍在第二天太阳升起的时候，她依旧打扮得漂亮，重新燃起新的希望。

梳洗罢，中间没有多余的事情，接着登楼远眺。独倚望江楼，正因为孤独，所以才登楼远眺；倚，一说女子娇柔，再说眺望等候遥遥无期。楼是临江而设，柳宗元《登柳州城楼寄漳汀封连四州刺史》中云："岭树重遮千里目，江流曲似九回肠。"望江楼上远眺，站得高望得远，视野开阔；江流曲折，又似断肠，写的还是孤独，寂寞，焦虑，期望。

"过尽千帆皆不是"，这既是望的过程，也是望的结果。"千帆过"，这是过程；"尽""皆不是"，这是结果。当然伴随着的，是千次期望，千次失望。这句词，一方面写一天等待的期望与无奈的事实，另一方面也暗含着这位女子对爱情的专一。

“斜晖脉脉水悠悠”，傍晚来临，千帆过尽，只剩下一抹斜阳、悠悠江水。对于孤单寂寞的人而言，白天尽管以失望结束，但总还是伴随着新的期望，漫漫长夜才是最难熬的，而黄昏是长夜的开始，因此孤独的人对黄昏是相当敏感的。《诗经·王风·君子于役》中云：“日之夕矣，羊牛下来。君子于役，如之何勿思！”马致远说：“夕阳西下，断肠人在天涯。”（《天净沙·秋思》）清代诗人许瑶光诗云：“鸡栖于桀下牛羊，饥渴萦怀对夕阳。已启唐人闺怨句，最难消遣是昏黄。”（《再读诗经四十二首》之十四）

与斜晖脉脉一起的，是水悠悠，《古诗十九首》中有“盈盈一水间，脉脉不得语”的句子，古人也有“落花有意流水无情”之语，因此，这水悠悠，也是相思不得的体现，此情此景，能不肠断！

最后一句“肠断白蘋洲”，将最后的目光聚焦于白蘋之洲，古人常采蘋花赠别，这是一天中最后的一眼，由蘋花想到离别，由离别而更加思念，结果只能是悲伤愁苦的肠断了。

唐代王昌龄的《闺怨》，亦是“心有戚戚焉”，“闺中少妇不知愁，春日凝妆上翠楼。忽见陌头杨柳色，悔教夫婿觅封侯”，在丈夫的事业与爱情之间，女子果断地支持丈夫选择事业，但是事业的成功底下，却是无尽的辛酸与眼泪。思念一起，当初的坚定，平日的掩饰，全都碎成了玻璃渣，映照出无法收拾的愁绪与悔意。

温庭筠才气丰茂，文思敏捷，每入试，押官韵，八叉手而成八韵，故有“温八叉”之称。然恃才傲物，纵酒放荡，多犯忌讳，得罪权贵，取憎于时，故屡举进士不第，一生坎坷，长被贬抑，终生穷困潦倒，郁郁不得志。

古代有“香草美人”的传统，文人亦常以女子代言，因此说，温庭筠的这首写望夫盼归的小令，未尝没有个人取用于时的期望与不得的失望、凝愁。

《吕氏春秋・音初篇》记载了一首歌谣，后人名为《候人歌》，其实只有四个字：“候人兮猗！”意思是说“你知道我在等你吗？”这首歌谣的背景是：“禹行功，见涂山之女。禹未之遇而巡省南土。涂山氏之女乃令其妾候禹于涂山之阳。女乃作歌。”温庭筠的这首《梦江南》也应该算是一首地道的“候人歌”了。

古代的文人有心事不好直说的时候，总是借女子之口，把那满腹的牢骚和惆怅，婉转地说出来，“借他人之酒杯，浇心中之块垒”，这也真难为古代的女子了。

陪伴，是最长情的告白

（冯延巳《长命女》）

婚姻最美好的状态是什么？因爱结合，因爱更爱。携手一心人，立誓“执子之手，与子偕老”，走入婚姻。然有人走入婚姻，鸡毛蒜皮，磕磕碰碰，遇见路边野花便迷了眼睛，什么誓言，什么爱情，都扔进了爪哇国，或者不再努力，或者二三其德，“总角之宴，言笑晏晏。信誓旦旦，不思其反”。但是世间总有那样一抹美好，让人坚定前进，一路无悔。夫妻二人，喝点小酒，弹弹琴瑟，说点情话，“宜言饮酒，与子偕老。琴瑟在御，莫不静好”。保鲜着爱情，慢慢变老。

最是痴情女儿心，一心付与情郎身。爱情与婚姻，是女人一生的事业。凡是事业，便有好有坏，有会经营的，也有不谙此道者。

五代时期冯延巳的《长命女》，诗中女主，懂得经营婚姻，懂得保鲜爱情。思想很进步，方法用的则是古代女子常用的表祝愿。

春日宴，绿酒一杯歌一遍。

再拜陈三愿：一愿郎君千岁，二愿妾身常健，三愿如同梁上燕，岁岁长相见。

表达爱情祝愿的，最深情的莫过于《诗经·邶风·击鼓》的“执子之手，与子偕老”，细腻缠绵。

最强烈的莫过于《上邪》的“我欲与君相知，长命无绝衰。山无陵，江水为竭，冬雷震震，夏雨雪，天地合，乃敢与君绝”，还有敦煌曲子词《菩萨蛮》的“枕前发尽千般愿，要休且待青山烂。水面上秤锤浮，直待黄河彻底枯。白日参辰现，北斗回南面，休即未能休，且待三更见日头”，感天动地，一发而不可收。

最奇特的莫过于《韩非子》的卫国女。《韩非子·内储说下》记载了一则寓言：

卫国有一对夫妻，他们向上天祈祷，妻子虔诚地默念：“希望我无灾无难，希望我得到一百束布。”丈夫听了，感觉很好奇，怎么还有这么傻的人啊，祈祷祈祷，谁不是往大处说呢？万一不小心哪天实现了呢。其实，妻子发出这样的祝愿，是经过深思熟虑的，她说我不贪心，我就要这么多，再多了你就会去买妾了，你就不是我一个人的了，就不能像现在这样陪我了。

卫国的这位女子，不贪，满足。用一种不同常人的祝愿，其实隐微道出的，还是“愿得一人心，白首不相离”的心愿。

冯延巳的《长命女》，在女子祝愿诗文大会上，或许就是那最简单，最直白，最质朴的一个，乍看上去，似乎很不起眼，熟习之后，它又是那样耐看，那样美。

美在何处呢？四美合一。

第一美，时间美。祝愿是在“春日”发出的，一年之计在于春，新春伊始，女子发出了她的祝愿。心愿的内容，是她这年最在意的事情，最重要的事情，伴着和煦的春风，温暖了人心。

第二美，情景美。春暖花开，草长莺飞，夫妻二人，两相为伴，绿酒一杯，诉诉衷情，想想未来，温馨，疏淡。

第三美，文辞美。文辞浅显直白，不加掩饰，只要认字的人都会明白其意思。祝福简单平凡：一愿夫君长寿，二愿自己安康，三愿夫妻长相守。没有《上邪》的层层排比，没有《菩萨蛮》的激情逼人，却有着独有的烟火气，实在，接地气。就连用的意象，也是家中燕，而非那比翼飞翔的比翼鸟，这就是日常的生活，这才是婚姻的模样啊。

第四美，音韵美。如同如一的爱情，全词押一韵，韵律和谐，朗朗上口，容易为人记住。

冯延巳擅长写情，擅长写美人，更擅长写时间。

时间很是无情，时间会带走青春，也会带来衰败，甚至会带走纯美的爱情、美满的婚姻。

可以说，时间是爱情与婚姻最大的敌人。有人说，一对夫妻一生中有一百次想掐死对方或者离婚的念头。当然，时间也是爱情与婚姻最好的见证者。俗语有言，夫妻俩吵架，床头吵完床尾和。更何况，夫妻二人，相敬如宾、琴瑟和鸣的也大有人在。所以，《长命女》或者对现实生活做了提纯，女主在幸福时刻自动过滤了争吵；或者做了提升，恩爱者更要幸福赛蜜甜。两个人，三生有幸，四时相守，这便是一生一世的幸福。

最近一段时间，抖音视频火了一首歌，其中歌词有云："你爱我吗？当然爱啦，我会一直爱着你，到白了头发。你爱我吗？还用问嘛，我会一直爱着你，到老掉了牙。"《长命女》用朴朴实实的语言与真真实实的行动践行的就是爱到白了头，爱到掉了牙。真到了那一刻，同样是春日宴，同样是一杯绿酒，同样是梁上燕，同样是当初的那两人，幸福，自豪，平静，期待，他们会再次唱响这一首《长命女》。

陪伴，是最长情的告白。

笑话与神话合体的李煜

（李煜《浪淘沙令·帘外雨潺潺》）

李煜，南唐中主李璟的第六子，本没有当国君的机会，“生于深宫之中，长于妇人之手”，每日里写写词，画画画儿，弹弹琴，喝喝酒，谈谈文，日子过得很是惬意。后来他的太子哥哥、父亲相继病逝，皇位便落到了他头上。这对他来说，如同梦一场，因为他本无意皇位。坐上皇位，他也将词人天子的填词事业进行得红红火火。但是宋太祖的军队让他一下子从神话变成了笑话，他开城投降，成了阶下囚。汴梁的雨，分外凉，独自一人，回忆往昔，似乎又是梦一场。

宋代蔡绦《西清诗话》卷下记载：

南朝李后主归朝后，每怀江国，且念嫔妾散落，郁郁不自聊。尝作长短句：“帘外雨潺潺，春意将阑。罗衾不暖五更寒。梦里不知身是客，一饷贪欢。独自莫凭栏，无限关山。别时容易见时难。流水落花春去也，天上人间。”含思凄惋，未几下世矣。

这里记录的版本，与通行版本略有差异。通行版本，名为《浪淘沙令·帘外雨潺潺》：

帘外雨潺潺，春意阑珊。罗衾不耐五更寒。梦里不知身是客，一晌贪欢。
独自莫凭栏，无限江山，别时容易见时难。流水落花春去也，天上人间。

“流水落花春去也，天上人间”，最后两句感慨非常深。“天上”“人间”，是一个巨大的反差。他是南国的君主，成了北地的幽囚，他最高的奢望就是能够苟且活下去，但是，就连这个卑微的愿望最后也没有实现。所以，李后主写这首词时只有悔恨、只有痛苦、只有追忆，连愤怒他都没有，都不敢有。这首词看似在写最简单、最普通的事物，但词中饱含的情绪，是很多人无法想象的。在李后主所有后期的词中，我们只能看到两个字——绝望！

作为南唐的一国之主，李煜是无能的，也是无奈的，即使他真正奋发有为，早晚也免不了被大宋灭亡的结局，这是历史大势。

但作为中国词史上一代词人，李煜是伟大的。王国维评价李煜的词史地位时说：“词至李后主而眼界始大，感慨遂深，遂变伶工之词而为士大夫之词。”（《人间词话》）李煜把词从流行俚曲改造成为抒情言志、与诗同等地位的文学形式，所以他伟大。

一个无能，一个伟大，矛盾。其实，这两者不但集中于一人之身，而且还是相互影响、彼此成全的。毋庸讳言，李煜对词的发展与贡献，与其身份是密切相关的。

设若李煜不是一国之君，不是南唐的后主；设若李煜不是亡国之君，不被软禁开封，如果没有人生前后的巨大落差，没有从天上到人间的骤然跌落，李后主断然写不出这么好的词来，他在词史的贡献绝对不会有如此之大，这应验了“国家不幸诗家幸，赋到沧桑句便工”（赵翼《题遗山诗》）

那句话。

《西清诗话》卷中还记载，李煜亡国之后，宋太祖曾说："李煜若以作诗工夫治国事，岂为吾虏也。"果真如此，这个文艺色彩浓厚的皇帝，恐怕国也治不好，词也写不好了。正是因为他有从一国之君到亡国之奴的人生撕裂体验，他才能写出如此痛彻肺腑的文字来。

作为一国之主，李后主就是个笑话，因为他把治国的精力用在填词上了；作为一代词人，李煜就是个神话，因为他用词记录了他的亡国之痛。

启功《论词绝句》中云："一江春水向东流，命世才人踞上游。末路降王非不幸，两篇绝调即千秋。"启功讲的这两篇绝调，就是这首《浪淘沙令》和另外一首《虞美人·春花秋月何时了》。

山园小梅暗香来

（林逋《山园小梅》）

一树梅花，凌寒怒放，与雪结伴，“雪里已知春信至，寒梅点缀琼枝腻”；无意比美，“无意苦争春，一任群芳妒”，然“梅须逊雪三分白，雪却输梅一段香”，风递幽香去，高标逸韵至。自强不息，超然物外，文人雅士，遂引为知己，将梅花列入“花中四君子”“岁寒三友”。古代诗人中，爱梅事业做得最好的当属林和靖，他始终如一，独一无二，将梅花作为人生的伴侣，日夜相伴，与梅花谈起了精神恋爱，将爱梅事业进行到底。

文人生活追求雅致，雅致的生活源自雅致的情趣，有人爱茶，有人爱酒，有人爱琴，有人爱瑟，有人爱竹，有人爱花，各从其志。

北宋的林逋（卒谥和靖先生），是一个地道的“梅花迷”，他隐居西湖孤山之梅岭，不娶不仕，却种了许多梅花，养了许多鹤，说是“梅妻鹤子”，每日里与梅鹤相伴，自得其乐。

林逋现存八首咏梅诗，被誉为“孤山八梅”，另有词一首。这个数量和后人动辄咏梅百首相比，不足为道，但这寥寥九首诗词，具有开辟意义。正是他，把中国梅花的审美推到了一个新阶段。

北宋诗人王淇《梅》诗云："不受尘埃半点侵，竹篱茅舍自甘心。只因误识林和靖，惹得诗人说到今。"（《宋诗纪事》卷四十九）用梅花的口吻，幽默的语言，写梅花埋怨林和靖，因为结识林和靖而懊悔，足见林逋在咏梅诗中的地位。

众芳摇落独暄妍，占尽风情向小园。
疏影横斜水清浅，暗香浮动月黄昏。
霜禽欲下先偷眼，粉蝶如知合断魂。
幸有微吟可相狎，不须檀板共金樽。

《山园小梅》一开篇就抑制不住对梅花的喜爱，直抒胸臆，在百花落尽之时，梅花傲然怒放，那么艳丽，这是冬日里的一抹光亮，也毫无疑问地成为冬日小园最美丽的主角。

世间没有无缘无故的爱，那么，梅美在哪里呢？"疏影横斜水清浅，暗香浮动月黄昏"，这是一幅诱人的月夜水边梅香图。有月亮，投下朦胧月色，洒下一种朦胧美；有水流，清澈透明，流出一股灵动美。背景色已然很美很有韵味了，这时一株梅花的影子横斜在水面上，随着水的波动翩翩起舞，并散发出了幽幽的香味，让人从视觉、嗅觉、感觉方面都备感美好，禁不住地狂点赞，甚至希望时间就停留在这一刻，与静谧与幽香与梅花生活在一起，也就是那一刻，我们似乎懂了林逋，懂了他为什么唯独钟情于梅花，为何愿意不娶妻不生子，只愿与梅花、白鹤在一起。

说到白鹤，如此美好的诗境，怎能少了它的影子呢？于是，颈联里有了"霜禽"，也来偷偷地落在梅枝上暗暗注视起了梅花，默默喜欢上了梅花。

林逋很清高，很孤傲，梅花的凌傲风霜，恰恰与他很契合，而鹤则是隐士的标配，这在《诗经》时代，一首《鹤鸣》即已奠定基调。所以，在功名利禄、蝇营狗苟面前，林逋很严肃很不屑，但是在与自己那么相似的梅花、白鹤面前，林逋的目光又是那样的柔和，那样的温暖。

有梅有鹤，林逋徜徉其间，禁不住地吟起诗来。自然，林逋对此种幽独闲静之趣很陶醉，很知足，他感觉自己是幸福的，是幸运的，他不爱酒不爱歌，但是他仍然从与梅与鹤相伴的日子中发现了诗意，享受着清幽。

“疏影横斜水清浅，暗香浮动月黄昏”二句，是咏梅的千古绝调，独步古今。宋代黄彻《䂬溪诗话》卷六有言：“西湖‘横斜’‘浮动’之句，屡为前辈击节。”击节，即拍手称赞。欧阳修就特别喜爱此两句，直言“前世咏梅者多矣，未有此句矣”（《归田录》卷下），之后不断有文人附和，在他们的不断传唱及赞赏声中，“疏影横斜水清浅，暗香浮动月黄昏”的名声越来越响了。

林和靖之后，历代文人咏梅时，“暗香”“疏影”成了使用频率最高的词语。如宋辛弃疾《和傅岩叟梅花》：“月澹黄昏欲雪时，小窗犹欠岁寒枝。暗香疏影无人处，唯有西湖处士知。”姜夔自度新曲时，干脆以《暗香》《疏影》作为词牌名，并亲自作词，令歌手演唱，当代流行歌坛还有《暗香》一曲，可见林逋影响之深远。

露花倒影柳屯田

（柳永《破阵乐·露花倒影》）

春暖花开，大宋汴梁城中一片欢声笑语。金明池，一顷碧波，暖洋洋的，红花绿草相映成趣，倒映在水波中。金明池边，金柳摇风，飘飘曳曳，彩舫龙舟，停在岸边。千步虹桥，凌波而起，罗绮仕女，丝竹管弦，愉悦性灵。这时，大宋皇帝偕群臣士子来到金明池，与民同乐，观看龙舟，观赏风景，共饮禊酒。百姓尽情欢愉，载歌载舞，感受那无限春光。

宋朝，口碑似乎不是那么好，“积弱积贫”的帽子戴了多年，就是摘不下来。与老大哥唐朝那是一个天上，一个地下。如果让列位做个选择题：如果时光可以倒流，你最想回到的是哪个王朝？估计选唐朝的很多，选宋朝的会少很多。

其实，“积弱积贫”的帽子本就不应该有，这帽子早该揭啦。

著名历史学家陈寅恪曾经说过，华夏民族之文化，历数千载之演进，造极于赵宋之世。

宋朝的 GDP ，在当时世界上都是顶尖级的，而且民生工作做得不错，人们有钱有时间，过过夜生活，娱乐性情，勾栏瓦肆变成了当时中国的“百老汇”。

文化的发展，依赖于两个条件，一个是经济的繁盛，一个是文人的创造。宋代文人生逢盛世，自然抑制不住地要描绘盛世图景，自然免不了唱上几句欢快的歌儿。

《破阵乐·露花倒影》是北宋著名词人柳永的词作，描绘的时代大约是宋仁宗时期。

露花倒影，烟芜蘸碧，灵沼波暖。金柳摇风树树，系彩舫龙舟遥岸。千步虹桥，参差雁齿，直趋水殿。绕金堤、曼衍鱼龙戏，簇娇春罗绮，喧天丝管。霁色荣光，望中似睹，蓬莱清浅。

时见。凤辇宸游，鸾觞禊饮，临翠水、开镐宴。两两轻舠飞画楫，竞夺锦标霞烂。罄欢娱，歌鱼藻，徘徊宛转。别有盈盈游女，各委明珠，争收翠羽，相将归远。渐觉云海沉沉，洞天日晚。

那个时候，每年三月一日，京城汴京的皇家园林金明池开始向士民开放，京城居民倾城而出，到金明池踏春郊游，活动一直持续到四月八日。这个季节的金明池，春意盎然，碧波微暖，“拂堤杨柳醉春烟”，正是踏青好去处。

《破阵乐·露花倒影》写了一个太平盛世士民君臣游乐的欢乐场景，是一幅气象宏伟的都市风俗画卷，展示了当时世界上最繁华的城市汴京的一角。

据《东京梦华录》卷七记载：金明“池在顺天门外街北，周围约九里三十步，池西直径七里许。入池门内南岸，西去百余步，有面北临水殿，车驾临幸，观争标锡宴于此……又西去数百步，乃仙桥，南北约数百步，桥面三虹，朱漆阑楯，下排雁柱，中央隆起，谓之‘骆驼虹’”。《东京梦华录》中记载的金明池的标志性建筑（虹桥、水殿）和代表性活动（御宴、争标），在柳永的这首词中都有反映，所以说，柳永的这首《破阵乐》，是京都汴京的艺术实录。

这首词写了从早到晚一天的盛世场景，也是大宋盛世的一个缩影。

首句“露花倒影”，鲜花沾着露水倒影在水中，这是清早；末句“渐觉云海沉沉，洞天日晚”，天空逐渐昏暗，就像夜晚的洞天福地，这是写黄昏日暮。上阕主要铺陈如蓬莱仙境一般的金明池，泛泛而写，写金明池的水波、水草、鲜花、倒影，水边的杨柳、小船、杂耍、歌舞；下阕主要写皇帝临幸金明池，赐宴观赛，这是特写，以金明池笼罩在一片仙境般的暮霭之中结束。由面到点，一路写下来，似乎没有什么特别之处，却将帝都的“承平气象，形容曲尽”（陈振孙《直斋书录解题》卷二十一）。

叶梦得《避暑录话》卷下记载苏轼曾戏谑道：“山抹微云秦学士，露花倒影柳屯田。”秦学士，说的是秦观，“山抹微云”是他词作《满庭芳》开首第一句。秦观比柳永略后，苏轼的戏谑是说秦观学的是柳永。虽是戏谑，也可见出这句词的独特和影响。

用词来铺陈都市繁华，是柳永的创造，是柳永对词的题材的开拓。除此以外，他还有一首名作《望海潮·东南形胜》，写杭州的富庶与美丽。两首词堪称柳词都市文学的“双璧”。

这首词，可与孟元老的《东京梦华录》比照，也可与张择端的《清明上河图》对观，它们都是当年北宋京都汴京城市风情的真实写照和繁华见证。

更重要的是，柳永写活了盛世繁华下士民的心境。

春日回暖，优游安适，红飞翠舞，欢声笑语，这或许才是盛世的内核，放飞心灵，轻松惬意。

最美的诗献给最美的人

（范仲淹《江上渔者》）

“太阳光金亮亮，雄鸡唱三唱，花儿醒来了，鸟儿忙梳妆。小喜鹊造新房，小蜜蜂采蜜糖，幸福的生活从哪里来，要靠劳动来创造”，这首儿歌《劳动最光荣》，浅显易懂，朗朗上口，却也揭示了一个颠扑不破的真理：劳动创造了人，劳动创造了一切。幸福不会从天而降，幸福都是干出来的，农民种地“足蒸暑土气，背灼炎天光”，蚕妇养蚕“新妇守箔女执筐，头发不梳一月忙”，樵夫砍柴“桥崩卧槎拥，路险垂藤接”，淘金者淘金“流水淘沙不暂停，前波未灭后波生”。汗滴禾下土，炎热；出没风波里，飘摇，但生活就是在一滴滴的汗水中，在一点点的拼搏中，越走越宽阔。

范仲淹的《江上渔者》，是北宋版的《舌尖上的中国》，吃货的历史果然悠久。

江上往来人，但爱鲈鱼美。
君看一叶舟，出没风波里。

此诗中的鲈鱼，特指松江鲈鱼，是有名的美味。西晋的张翰，江苏吴县人，在洛阳做官，因秋风起而思念家乡的“莼羹鲈脍”，竟然撂挑子不干了，辞官归家，这得是多么诱人的美味。

鲈鱼味美，得之却不易。《后汉书·左慈传》记载，时任司空的曹操设宴席，说山珍海味都有了，唯独缺松江鲈鱼这一美味，足以见得。

每次读到这首诗，我的脑海中都会有一个人物出现，此人便是《老人与海》中的老人圣地亚哥。与浩瀚无垠的大海相比，他很渺小，但是当他与大鲨鱼搏斗时，站在一叶扁舟之上，手持利刃、大棍，他又是那么高大。范仲淹诗里的捕鱼人就是中国古代的圣地亚哥，正是因为他们的拼搏、斗争、努力、辛劳，人们才获得了舌尖上的美味。

范仲淹早年家境贫寒，故对百姓的辛劳感触很深。他做了宰相之后，此种烙印仍然留在脑海中，“居庙堂之高，则忧其民”，《江上渔者》表现了其对百姓辛劳的同情。“君看一叶舟，出没风波里”，大风大浪，一叶扁舟，一大一小，一强一弱，对比强烈，小舟随时都有被吞没的可能，但是大风浪中的小舟依然勇往直前驶去。

百姓如同波涛汹涌的大海中的小树叶，要在惊涛骇浪、风口浪尖中讨生活。鲈鱼是渔民用生命搏击换来的，这是残酷的现实，但是江上熙熙攘攘买鱼的人，他们眼中只有那鲜活的鲈鱼，不见辛劳甚或流血的渔民。这不能不说是人间的悲哀。

唐代也有一位宰相李绅，他的《悯农二首》，“谁知盘中餐，粒粒皆辛苦”，妇孺皆知，言说农民的辛劳，“四海无闲田，农夫犹饿死”，辛劳者反不得食，控诉强烈。

这是中国传统知识分子、有良知的官员，可贵而可敬的精神写照，这便是铁肩担道义，这便是民族的脊梁。

当然，李绅两首诗的主旨，在范仲淹的一首诗中即表达清楚了，且用平常词，写平常事，效果却不平常。宋代还有类似的诗歌，梅尧臣《陶者》言："陶尽门前土，屋上无片瓦。"张俞《蚕妇》有言："遍身罗绮者，不是养蚕人。"

有人说宋诗不如唐诗，当不尽然。

此诗放在当下，仍有现实意义，我们都是为生活而奔波的人，不能因你坐在写字楼中，就无视外卖小哥的付出，不需要如何赞美，最起码不要趾高气扬。因为，每个人都值得珍惜，每个人都需要尊重。

太平宰相的富贵闲愁

（晏殊《浣溪沙·一曲新词酒一杯》）

北宋仁宗朝有一位宰相晏殊，是一个神一样的存在。他自小就是“别人家的孩子”，五岁开始创作，十四岁考中进士，这个孩子不仅肯努力、有才华，而且品德超级棒，殿试时竟主动承认考试题目他做过。他有了孩子就成了“别人家的爸爸”，他的儿子晏几道几乎就是他的翻版，也是神童，也考中进士，也是辞采华茂。这个爸爸不焦虑，“富贵悠游五十年”，以恬淡的心境影响儿子。晏殊活成了人人羡慕的样子，他的忧愁也是不一样的存在。他的愁，不是忧于生活之愁，也不是忧于仕途之愁，他的愁多是一种闲适之愁。

宋朝从立国之初，就确立了富养文人的国策。宋朝文人工资高，有尊严，不用刻意为五斗米折腰，生活有保障，生命有保障，不像有的朝代的文人，一说错话就被杀头，宋朝是不杀文人的，而且成为文人，成为文官，也不是多么困难的事情，名额很多，“朝为田舍郎，暮登天子堂”的事情很常见。所以，宋朝，尤其是北宋的文人，日子过得很潇洒，很悠哉，很滋润，很精致，也很有品位。

晏殊就是北宋非常有代表性的一位文人、文官。

晏殊来自一个普通家庭，父亲就是一介小吏，并无多少权势，也无多少财富，但偏偏晏殊是个神童，不能拼爹，那只能拼才华，拼努力吧，进了殿试，成了进士，最后拼到了宰相。晏殊的成功，有自己的努力，也是赶上了好时代。

待遇不错，生活过得优游自在，欧阳修说他“富贵悠游五十年”，晏殊又生性喜好宾客来往，整天有酒局，未尝一日不燕饮（叶梦得《避暑录话》卷上），歌乐相伴，谈笑杂出，酒尽歌罢，晏殊便会赋诗作词，以作消遣，很是畅快。此种景象在晏殊家中一天天重复着，故而晏殊一生写就了一万多首词，只可惜流传下来的少了很多。

太平宰相晏殊的词，多有富贵气。这种富贵气，有时会成为后人批评的靶子，说他的词内容空洞，缺乏真情实感。但其实，晏殊词的富贵气，富贵得很雅致，亦有内容。

历史上有些词作，写富贵，就写富丽堂皇，金玉在侧，类似于赤裸裸的炫富，但是这些琳琅满目的奢侈品，在晏殊看来，体现的是一种“乞儿相”，实则并未真正理解“富贵”的意思，所以你看晏殊的词，他的富贵与金玉锦绣绝缘，只是选取富贵生活中的某些场景、物象等入词，颇有清雅之风，如“楼台侧畔杨花过，帘幕中间燕子飞”，“梨花院落溶溶月，柳絮池塘淡淡风”，等等。

《浣溪沙·一曲新词酒一杯》，也是富贵闲人、太平宰相闲适生活的写照。

一曲新词酒一杯，去年天气旧亭台。夕阳西下几时回？

无可奈何花落去，似曾相识燕归来。小园香径独徘徊。

“一曲新词酒一杯”，还是写宴饮，写作词，由此我们可以想象那欢快的场景，觥筹交错，一袭瘦削的身影举着酒杯，走在亭台上，感受着这美好人生。

但是，不知怎的，那个身影突然停了下来，神情也变得恍惚。

是什么吸引了他？是什么改变了他的神情？

是这个亭台，是这个宴饮的场景。

隐隐约约，恍恍惚惚，这样的情景，在晏殊的脑海中交织着，重叠着，一年一年，一天一天，都是这样过来的，亭台还是那个亭台，但是似乎又不是那个亭台了，人似乎已经不是此前的人了，但仍然在做着同样的事情。

夕阳慢慢落下去了，带走了时间，更加触发了晏殊的思绪，直问“夕阳西下几时回”。这一问，似乎没什么道理，如果不是阴天下雨，太阳照常会东升西落，第二天就会回来。但是，回来的那个太阳还是之前落下去的那个太阳吗？

时光短暂，流年似水，流水它带走了光阴的故事，带走了怒放的花朵，又带回了南飞的燕子，当然这燕子也只是似曾相识的燕子，不一定是当初飞走的那只。这便是时间的力量，面对这种力量，人是无能的，无助的，无奈的。

既然是无可奈何，那又有什么办法呢？

悲伤、忧愁，都无法改变时间的流逝，有的人会更加忧愁，陷入无尽的悲痛之中，有的人，比如晏殊，则会以一种哲思来回应。

今昔对比、人生聚散、宦海沉浮，经历过这些的晏殊，从自己的感受中提炼出了普遍的人生无奈：生命有限，“无可奈何花落去”；谱写了永恒的人生话题：聚散无常，“似曾相识燕归来”。

因为写出了人生普遍而永恒的故事，因为虚词对仗成一“天然奇偶”，内容有穿透力，形式巧丽，“无可奈何花落去，似曾相识燕归来”，也就成了经久流传的名句。

当然，创作出此名句的晏殊，对此也颇为自得，经常把玩。此句又见于晏殊的诗《示张寺丞王校勘》：

元巳清明假未开，小园幽径独徘徊。
春寒不定斑斑雨，宿醉难禁滟滟杯。
无可奈何花落去，似曾相识燕归来。
游梁赋客多风味，莫惜青钱万选才。

很明显，二作主题相同，都是伤时怀人。“无可奈何花落去，似曾相识燕归来”二句在诗词中互见，足见晏殊的喜爱。但是，真正让二句扬名的，却是因为词作。其间原因，或许与人们对诗体、词体的定位有关，清人张思岩《词林纪事》卷三言：“细玩‘无可奈何’一联，情致缠绵，音调谐婉，的是倚声家语。若作七律，未免软弱矣。”

此种忧愁，怎样排遣？换作陶渊明，那便是“及时当勉励，岁月不待人”；换作李白，那便是“五花马，千金裘，呼儿将出换美酒，与尔同销万古愁”；换作岳飞，那便是“莫等闲，白了少年头，空悲切”。

晏殊怎么做的呢？“小园香径独徘徊”，自己一个人在飘着落花的小花园中默默地走着，走着，唱着“我们不一样，不一样”，哀愁慢慢也就走掉了。毕竟他生活在一个不一样的好时代，毕竟他有一个不一样的高职位，还有一个不一样的心境，所以即便是似水流年，他的哀愁也是淡淡的。

半山园中一半山

（王安石《泊船瓜洲》）

瓜洲的渡口上，一束满怀深情的目光，正在凝视着南方，那南方尽头正是他的居所。忽而，他的目光被满岸的绿色吸引，嘴角慢慢上扬起来。这个人，这个孤寂的人，曾经无人不知无人不晓，大名鼎鼎，为一代改革宰相。六年前，他带着“虽千万人吾往矣”的斗志，一路披荆斩棘，但最终他被荆棘包围了，罢相南归。这一次，宋神宗召他回京，意味着一丝希望，有希望就有未来。忽而，刚刚柔和的表情，又沉重了，不安、忧虑挂到了脸上。他想起了什么呢？是那无穷无尽、挥之不去的阻力吗？还是那逐渐远离了的江宁？

熙宁二年（1069）二月，应王安石的要求，宋神宗批准设立专门机构，实施变法。

五年之后的熙宁七年（1074），王安石被宋神宗罢相，回到金陵寓居。

第二年，熙宁八年（1075），五十五岁的王安石，奉宋神宗之命重返京城。

重返京城，舟行至瓜洲时，王安石激动地写下了《泊船瓜洲》一诗。

京口瓜洲一水间，钟山只隔数重山。

春风又绿江南岸，明月何时照我还？

这首诗的有名，一是来自欢快喜悦之情与深沉思索的凝合，这源自王安石的人生起伏；二是源自“文字频改，工夫自出”的努力。根据其草稿，“春风又绿江南岸”一句，初云“又到江南岸”，圈去“到”字，注曰“不好”。又改为“过”，复圈去。后改为“入”，又改为“满”。凡如是十许字，始定为“绿”。

王安石的忧虑是有缘由的，而最终现实也验证了他的忧虑，一切都不是空穴来风。

王安石又被重重阻力打出了京城。

文献记载，宋神宗熙宁九年(1076)十月，五十六岁的王安石第二次罢相回到南京，在江宁城外的白塘建造了自己的房舍。白塘在江宁城东门外至蒋山的半道上，王安石建造的房舍离城七里，离蒋山也七里，因此起名为“半山园”，王安石号“半山”，也是这么来的。

其实这个“半”字，大可玩味，预示他晚年的生活轨迹和心路历程：半生心血，半途而废，半城半乡，半隐半仕，半读半游，半儒半释……让人不禁感慨万千。

半山园建造得很简陋，没有垣墙，勉强遮蔽风雨而已，不过王安石觉得这一片风景好，是理想的安身之地。在半山园，王安石过着远离政治、躲避尘世的田园生活，寄情山水，感悟佛道，心态趋向平淡，前期的政治诗没有了，议论诗也少了，代之而起的是写景诗、咏物诗，成就很高，风格独特，被称为“王荆公体”。

风风火火了几十年，王安石在江宁半山园的生活开始清闲起来。

据宋代的笔记记载，王安石在半山园的日常生活大致是这个样子的：每天骑一头驴，带一个仆人，备一天干粮，山野寺庙，松下石边，细数落花，缓寻芳草，漫无目的，行止不定。每次出行，一定带着书籍，或者骑着驴朗诵，或者休息时诵读。常常用袋子装着十几张饼，王安石吃后，就给牵驴的人吃，牵驴的人吃不完，再给驴吃。有时候，田野耕作的人把他们吃的喝的给王安石吃，王安石也把携带的饼送给他们。反正，每次外出，有时走很远，有时走几步就回去，近乎“无心”之人。这种随随便便、无拘无束的样子，根本就看不出是做过宰相的人。

远离是非纷扰的宁静生活，让王安石的心态变得淡定、旷达、透彻。他仿佛换了一个人，过去那风云激荡的岁月和人生，在这位历经沧桑的老人眼中，都已成为过眼烟云。

春宵一刻值千金

（苏轼《春宵》）

春风沉醉的晚上，院落里传来一阵阵清幽的香味，明月当空，皎洁、朦胧，投下灵动的影子。院落里秋千上坐着一个人，无语、闭目，随着秋千的晃动摇晃着身躯，用心感受着春花明月的美好，感受着一刻千金的珍贵。旁边传来了楼台歌榭的轻歌曼舞声，丝竹之声传之入耳，那人眉毛顿时皱了起来，显然，他的静谧盛宴被打断了，一时没了兴致。不过，转念一想，或许他们也是感受到了春光的美好，不愿辜负好时光，才如此地流连忘返。如此，一切释然。

苏轼《春宵》一诗很知名，被选录在古代启蒙读物《千家诗》中，通行版本把它排在第三篇。

春宵一刻值千金，花有清香月有阴。
歌管楼台声细细，秋千院落夜沉沉。

春宵，就是春夜，因此有的版本题名为《春夜》。

这首诗写春夜美景，明月春花；写时光珍贵，一刻千金；写尽情享乐，轻歌曼舞，直至夜深。诗歌写得明白如话，却又耐人寻味。如此美好的夜晚，都用在享乐上了，多可惜呀，其中暗含着对醉生梦死、不惜光阴的轻微讽刺之意；或者说，如此美好的时光，应当好好珍惜，做些有意义的事情。不过，这首诗写得的确很美，以至于读者往往会忽略其中蕴含的深层意义。

“清香”是嗅觉，“月有阴”是视觉，“声细细”是听觉。“春宵”“夜沉沉”是写总体的感觉，都是写时间。“夜沉沉”写自然流逝的时间，“春宵”写心理感觉的时间。诗歌通过调动全身心的各种感觉，把一个普普通通的春夜写得极不普通，写得美好迷人。

这首诗出名，主要是因为第一句“春宵一刻值千金”。

这“一刻”很重要。中国古代用漏壶计时，一昼夜分一百刻，一刻相当于今天的十四分钟二十四秒，诗歌中用来形容时间短暂。越是美好，越感觉短暂，故短暂的一刻与珍贵的千金等值，这样美好的春宵，当然应该好好珍惜了。

因为春夜的美好以及心理感觉上的时间短暂，加之白居易《长恨歌》中写唐明皇、杨贵妃的“春宵苦短日高起，从此君王不早朝”的影响，后人常用这句诗来指“洞房花烛夜”。现代很多人都知道这句诗，但不知道这首完整的诗，以为苏轼的这首诗就是写洞房良宵的，这就有点误会苏轼了。

现代文学大家郁达夫曾经写过一部小说，名为《春风沉醉的晚上》，当代电影也有一部叫作《春风沉醉的夜晚》，都是表现“春宵”的，很可能都是受到了苏轼诗歌的潜在影响。

心甘情愿，随遇而安

（苏轼《和子由渑池怀旧》）

苏轼，一个才华横溢的文人，一个经纬天地的官员，一个身世飘零的可怜人，他身上的标签太多了，但是最吸引后人的还是那个乐天旷达的东坡居士。他一生苦痛很多，母亲、妻子、孩子早亡，几患忧郁症。他一生委屈很多，他不想结党，却以诽谤朝廷的罪名被抓入狱，垢辱通宵。他一生总是在行走，不是行走在贬谪之地，就是行走在去贬谪之地的路上。真的是满肚皮不合时宜，真的是艰难苦恨繁霜鬓，但就是这样一个人，他涅槃之后重生了。竹杖芒鞋，吟啸徐行，回首向来萧瑟处，也无风雨也无晴。

宋仁宗嘉祐元年（1056），苏轼、苏辙兄弟从四川出发，进京赴考，路经河南渑池，在县中寺庙内借宿，并在室内壁上题诗。

嘉祐六年（1061），苏轼被派往凤翔府（今陕西凤翔）任签判一职。十一月，苏辙送兄赴任，从汴京（今河南开封）出发，送到一百四十多里外的郑州西门，兄弟二人在郑州分手。分手之后，苏辙想到五年前兄弟二人曾在渑池借宿，而今兄长远赴凤翔任职又必经此地，因此作《怀渑池寄子瞻兄》一诗寄给兄长。

当苏轼路过渑池旧地，故地重游，当年寺中的奉闲和尚已经去世，壁上的题诗也荡然无存。苏轼写下《和子由渑池怀旧》一诗，作为苏辙一诗的应和。

人生到处知何似？应似飞鸿踏雪泥。
泥上偶然留指爪，鸿飞那复计东西？
老僧已死成新塔，坏壁无由见旧题。
往日崎岖还记否？路长人困蹇驴嘶。
（往岁，马死于二陵，骑驴至渑池。）

苏轼这首诗非常知名，尤其是前四句，通过飞鸿踏雪、雪泥鸿爪的意象，揭示了一种普遍的、深刻的人生感悟。

人生是什么？从古至今，很多人追究过这个问题，很多人还会继续追究下去。

大雪覆盖着大地。几只鸿鸟，从远处飞来，在雪地上停一会儿，又向远处飞去，没入天际，直至不见。只剩下，雪地上稀稀疏疏的几个爪印。这偶然留下的几个爪印，或许将被继续飘落的雪花覆盖，而最终在晴天的阳光下化为水汽，统统消失不见。这个时候，还有谁能记得，这里曾有那么几只轻盈的身影来过呢？

这就是苏轼的答案。

人的一生，到哪里去，走到哪里，所有的努力、拼搏、挣扎、抗争，所有的成就、辉煌、失败、落寞，所有的悲欢离合，最终都像雪地上鸿鸟偶然留下的爪印，转瞬即逝。人的一生，在漫长的历史中，乃至在浩漫的宇宙之中，如梦幻泡影，如露亦如电，最终了无痕迹。这是苏轼的人生感慨，似乎很悲观。

但是，这种感慨是用诗写成的，又用了白雪、飞鸿这样美好的意象，自有一种诗意镶嵌在里边，有一种美好浸润在里边，所以读来也并没有那么悲观。况且，苏轼的感慨，不是凭空而发的，是有兄弟二人真实的人生体验在里边的。往事如烟，但不是烟。五年之前的渑池经历依旧历历在目，五年时间，老僧已去，题壁不存，这些共同的生活体验，让他们共同思考人生，而最终归结为更加珍视眼前，看重当下。

事实上，雪泥鸿爪虽然转瞬即逝，毕竟曾经留下过；过去的虽然消失，但不意味着不曾存在；人生虽然有很多未知的不可预料，但并不意味着人生就是盲目的无头苍蝇；世事虽然有很多偶然，但不应放弃追求；人生虽然无常，但不能缺少努力；心理上可以随遇而安，行动上不能消极悲观。所以，在诗歌的最后，他也不忘宽慰自己的弟弟，不要为自己担心，从前不是更糟糕吗，现在总算好点了吧，未来肯定会更好的。关键是，我们需先从珍惜眼前的每一分每一秒做起。

这就是苏轼兄弟的昨天、今天与明天，回忆了一下过去，评说了一下现在，又展望了一下未来，最终归结在当下，看得很透彻，写得也很积极上进。

一个人，如果把人生看透了，可能会有两种结果：一种是醉生梦死，得过且过；一种是看淡、看轻一切，不再患得患失，不会耿耿于怀。苏轼显然属于后一种。

苏轼的一生，早年尚可，进京应试，名动京师，可接下来的日子其实是相当不顺的，夹在新党旧党之间，受伤的总是他。新党执政，苏轼被贬；

旧党上台，苏轼被贬。所以他自题画像戏谑说：“问汝平生功业，黄州惠州儋州。”（《自题金山画像》）苏轼一贬再贬三贬，仍能把日子过得有滋有味，诗词写得酣畅淋漓，慷慨激昂，与他这种淡然的心态、旷达的人生态度是有关的，而这种心态，从他早年刚刚步入仕途的时候就已生根发芽了。

“人似秋鸿来有信，事如春梦了无痕。”（《正月二十日与潘郭二生出郊寻春忽记去年是日同至女王城作诗乃和前韵》）心淡然了，就会发现，世间的一切，其实都是很温暖、很可爱的。

老夫聊发少年狂

（苏轼《江城子·密州出猎》）

苏轼的一生，是行走的一生，是颠沛流离的一生，他的足迹踏遍了大半个中国。被诬陷、被误解、被流放，而且不止一次。这样的人，回馈社会的是什么呢？有的人或许就要报复社会了。苏轼却不然，他先让自己活成了亲切而温暖的样子，他日啖荔枝三百颗，他自创东坡肉，他在超然亭怡然自得；他又让别人活得有模有样、诗情画意。苏轼是个实干家，也是城市的美容师，他修苏堤，树杨柳，种菱角，成三潭印月；他减税收，增收入，为民治病，百姓爱戴。他是一介书生，但亦有金刚怒目之时，他爱着这个国家，国里的百姓，家中的自己，不容他人轻看。

苏轼《江城子·密州出猎》写的是打猎。

老夫聊发少年狂，左牵黄，右擎苍，锦帽貂裘，千骑卷平冈。为报倾城随太守，亲射虎，看孙郎。

酒酣胸胆尚开张，鬓微霜，又何妨！持节云中，何日遣冯唐？会挽雕弓如满月，西北望，射天狼。

打猎是古代的一项重要活动，承担了许多功能。

最早的打猎，是为了自保，后来是为了获取生活资料，诸如食物、衣料等。最早记录打猎的诗歌是《弹歌》，很简单，寥寥八个字："断竹续竹，飞土逐肉。"勾勒了一场围猎活动的全过程。

后来，打猎有了炫耀君威、提高战斗力的功能。周代狩猎制度已经初步建立：第一，时间上，多于农耕闲隙时进行。第二，设置了一些禁忌。春天可以猎取没有怀胎的禽兽，已经怀胎的禽兽则要放过；夏天则要猎杀残害庄稼的禽兽，保证庄稼的旺盛；秋冬季节是打猎的主要季节，草木凋零，肃杀之气，正合五行之说。第三，仪式上，程序繁多，一般有出行、检阅、猎杀、宴饮等诸多项目。

当然，除官方的功能之外，作为个人的打猎，则有强身健体、休闲娱乐的功能。

举苏轼所提到的孙权射虎为例，《三国志》记载，孙权有一次乘马射虎，摔下马，用双戟与虎搏斗，最后在侍卫的帮助下杀死了老虎，史载孙权武艺不错，尤其善于射箭，所以演变成了射虎。后来有大臣劝谏，说一国之君，不可妄逞匹夫之勇，但孙权控制不住自己，他太喜欢打猎了，这是他释放自我的重要方式，于是便做了射虎车，自己在车里射虎。偶尔有脱群之兽，侵犯其车，孙权以手击之，以此为乐。

打猎，除了要自身健壮勇猛之外，还需要一些助力，比如成语"犬马之劳"，苏轼诗里的黄犬、苍鹰。李斯临死之际，对他的儿子说，我想和你牵着黄犬，一起出上蔡东门追逐狡兔，现在都不可能实现了。至于鹰，涉及的诗作太多了，王维《观猎》写将军射雕，其中助力就有苍鹰，"草枯鹰眼疾，雪尽马蹄轻"。

古代的打猎，有猎杀的血腥，但这不是古代人表现的重点，我们从打猎中，更多看到的是对自然的尊重与保护，勇往直前的奋进努力，协同配合的团队合作等，这与我们中华文化的传统精神是一脉相承的。

那么，打猎对于一介书生苏轼来说，具有什么意义呢?

很拉风，很过瘾，很爽。

《江城子·密州出猎》的主旨、风格可用一字概括：狂。

狂，不是狂妄，而是指狂放的豪情。

此种豪放包括两个方面：一是现实中实实在在进行着的围猎，二是期待想象中的有朝一日的射天狼。

苏轼写这首词的时候，是宋神宗熙宁八年（1075），时任密州知州，三十八岁，已不算年轻人了，他自己都自称“老夫”了，但这样的一位“老夫”，却有着年轻的“狂”劲儿，亲自构思了这幅“太守狩猎图”，而且要效法孙权射杀猛虎。密州的百姓几乎全城出动，追随他去打猎， 足见百姓认可他的“狂”。狂得有底气，狂得有如此深厚的群众基础，也是没谁了。此为第一重狂。

第二重狂，有个引发的媒介，那便是酒。酒壮人胆，酒酣人更狂，诗人显然已经不满足于射杀猎物，而是希望解决威胁大宋的凶恶的“天狼”。“天狼”指天狼星，在古代星象学上，被认为是主侵掠的，词中实际上借指大宋西北方的西夏、辽国。这一狂，狂得有气势，狂得有希望，令人肃然起敬。

诗人之狂，在唐代最为明显，李白“我本楚狂人，凤歌笑孔丘”，杜甫“自笑狂夫老更狂”。据统计，李白用狂二十七次，杜甫用狂二十六次，韩愈用狂二十五次，白居易用狂九十七次，近二百位诗人在诗句中写狂。而且他们不仅书写着狂，也践行着狂。但到了宋代，“狂”似乎是一个被否定的词语，然而苏轼仍“嗟余老狂不知愧”。

苏轼的狂，是有名的，他的狂很率性。他写狂的诗作也有很多，比如：

《十拍子·暮秋》：“莫道狂夫不解狂，狂夫老更狂。”

《怀西湖寄晁美叔同年》：“嗟我本狂直，早为世所捐。”

《颍州初别子由二首》：“嗟我久病狂，意行无坎井。”

《占山亭》：“谁知海上诗狂客，占得胶西一半山。”

《和子由初到陈州见寄二首次韵》：“懒惰便樗散，疏狂托圣明。”

正可谓“狂”字成就了苏诗、苏词，让他一改词的柔弱之态，让词境界阔大、豪放、阳刚，“指出向上一路，新天下耳目”。当然，苏轼对此也颇为自得，就拿《江城子·密州出猎》来说，他曾自言：“令东州壮士抵掌顿足而歌之，吹笛击鼓以为节，颇壮观也。”（《与鲜于子骏三首》其二）

苏轼的诗词境界互通，还有一首诗也是写打猎，且写法、风格与《江城子·密州出猎》相似。此诗为《祭常山回小猎》：“青盖前头点皂旗，黄茅冈下出长围。弄风骄马跑空立，趁兔苍鹰掠地飞。回望白云生翠巘，归来红叶满征衣。圣明若用西凉簿，白羽犹能效一挥。”写于《江城子·密州出猎》之前。

“狂”是精神自由的体现，狂者自信，狂者进取，新儒学代表牟宗三曾经说过“你想要做圣人，先要狂狷，要做圣人，先做豪杰”（《周易哲学演讲录》），狂者的努力，会让其人格不断完善，会让其奔着理想一路向前。

哪有如意的人生，只有看开的生活

（苏轼《浣溪沙·山下兰芽短浸溪》）

元丰三年（1080），苏轼四十三岁了，这一年他被贬至黄州。初到黄州，人身自由受限，“乌台诗案”的阴影还在，再加上贫病交加，竟然有了他要死了甚至已经死了的传言。世事难料，人生多舛，他“心衰面改瘦峥嵘”，他自言“世事一场大梦”，他自感“人间日似年”，心如死水的感觉不断涌来。但是，苏轼就是苏轼，他有他的疗伤法，既然深陷泥淖不能自拔，那就将泥淖中的日子过好，而且要过得更好，谁说“花有重开日，人无再少时”，休将白发唱黄鸡。生活不只有眼前的苟且，还有诗和远方；眼前不只有生活的苟且，还有诗和实在的生活。

这是苏轼被贬黄州以后作的一首词。

蕲水，今湖北浠水，距黄州不远。清泉寺，在蕲水县城外。《东坡志林》卷一云：“黄州东南三十里为沙湖，亦曰螺师店，予买田其间。因往相田得疾，闻麻桥人庞安常善医而聋，遂往求疗……疾愈，与之同游清泉寺。寺在蕲水郭门外二里许，有王逸少洗笔泉，水极甘，下临兰溪，溪水西流。余作歌云……是日剧饮而归。”苏轼写的这首歌即《浣溪沙》。

游蕲水清泉寺，寺临兰溪，溪水西流。

山下兰芽短浸溪，松间沙路净无泥，潇潇暮雨子规啼。

谁道人生无再少？门前流水尚能西！休将白发唱黄鸡。

上片写景，写清泉寺的风景。

山下小溪淙淙，兰草初萌，松间沙径，一尘不染，潇潇暮雨，布谷声声。一切风景，构成两个字：静、净。溪流淙淙，子规声声，潇潇暮雨，都是衬托一个“静”字；小溪、沙路、细雨，写的是一个“净”字。远离闹市，远离尘世，所以静、净。当然，这里没有直接写出对立面，那是一个喧嚣的、污浊的尘世。只有脱离了这样的世事，有一颗安静、纯净的心，才能体味大自然赐予的优雅。

下片写感悟，写苏轼的人生感悟。

感悟因兰溪西流而发。中国地势的原因，“大河向东流”，所以古人有“人生长恨水长东”（元好问《临江仙·自洛阳往孟津道中作》）的感叹，但因局部地势，个别地方的河流走向是西流，这也是自然现象，苏轼七年前也曾有过如此感慨，“江边身世两悠悠，久与沧波共白头。造物亦知人易老，故教江水向西流”（《八月十五日看潮五绝》其三），但此时苏轼却因此感受到了一种老当益壮的青春力量。以苏轼之知识才能，他不会不知道，这西流的小溪，最终还是转向东流的。他不去追究这些，却去质疑古人说的“人无再少年”的正确性，同时将白发黄鸡式的时光感叹也统统抛弃。

这首词其实告诉我们一个道理，就是要正确地认识一个人的衰老和死亡，因为衰老和死亡是一个正常的过程。对于这个问题，苏轼在这首词中表现得非常达观，认为水还能西流，人必定也还能有一个更好的未来。所以这首词就在这一点上给了我们很多启发。

这就要佩服苏轼了。

如若不了解苏轼的人生经历，谁会想到这是一个被贬谪远方的人写的词曲呢！没有悲观，没有绝望，而是开始一段崭新的生活。其实，苏轼被贬之初，也曾郁闷过，消极过，也曾心灰意冷过，但他很快就转变了，开始了一段有滋有味的日子。

这就是心态，心态是最重要的。一个青年人，如果心如死灰，那无异于迟迟垂暮；一个老年人，心存一颗青春的心，那就是永葆年轻。

只要看开了，一切问题都解决了。

哪有如意的人生？只有看开的生活。

《听琴图》中有风声

（蔡京《题听琴图》）

《水浒传》一段“智取生辰纲”，让权相蔡京的贪婪奢侈相尽显，一个生日，他的女婿长途跋涉送价值十万贯的金珠宝贝。这一段的现实基础是，蔡京鼓动宋徽宗运送花石之事。宋徽宗善书法绘画，酷爱花石，蔡京投其所好，四处搜罗，最后成了规模巨大的常规活动，遇到百姓家的好花石，不问其愿意与否，一概抢来，为运送高大花石方便，甚至会把百姓家的房子拆掉。运送途中，百姓要出力出钱出粮食，一连二十余年，百姓苦不堪言。这样的两个人，如果他们在一起会是什么情形？狼狈为奸？其实，二人本都是有艺术细胞的人，雅静、清幽。

《听琴图》，相传是宋徽宗的亲笔画，道士抚琴弹曲，二人倾耳静听，画境闲适静谧，画风典雅细腻。

在这幅图中，有两个关键点：

一个是琴。

既然是听琴音，那么此图中最为重要的道具，便是琴。琴在中国古代很常见，也很重要，最初用于政治教化。《尚书》言：“舜弹五弦之琴，歌《南风》之诗而天下治。”（《史记》卷二十四《乐书》）后来受到文人追捧，成为文人必不可少的“文化道具”，用于人陶冶性情、抒发情志。

宋代的皇帝多为古琴爱好者，宋太宗亲自创制九弦琴、五弦阮，宋真宗命人作“两仪琴”“十二弦琴”，宋神宗起用琴鹤相随的赵抃，宋徽宗还特意设置“万琴堂”，收集各地名琴。上之所好，下必甚焉，再加上宋代重文轻武，文人地位空前提高，畅游山林，彼此亦弹琴饮酒，作诗写词，相互唱和。如此，从庙堂到文人，全民听琴。

另一个是道人。

弹琴的是一位黄冠缁衣的道士。为何要特别选择道士来弹琴呢？与宋人的崇道心理有关。宋代有两次道教发展高峰：一次是在宋真宗时，另一次便是宋徽宗时。《听琴图》有琴，有松树，有翠竹，有道士，有香炉，有花石，共同营造出一个高远、闲适、清幽的道家意境。

《听琴图》的正上方有四句题画诗，是蔡京所作。

吟徵调商灶下桐，松间疑有入松风。
仰窥低审含情客，似听无弦一弄中。

唐代及以前的题画诗，并未题在画上。宋代，由于文人画的进一步繁荣，文同、苏轼、米芾、米友仁等人，都创作了大量的题画诗，但多数是题在画前或跋在画后的。有画迹可考，在画上题诗的，《听琴图》或为第一幅。

蔡京这首诗涉及两个典故：

第一，灶下桐，是汉代蔡邕制作的焦尾琴，为古代四大名琴。据载，有个吴人在烧桐木做饭时，蔡邕路过，听到桐木炸裂的声音，知道这是良木，便要了过来，将之制作成琴，琴声果然很美。因为桐木的尾端被烧焦了，故取名为焦尾琴。此琴后为南唐中主李璟所得，再传至后主李煜。李煜降宋，焦尾琴也进了宋廷。

第二，无弦琴，与陶渊明有关。陶渊明不懂音律，却有一张没有琴弦的古琴，每当与朋友把酒言欢，他便抚琴唱和。无琴弦，怎么弹呢？其实，陶渊明抚无弦之琴，不是附庸风雅，而是为了追求一种精神愉悦。“但识琴中趣，何劳弦上声”，若是能懂得琴中情趣，又何必一定要听到琴声呢？

蔡京用这两个典故，一是说琴声悠扬，弹琴人善理音，一是说听琴之人听懂了琴音。这是知音，是弹琴最高的境界，所谓“高山流水遇知音”，即是如此。

蔡京的这一题画诗与画作是一体的，高情逸思，画之不足，题以发之。

蔡京口碑不好，被认作大奸臣，留下了千古骂名，但其文章、诗词却极好，书法亦是名家，曾被列为北宋四大书法家之一，笔力遒劲。可惜其名声太坏，后被移出四大书法家之列，以蔡襄补之。《听琴图》既留其诗，又见其字，亦是珍贵。

中国文化提倡“文如其人”，要求文人修身养性，但实际上以文观人，自古就难，除了蔡京之外，潘岳也是重要代表。元诗人元好问曾在《论诗三十首》中写过这样四句话：“心画心声总失真，文章宁复见为人？高情千古《闲居赋》，争信安仁拜路尘。”《闲居赋》乃是表达对官场的厌恶和对隐逸生活的向往，可实际上潘岳热衷官场，当权贵贾谧的马车出行时，他则在马车后边对着扬起的飞尘跪地拜倒，以求贾谧赏识。

可见，文章诗词很恐怖，是可以作伪的，也是可以颠倒黑白的。

一曲新词尽风流

（周邦彦《少年游·并刀如水》）

月夜，汴京城最豪华的一座楼馆，灯红酒绿，人声鼎沸，热闹非凡。最大的一个房间，却分外安静，与外面的嘈杂形成鲜明的对比。房间不是空的，里面有人，两个人，一男一女。华美的帷帐低垂，香炉中的细烟袅袅升起，男子坐在一边，温情脉脉地看着女子。女子正用她那纤细的玉手，用薄薄的闪着亮光的吴刀，切着玉质而金色的新橙子。橙子一破，女子缓缓用雪白的吴盐一蘸，轻轻地送到男子面前。橙子的清香味连同女子身上的香味一起涌入鼻间，男子沉醉了。

北宋词人周邦彦，其名出自《诗经·郑风·羔裘》："彼其之子，邦之彦兮。"意为国家的贤能俊才，足见父亲周原对他的无限期待。

周邦彦日后的发展，也算对得起父亲的爱意啦。他博涉百家之书，能文章，妙解音律，《汴都赋》是他的成名之作，声名一日震耀海内。他留恋秦楼楚馆，爱恋歌姬舞女，为其填词谱曲，美成思力，独绝千古。人称"词家之冠""词中老杜""词中正宗"，两宋之间，一人而已。

周邦彦已经离去了，但永远有他的传说。

比如他的多情，他的艳遇，他的填词，他的归宿。

《少年游·并刀如水》是周邦彦写的一首艳情词，分寸拿捏得恰如其分，可谓本色。

并刀如水，吴盐胜雪，纤手破新橙。锦幄初温，兽烟不断，相对坐调笙。

低声问向谁行宿，城上已三更。马滑霜浓，不如休去，直是少人行。

上片写室内，营造了一个温暖的二人世界。

室温正合适，空气很清新，水果很新鲜，吴盐很白，相对调试乐器，檀木香阵阵传出，渲染出一片温馨浪漫甚至有些暧昧的意境。

下片写室外，想象出一个凄冷的室外环境。

半夜三更，马滑霜浓，路人稀少，有点凄冷。但这不过是想象，是通过女子的柔声细语来展示的，其实写的是女子的心理，希望对方留下来，偏不直说，仅说时刻，说马，说行人，缠绵依偎之情自然展现出来。

据南宋张端义《贵耳录》（卷下）所记，宋徽宗慕名李师师，周邦彦也与李师师交好。有一次，宋徽宗微行到李师师家中，恰好周邦彦已经先在那里，听说皇帝大驾光临，惊惶之中急忙藏到床下。宋徽宗带来一颗新鲜橙子，说是从江南刚刚进贡来的，与李师师戏谑调情，躲在床下的周邦彦听了个清清楚楚，于是他将这段见闻填成这首《少年游》。宋徽宗再次来访的时候，李师师就唱这首词，宋徽宗一听，这不是说的自己吗？问是谁作，得知是周邦彦后，就让蔡京找了个理由将周邦彦赶出京城。

过了一两天，宋徽宗又到李师师家，李师师不在，等了许久才回，却是愁眉泪睫，憔悴可掬。等得不耐烦的宋徽宗大怒，问李师师去往何处了，李师师据实回答,她去送周邦彦了。按理说,一听这话,宋徽宗应该怒上加怒,大发雷霆,但是不按常理出牌的宋徽宗却问了一句:“他又填词了吗?”看来都是同道中人啊。果然不出宋徽宗所料,周邦彦又写了一首《兰陵王·柳阴直》。

柳阴直。烟里丝丝弄碧。隋堤上、曾见几番,拂水飘绵送行色。登临望故国,谁识京华倦客?长亭路,年去岁来,应折柔条过千尺。

闲寻旧踪迹,又酒趁哀弦,灯照离席。梨花榆火催寒食。愁一箭风快,半篙波暖,回头迢递便数驿。望人在天北。

凄恻,恨堆积!渐别浦萦回,津堠岑寂。斜阳冉冉春无极。念月榭携手,露桥闻笛。沉思前事,似梦里,泪暗滴。

李师师一词唱罢,一曲终了,宋徽宗居然高兴了,改变了主意,又将周邦彦召回来,作了大晟乐正,后来官至大晟乐府待制。

这段记录真实性无从考证,破绽之处甚多,道听途说演义的可能性更大。不过,周邦彦的词作最起码是有秦楼楚馆的经历作支撑的,也正是因为这一节风流韵事,周邦彦这首普通的歌词变得很不普通。

自信满满花仙子

（李清照《鹧鸪天·暗淡轻黄体性柔》）

宋神宗元丰七年（1084），济南府李家中一个女娃娃降生了，她就是一代才女李清照。这李家也是书香门第，早有盛名，父亲李格非聪敏警俊，识量英伟，为苏轼门生，母亲亦是大家闺秀，宰相之女，知书懂礼。都说女人如花，浸润在书海中的李清照，是花一样的存在，她是那清丽明快的藕花，她是那绿叶繁茂的海棠花，她是那“此花不与群花比”的红梅。她敢于与花比美，“云鬓斜簪，徒要教郎比并看”，她自信她的超凡脱俗，她自比桂花，高喊着“自是花中第一流”。

李清照是爱花之人，她的词作中梅红菊黄、梨白荷香，有牡丹、有丁香，是位虔诚的“护花使者”“鲜花达人”。

李清照词作中写得最多的花是梅花，不吝笔墨，赞赏有加，“雪里已知春信至，寒梅点缀琼枝腻。香脸半开娇旖旎”“莫辞醉，此花不与群花比”（《渔家傲·雪里已知春信至》），那傲霜而立、迎春而到的梅花，高洁孤傲，不仅旖旎了寒冬，也旖旎了李清照的生活。

李清照也很喜欢菊花，“也不似、贵妃醉脸，也不似、孙寿愁眉。韩令偷香，徐娘傅粉，莫将比拟未新奇……人情好，何须更忆，泽畔东篱”（《多丽·咏白菊》），孤傲高洁。而且菊花陪着李清照走过了人事沧桑，“莫道不销魂，帘卷西风，人比黄花瘦”（《醉花阴·薄雾浓云愁永昼》），这是爱情尚在的思念；“满地黄花堆积，憔悴损，如今有谁堪摘”（《声声慢·寻寻觅觅》），这是家国败亡之后的忧愁；“不如随分尊前醉，莫负东篱菊蕊黄”（《鹧鸪天·寒日萧萧上锁窗》），这是独自一人的自我安慰。

在《鹧鸪天·暗淡轻黄体性柔》中，她写了桂花。桂花一出，群花让路，一见桂花，连李清照最喜爱的梅花都心生妒忌，菊花也自惭形秽。

> 暗淡轻黄体性柔，情疏迹远只香留。何须浅碧深红色，自是花中第一流。
>
> 梅定妒，菊应羞，画阑开处冠中秋。骚人可煞无情思，何事当年不见收？

那么，桂花有什么值得嫉妒的呢？

第一，色彩恰到好处。李清照写的桂花颜色是暗黄、淡黄、轻黄，不浓艳，与红酥的梅花、娇艳欲滴的牡丹、亮黄的菊花相比，似乎逊色很多，但娇艳的颜色太过，易让人生厌，总觉俗气。桂花的色彩恰到好处，让人舒服。

第二，芳香浓郁。这便是桂花默默留下的美，不张扬，却幽香四溢。

如此性情的桂花，令人敬佩，让人生爱，李清照将它视为中秋时节的“花中之王”“花中第一流”，梅花、菊花都要为其让路，自叹弗如。

这首词是为桂花立传，为桂花鸣不平的。当年屈原以鲜花芳草来装扮自己，用鲜花芳草来喻指自己的高洁情操，可谓“鉴花高手”，和李清照当为同道中人。李清照对屈原也很倾慕，视为知音。但是当李清照遍览《楚辞》之后，她发现屈原的“鲜花王国”中竟然没有桂花的身影，她很不解，继而很愤慨，“骚人可煞无情思，何事当年不见收？”如此品性美好的桂花竟然没能入屈原之眼，实在是太委屈了，它比谁差了呀！

此种花品，此种追问，却也是词人自道，这大概是我们了解李清照晚年心境的一个窗口。王国维在《人间词话》中即指出：“‘何须浅碧深红色，自是花中第一流’，易安语也，其词品亦似之。”晚年的李清照经历世事坎坷，经历了爱情的破灭、家国的败亡，她在桂花身上看到了自己的影子，以花自况，写其傲世尘俗，写其温雅疏淡。

李清照的晚年，是孤寂凄凉的，爱人不再，亲人不再，往日的甜蜜与繁华，也成了过眼云烟。好在她还有词，好在她还是爱花达人。风烛残年之时，整日陪伴李清照的便是桂花，“终日向人多酝藉，木犀花”（《摊破浣溪沙·病起萧萧两鬓华》），木犀花即桂花，足见其喜爱。

李清照还有一首写桂花的词，《摊破浣溪沙·揉破黄金万点轻》：

揉破黄金万点轻，剪成碧玉叶层层。风度精神如彦辅，大鲜明。

梅蕊重重何俗甚，丁香千结苦粗生。熏透愁人千里梦，却无情。

此词亦是颂扬桂花。说桂花如同晋代名士王衍和乐广一样风流飘逸，名重于时。这是以人喻花，写其风度，写其独特，赞扬桂花金玉其质。又用梅花、丁香作衬托，言其远远不如桂花。可以与这首《鹧鸪天·暗淡轻黄体性柔》互证。

其实，无论是梅花、菊花，还是桂花，在李清照一生中都是极为重要的，它们装点了李清照的词，照亮了李清照的人生，人生如花，花如人生。

敢爱敢恨一易安

（李清照《夏日绝句》）

她是蕙质兰心的女子，她是抒写性灵的女子，她是高傲的女子，她更是勇敢的女子。她爱喝酒，爱赌博，她敢于追求自己的爱情，敢于表达自己的爱恋，她的思春词，她的情话，率真直白。烽火连天，兵荒马乱，暴风雨来临，她也飘零，但她鄙视逃跑，人行天地间，当顶天立地，无惧硝烟，不怕战火，她呼唤英雄，“欲将血泪寄山河，去洒东山一抔土”。她为还丈夫清白，携毕生所藏，追赶高宗，危险、艰难，但无怨、无悔。她为寻求温暖，丈夫离世之后，再嫁他人，无惧白眼。遭遇渣男，不将就、不委屈，一纸诉状，告到官府，誓要休夫，深陷牢狱，她亦无悔。她，就是李清照，一个孤傲而勇敢的女子。

靖康二年（1127），金兵入侵中原，攻破北宋都城汴京，掳走宋徽宗、宋钦宗及大量皇亲、官员、宫人。时为河北兵马大元帅的康王赵构在应天府（今河南商丘）登基。但是，登基后的高宗赵构并不想收复失地，却如惊弓之鸟般，闻风南逃，从扬州、杭州一路狂奔，只图苟安一隅。

建炎三年（1129）二月，赵明诚罢江宁太守。三月，和李清照“具舟上芜湖，入姑孰，将卜居赣水上”（《金石录后序》）。舟过乌江项羽自刎处，李清照作《绝句》以吊项羽。后人改题为《夏日绝句》，殊与季节不和。

生当作人杰，死亦为鬼雄。

至今思项羽，不肯过江东。

也有人认为，李清照之夫赵明诚出任江宁太守时，城中爆发叛乱，赵明诚不思平叛，反而临阵脱逃。李清照为国为夫感到耻辱，在路过乌江时，有感于项羽的悲壮，创作此诗，同时也有暗讽南宋王朝和自己丈夫之意。

不管哪种说法，李清照这首诗肯定是有感而发的。

金兵南侵，赵构南逃，这是国家大事；建康叛乱，太守脱逃，这是地方大事；赵明诚临阵脱逃，罢江宁太守，这是家中大事。家事国事天下事，国难、家变和宋人的泪，都指向同一主题：不思进取、苟且偷生。

李清照的这首诗很有可能是多种情感汇聚的喷涌迸发，因此写得慷慨悲愤。

项羽的一生，最有名的是乌江自刎，历史上咏叹项羽的诗，咏叹最多的都是乌江亭、乌江。李清照肯定项羽，说项羽生为人杰，死为鬼雄。

从现存的文献来看，“人杰”这个词，最早出自《文子》。《上礼》篇云：“行可以为仪表，智足以决嫌疑，信可以守约，廉可以使分财，作事可法，出言可道，人杰也。”行为、智慧、诚信、廉洁、说话、做事都要成为典范，才可以称之为人杰，可见人杰并非一笼统称谓，而是有具体要求的。不过，李清照的这首诗用“人杰”二字写项羽，很可能是用了汉高祖刘邦的典故。《史记·高祖本纪》中说，刘邦当了皇帝之后，曾问大臣自己为什么能够打败项羽，要大臣们畅所欲言。大臣们说了很多意见，刘邦认为都没说到点子上。

最后他总结说，自己之所以能够取得天下，是因为他用了三个人杰：张良、萧何、韩信。张良有智慧，能运筹帷幄之中，决胜千里之外；萧何后勤做得好，能够保障供给；韩信带兵厉害，能连百万之兵，攻无不克，战无不胜。刘邦所言人杰，要求已经比《文子》所言少多了，即使如此，天下能够称为“人杰”的，那也是少之又少的。

“鬼雄”一词，出自《九歌·国殇》：“身既死兮神以灵，魂魄毅兮为鬼雄。”为国慷慨捐躯的将士，即便死去，也是鬼中之雄。

“人杰”“鬼雄”都是罕见的，是极其难得的，而一个人在人鬼两个世界中，都能称雄，那更是难上之难。项羽恰是这样的一个人。

项羽可以说是先秦最后一位贵族，他有贵族的出身，他的贵族精神有很多表现，亦体现在他的乌江自刎上。项羽本是可以不死的，回到江东，再谋东山再起，杜牧《题乌江亭》中有云：“江东子弟多才俊，卷土重来未可知。”但他自言“籍与江东子弟八千人渡江而西，今无一人还，纵江东父兄怜而王我，我何面目见之？纵彼不言，籍独不愧于心乎”（《史记》卷七《项羽本纪》），他顾及死去的八千子弟兵，他自感无颜见江东父老，他自感愧疚，这是一种自律自警的精神，他宁愿自刎身亡，也不愿苟且在世。人在面对死亡之时，最能考验一个人的品性，很显然，项羽是经得住考验的。

项羽是人杰，项羽是鬼雄，在李清照那里，项羽最为人佩服的便是在乌江边拼尽最后一滴血，结束自己的生命，这才是顶天立地的汉子，血性男儿。历史是这样的雄壮，历史是这样的震撼人心，但是回到当下，却是如此的让人无奈、愤慨，都是男儿身，为何一为英雄，一为狗熊呢？

李清照虽为女子，却有英雄气，她亦希望身边的人、国家的人，能重拾历史豪情，但很显然，现实让她很失望，所以，无限的寄托，无限的感慨，只能寄予在无限的追怀之中。

李清照穿越历史，感怀项羽，这是贵族精神、爱国精神的古今传递，“生当作人杰，死亦为鬼雄”二句，铿锵有力，掷地有声，遂成为千古名句。

“生当作人杰，死亦为鬼雄”，是一种无所畏惧的人生姿态，是一种勇于进取的人生观，巾帼女子表现出的铮铮铁骨、崇高的境界与非凡的气势，振聋发聩，已经超越了具体的历史、故事、背景、性别，具有了普遍永恒的意义。

报国无门志不酬

（陆游《诉衷情·当年万里觅封侯》）

昏暗的灯光下，年近七十的陆游，伫立窗前，凝视窗外。疾风刚劲，大雪纷飞，似乎在彰显存在感，又似乎要征服一切。这场风雪，让陆游的思绪飞到了一生最值得怀念的那段时光。那时的他青春年少，一心报国，投身军营，保家卫国。一想到此，满头白发的陆游又激动了起来，苍白的脸庞也添上了一抹红润。如今他已垂垂老矣，却不料平生抱负未曾展，胡人未灭犹狼烟，而他徒然无功，不禁悲从中来，老泪纵横。怨谁？恨谁？或许都没有意义。

南宋孝宗乾道八年（1172），陆游应四川宣抚使王炎之邀，从夔州前往当时西北前线重镇南郑军中任职，度过了八个多月的戎马生涯。这是他一生中最值得怀念的一段岁月。

淳熙十六年（1189），陆游被弹劾罢官后，退隐山阴故居长达十二年。这期间他常常在风雪之夜，孤灯之下，回首往事，梦游梁州，写下了一系列爱国诗词，如《十一月四日风雨大作》《秋夜将晓出篱门迎凉有感二首》等名篇，这首《诉衷情》也是其中的一篇。

当年万里觅封侯，匹马戍梁州。关河梦断何处，尘暗旧貂裘。

胡未灭，鬓先秋，泪空流。此生谁料，心在天山，身老沧州。

上阕是回忆，写从前。

回忆往日军旅生活，就像汉代的班超投笔从戎、立功异域一样，陆游匹马单枪，远赴梁州，驰骋沙场，报效国家。这两句豪气干云。谁料想，不久就被调离，就像战国时期的苏秦游秦一样，裘敝染尘，落魄而归，从此关塞边防，只能出现在梦中。这两句写暗淡惆怅。

下阕是现实，写“当下”。

胡人未灭，依然嚣张；两鬓苍苍，无力报国，唯有泪空流。最后三句总结自己的一生，又是一个意料不到，被迫退隐，仍念念不忘国事，这是“报国欲死无战场”的痛心与悲凉。

陆游这首词，写了身心的合一与身心的分离，南郑八个月的身心合一与其余一生的身心分离。从激昂到悲凉，从悲凉到沉郁，变化的是朝廷，是时代，是年龄；不变的是未忘国忧，是报国之志，是英雄本色，读之令人感叹不已。

弥留之际的无奈与期待

（陆游《示儿》）

嘉定三年（1210），蛰居山阴的陆游生命垂危。陆游出生于两宋之交，自小就经受了国家战乱、家庭流离。在战火中成长起来的陆游，一生最大的志向便是驱逐胡虏，收复失地。然而此志向终其一生也未能实现，随着他一天天老去，他的忧虑与期盼就一分分增长。弥留之际，心念国事的他，最放心不下的就是此事，于是一生写了三万余首诗的他，拼尽最后一丝力气，留下了他的绝命诗《示儿》，将满腹的心事付与未可期的未来。

历史上的示儿诗很多，陆游一生也写过不少示儿诗，唯独此首《示儿》最为有名。陆游是个高产作家，自言“六十年间万首诗”，现在存世的有九千三百余首，但真正能够成为经典、被后人广为传诵的恐不足百首。毫无疑问，这首《示儿》是其中之一。

死去元知万事空，但悲不见九州同。

王师北定中原日，家祭无忘告乃翁。

《示儿》能够成为经典，原因有三：一是陆游这首诗写得好，二是后人评得好，三是陆游子孙后代做得好。

陆游这首诗写得好，好在哪里？特别。特别在哪里？一是写作时间特别，写于临终之际，是陆游的绝笔之作；二是性质特别，是一封遗书，一封用诗歌写的遗书；三是内容特别，不说小事，专讲大事；大事很多，只说一件。

人生总要谢幕，但有人就是不愿面对死亡，死亡确确实实是对人的重要考验。陆游对于死亡很坦然，一个“元”字，说出了自己对于死亡的淡然态度；与死亡相比，“不见九州同”反而更加重要，这又让他很不淡然，所以“悲”。

曾子言：“人之将死，其言也善。”（《论语·泰伯》）马上要离开这个世界了，最后要说的话肯定是最真诚的，嘱咐的事情一定是心中最在意、最惦记的。曹操是个做大事的人，他临终遗言却絮絮叨叨，交代的是自己妻妾、歌伎如何安置，生活、住房如何安排，自己的衣物如何分配的问题。刘备也是做大事的人，他临终遗言交代的是教刘禅如何做人、如何读书的问题。

陆游临终说的不是家长里短的体己话，不是嘱咐儿子好好读书，好好做事，而是收复失地的大事，足见收复失地是他心中的头等大事，是其平生之志。“但悲不见九州同”，这是现实的悲痛与无奈；“王师北定中原日”，这是想象的期待与坚定；“家祭无忘告乃翁”，这是在另一世界的欣喜，悲壮沉痛，可泣鬼神。

陆游临终示儿，家事加入国事，国事即是家事，率意而出，寥寥几笔，却让人潸然落泪。与宗泽临终三呼“过河”的悲壮，遥相呼应，撑起了宋代爱国主义精神的大旗，鼓舞人心，振奋士气。

因此，此诗一经流传，便引发强烈共鸣，受到了疯狂追捧，人们纷纷传诵，写诗应和。

刘克庄写过一首绝句："不及生前见虏亡，放翁易箦愤堂堂。遥知小陆羞时荐，定告王师入洛阳。"（《端嘉杂诗二十首》其一）这是陆游离世二十四年后，南宋与蒙古联合，灭掉金国，随后收复了开封、洛阳之事，是现实版的"王师北定中原日"，陆游的期盼似乎实现了。刘克庄按捺不住内心的喜悦，他自己兴奋，也替陆游欣喜，他想九泉之下的陆游肯定也从儿子那里得知了这一好消息。

然而，此种喜悦只是暂时的，与虎谋皮，其结果可想而知。蒙古收拾完金国，下一个对象便是南宋朝廷，"收复中原"终究成了梦一场，最终却是中原被蒙古收了。林景熙为此专门写了《书陆放翁诗卷后》，其中最后两句是："来孙却见九州同，家祭如何告乃翁。"痛心疾首，扼腕捶胸。九州是统一了，但不是"王师"完成的，而是由蒙古人统一的，这样的消息该不该告诉、怎么告诉地下的陆游呢？

一个作品的声誉，是由作品本身、评论者、接受者共同完成的，这些应和诗，在一定程度上促成了陆游《示儿》的诗坛崇高地位。

《示儿》一诗，结构上跳跃很大，后两句由生前转为死后，情感则由悲愤转为期待。后来刘克庄、林景熙的和作，则是由期待成真又变为悲愤沉郁，不知道泉下有知的陆游能否接受这样的大起大落呢？

外人都在替陆游的儿子操心，想他们如何完成陆游遗嘱的"告乃翁"之事，那么，陆游的儿孙后代又是怎么做的呢？

陆游生前有很多与孩子交流的诗作，他要求孩子"纸上得来终觉浅，绝知此事要躬行"，光读书还不行，"干就完了"。南宋灭亡时，陆游的孙子陆元廷，听说宋军兵败崖山，忧愤而死；曾孙陆传义，崖山兵败后绝食而亡；玄孙陆天骐，在崖山之战中投海自尽。“王师北定中原日”虽不成，但陆游的后代以具体的行动践行了陆游的爱国教育。

陆游的这首《示儿》诗，毫无疑问地成了经典。

田园的苦乐年华

（范成大《四时田园杂兴六十首》选三）

一年四季，风景不同，田地里的庄稼不同，农夫的耕作也不同，他们的日常生活也在四季轮换中发生着变化，吃的蔬食、玩的物件就地取材，新鲜而有趣味。梅子金黄，杏子肥，麦花雪白，菜花稀，蜻蜓飞，蝴蝶闹，一片热闹。父兄插秧除草，姑嫂纺线织麻，相互扶持，一片和乐的景象；劳作很辛苦，“采菱辛苦废犁锄，血指流丹鬼质枯”，有时甚至要与天抢粮食，他们也有着无能为力的无奈，原来“无力买田聊种水，近来湖面亦收租”，但收获的喜悦会战胜劳累，看到颗粒饱满的粮食，他们发自内心的微笑，感染力很强；孩子们一会儿斗斗草，一会儿模仿大人种瓜插秧，角逐、游戏，不亦乐乎。这就是从前农村的真实，有无奈，有不满，但更多的是满足与期待。

范成大《四时田园杂兴》这组诗前面有一个小序：“淳熙丙午，沉疴少纾（shū），复至石湖旧隐，野外即事，辄书一绝，终岁得六十篇，号《四时田园杂兴》。”淳熙，是宋孝宗第三个年号。淳熙十三年（1186），干支为丙午。这一年，范成大六十一岁。多年旧病稍微好转，他又到苏州石湖这个地方隐居，自称石湖居士，别人称他为范石湖，就是这么来的。隐居期间，他时常到野外走走转转，走在乡间的小道上，看见自己动心的事，立马即兴写上一首绝句。就这样，一年下来，写了六十篇，总名叫《四时田园杂兴》。这组大型组诗，是他晚年的名作，范成大也因此获得了“田园诗人”的称号。

四时，说的是春、夏、秋、冬四季，范成大又将晚春从春季中独立出来，分成五个部分：春日、晚春、夏日、秋日、冬日。每个部分十二首，总计六十首。一年四季，十二个月，五岁再闰，六十甲子，范成大写这组诗时刚过了六十岁。所以，范成大的这组诗的分类、组数、总数，可能不是碰巧，或有意为之。古人运用数字是很讲究的，他们认为一些特别的数字，是有寓意、有象征意味的。

范成大《四时田园杂兴》六十首，写尽了乡村春、夏、秋、冬四个季节自然流转的景色，写尽了农民生产劳作、日常生活的风俗面貌。有艰辛中的欢乐，有苦难中的哀愁，有现实的自足，有渺茫的向往。读之仿佛走进了八百年前辽阔、苍凉、喧闹、宁静的乡村田野，触摸到了范成大田园画卷中深藏着的依恋、悲悯和忧愤。

先看《春日田园杂兴》第五首：

社下烧钱鼓似雷，日斜扶得醉翁回。
青枝满地花狼藉，知是儿孙斗草来。

这首诗写了乡村春天的两种风俗：一是大人们的春社活动，二是小孩子的斗草游戏。

社，是土地神。春社，是春天祭祀土地神的活动，是一项有着悠久历史的传统民俗。较早的时候，没有固定的日子，自宋代起，以立春后的第一个戊日为社日。

春社这一天，人们聚集在固定的场所，摆上酒肉等食品，通过一些仪式，如焚香、烧纸、击鼓等，供奉社神，祈求社神赐福，五谷丰登。祭祀完毕后，食物被大家分享。《史记·陈丞相世家》中记载陈平年轻的时候，在乡里主持过分社肉的工作，分得公平，人们交口称誉。当然还要留下一部分，共同享用。所以说，这也是古代的一项聚餐活动。社肉，又称福肉，古人认为能给人带来福气；社酒，据说喝了可以治疗耳聋。祭祀以后的酒肉增添了新的作用，这也是对神灵的敬畏与敬仰。宋代王炎《社日》中有“一杯社日治聋酒，报答春光烂漫时”的描写，因此大伙儿都不醉不归。唐代有位诗人王驾曾经写过一首《社日》的诗，其中有“桑柘影斜春社散，家家扶得醉人归”的描写，直至太阳西斜，酒醉方归。

范成大的这首诗，前两句写的就是春社的活动，主要是烧纸、击鼓、饮社酒。后两句写的是儿童斗草的游戏，不过没有直写，而是通过社祭归来的大人看到青枝满地、花草狼藉的场景侧面展示的。

斗草是小孩子玩的一种游戏。江南的春天，比北方来得似乎要早一些，到立春的时候，草已长大，树木成荫。儿童就地取材，摘片树叶，拔株青草，互相用草、叶角力，以叶柄、草茎相勾，捏住两端用力拽，断者为输。

这种以人的拉力和草叶的韧劲强弱来决定输赢的斗草，被称为“武斗”。这种玩法，简单、直接，小孩子喜欢，一遍遍，玩得不亦乐乎，所以玩耍之后的现场就是“青枝满地花狼藉”了，亦可看出孩子们玩得是何等热闹、开心。

小孩子的这种游戏，后来又演化发展出“文斗”来，小孩玩，大人也玩。

文斗一般分两种，一种要有运动，要有实践，就是亲自去寻找各种各样的花花草草，看谁找到的品类最多，最奇葩，光找到不行，还得知道名字，说得清楚，这才算赢。孔子云“多识于鸟兽草木之名”，光凭书本，仅看图画，还是不行的。《红楼梦》第六十二回《憨湘云醉眠芍药裀，呆香菱情解石榴裙》中写到，宝玉生日的那天，小螺、香菱、芳官、蕊官、藕官、荳官等五六个小丫头去园子里摘花草玩，她们玩的就是这种文斗。清代的张令仪《斗草》诗云：“东邻女伴偶过从，相邀莫负芳菲景。共向南园斗草嬉，搴芳拾翠搜求尽。”这些女子们为了斗草，把南园中的花花草草翻了个底朝天，搜了一个遍，说的也是这种文斗。还有一种，更像斗嘴，就是耍嘴皮子，对花草名。《镜花缘》第七十六、七十七回就专门写这种斗草，这是考察知识、考察记忆、考察反应、考察才能了。虽然也有趣，也有竞赛的性质，但没有身体运动的参与了。最初的游戏，都是来源于日常生活劳动的，是既益智又健体的。

再到后来，口头的文斗，被文人用到了酒桌上，变成了酒令，称为“斗草令”。斗草，从儿童妇女在花间草边的充满野趣的游戏，演变成文人酒席间的“雅玩”。这时已经闻不到青草树叶的气息，弥漫着的是酒肉味道，也就不接地气了。

从前的小孩子，没有那么多玩具，大都就地取材，一根竹竿骑马，两片草叶互拉，斗蟋蟀，扑蝴蝶，爬树捉鸟，傍荫种瓜。他们通过大自然的馈赠，模仿生产生活，来感受生活的奥秘，竟然一点也不比现代乏味，照样玩得嗨，百玩不厌，这才是快乐的童年。现在的孩子虽然玩具多了，也高级了，城市里要“爱护花草，人人有责”，不能斗草，农村也很少有这样玩的了。电玩多了，但也脱离了自然，脱离了原初，脱离了生活，总觉得少了一些贴近自然，走进生活的乐趣。

再看《夏日田园杂兴》的第七首：

昼出耘田夜绩麻，村庄儿女各当家。
童孙未解供耕织，也傍桑阴学种瓜。

范成大这首诗写的是乡村夏日的风情。

首句一个“耘”字，点出了诗歌描绘的季节。

耘，《说文解字》中解释说：“除苗间秽也。”意为锄掉苗间的杂草。《诗经·小雅·甫田》中有“今适南亩，或耘或耔。黍稷薿（nǐ）薿，攸介攸止”，意思是说，除除草、培培土，庄稼才长得茂盛。

像上面那首一样，这首也是从大人、孩子两方面来集中展示的，突出了一个“忙”字。

大人忙，白天忙，夜里忙。白天到地里忙活，除草培土；晚上回家还忙活，纺线织布。“田家少闲月，五月人倍忙”（白居易《观刈麦》），这种从早到晚、白天到黑夜辛苦忙碌、连轴转的劳作，是乡村民众夏日劳作的一个缩影，也是他们一年生活的一个缩影。

大人忙，小孩子也不闲着。“童孙未解供耕织，也傍桑阴学种瓜”，小孩子还小，尚不能直接参加生产劳动，那他们干什么？这两句写孩童做游戏，做的什么游戏？种瓜的游戏。这游戏既普通，又不普通。种瓜是普普通通的农家生产之一，虽然孩子们没有直接参与劳作，但他们耳濡目染，知道如何种瓜，不稀奇，所以普通；从另一方面讲，乡村里生长的孩子，即使他们的游戏，也是劳动——模仿生产劳动，这也是开始初步介入生产生活，所以又不寻常。

文学艺术到底是怎么来的?

许多理论家都曾追问过这个“生成性”问题。最常见的有三种观点：

一是文艺起源于劳动。像鲁迅说的古人一起扛木头，必须要齐心协力，得喊号子“杭育杭育”，“杭育杭育”就是文学，文学就这么产生了，这是“杭育杭育”派。

二是文艺起源于模仿。《吕氏春秋・古乐》中说原始的乐歌是“效八风之音”“听凤凰之鸣”而产生的，这是说人类模仿“风声”“鸟鸣”自然而然地生成了艺术。

三是文艺起源于游戏。当然，游戏并非完全对应玩耍，而是一种无功利的活动。席勒认为游戏是过剩精力的表现，也有学者认为游戏是人与生俱来的本能，游戏促成了文艺的生成。

当然，对文艺的起源还有多种观点，然而，每一种都不足以解释全部文艺的“发生学”问题，三言两语也是说不清楚的。

还是回到范成大的这首诗。巧合的是，“童孙未解供耕织，也傍桑阴学种瓜”这两句诗写的是游戏，游戏的内容是劳动，是模仿劳动的游戏，所写是劳动、游戏、模仿三位一体。在写这些诗歌的时候，范成大很可能没有思考艺术是怎么来的问题，但他在不自觉中就笼括了这三种观点。难怪范成大能够在不动声色之中，写出繁华之后的淡泊，写出繁忙之中的真实，原来他是一下子就追溯到了艺术的本源，所以写得天然、清新、质朴、真淳。

下面再看《秋日田园杂兴》的第八首：

新筑场泥镜面平，家家打稻趁霜晴。

笑歌声里轻雷动，一夜连枷响到明。

这首诗写“打稻”。

写秋季农家打场的紧张快乐，洋溢着丰收的喜悦。挥枷打场的声音如同轻雷，彻夜不停，真的是“累并快乐着”，虽然辛苦劳累，却充满着欢声笑语。连枷，手工脱粒工具，由一个长柄和一组平排的竹条或木条构成，用来拍打谷物，使谷粒掉下来。

对于一个在农村生活过、了解农业的人来说，阅读范成大的田园诗，备感亲切，肯定能够融入更多的个人体验，惊叹范成大的捕捉艺术。

正是这类写真实、普通劳作诗歌的存在，使范成大的《四时田园杂兴》成为田园农事诗，不同于一般常说的田园山水诗，比如王维、孟浩然等人的田园诗。在王孟诗派那里，更多的时候，田园是一个道具，一个个人体验、悟道的工具。因此，他们的田园诗尽管写得也很逼真细腻，语言艺术一流，但感觉离现实的日常还是隔了一层。尤其是王维，感觉他的诗歌，有一种仙气，有一种不食人间烟火的意味，缺乏地气。

比较而言，陶渊明的田园诗更接地气，因为陶渊明有时也参加农业劳动，不过，他着力书写、表达的重点还是自己的感受与体悟。

比如陶渊明的《归园田居》第三首：“种豆南山下，草盛豆苗稀。晨兴理荒秽，带月荷锄归。道狭草木长，夕露沾我衣。衣沾不足惜，但使愿无违。”这首诗写除草。陶渊明“少学琴书”，士人出身，躬耕田亩缺乏经验，因此“草盛豆苗稀”的劳动后果，也就不足为奇了。“晨兴理荒秽，带月荷锄归”，勤恳，从清早到夜晚，躬身垄亩，铲锄荒草。说实话，陶渊明的种田水平真是不怎么样，但要知道，在他那个时代，那些望族、士大夫是不屑做这些事情的。陶渊明不但回到了园田，还亲自做了，庄稼种得好不好且不说，单他放下架子，躬耕劳作的体验，就令人刮目相看。也正因为如此，他的田园诗才有了烟火气，有了地气，有了生活的体验。

范成大的田园诗，尽管背后也少不了范成大个人的存在，但他写的不是自己，是三农：农村、农民、农业，是从农民的视角、农民的立场来写农业、农村的。因此，《四时田园杂兴》真实书写了南宋江南农家的农事活动。从育秧、插稻、除草，到收割、打稻的全过程，这和此前中国所有的田园诗都拉开了距离，真正回归田园，全面、真切地记录了农村生活的方方面面和生产生活的各种细节，真可谓南宋江南乡村社会的一部“农政全书”。

童心未泯杨万里

（杨万里《稚子弄冰》）

冬日里，天气严寒，草木枯败，孩子们不能像其他季节那样，跑到野外，摘摘花，斗斗草，捕捕蝉，开开船，有时候只能宅在家里保暖。不过，孩子们的想象力不会随着季节的寒冷而萎缩。一块司空见惯的冰，大家视若无睹，孩子却看到了乐趣，发现了机会。于是，就地取材，开始做起玩具，第一步脱冰，第二步穿线，第三步敲冰。双手冻得生疼，却也欢喜无比。敲着自做的冰铮，孩子感觉那就是最美的乐曲穿林而过一般，但是，善于创造的孩子也终归是孩子，掌控力没有那么强，正在他满心欢喜的时候，冰块掉到地上，就像玻璃碎掉了一般，声音清响，但在孩子耳中毫无乐感，只有痛感。这个场面，童心未泯的杨万里捕捉到了，把它写进了诗中。

春夏秋冬，各有风情。在孩子们眼中，不同的季节，有不同的玩法，孩子会自己寻找玩耍的乐趣。“草长莺飞”的二月天，可以“忙趁东风放纸鸢”；“树头花落未成阴”的时候，不妨匆匆去捉蝴蝶；夏天的蓬头稚子侧坐莓苔，可以学垂纶，也可以“忽然闭口立”“意欲捕鸣蝉”；秋天的儿童夜深挑灯，可以“捉促织”。那么冬天呢？寒冬腊月，天寒地冻，能玩什么呢？杨万里的答案是：稚子弄冰。

孩童喜欢模仿。在孩子们心中，大人很伟大，大人的行为是自己学习的榜样。《稚子弄冰》中的孩子，跟着大人参加了打春牛的活动，回来之后一直念念不忘，寻找机会模仿打春牛。打春牛是民间的一种习俗，有些地方简称为“打春”，一般在立春前一天举行。虽然各地具体仪式有些差异，但制作牛的形象、用鞭抽打的仪式基本相同，主要表达劝农耕种、祈求丰收的意思。

稚子金盆脱晓冰，彩丝穿取当银铮。
敲成玉磬穿林响，忽作玻璃碎地声。

孩童不仅爱模仿，还善于创造。大人们永远猜不到孩子的想象力可以丰富到什么程度，永远不知道孩子什么时候会制造出一件意想不到的物品。诗中这个孩子，早晨醒来，看着夜间冻结在盘中的冰块，一下子想起了念念不忘的打春牛，便想方设法将冰块脱下，瑟瑟发抖地用一根线穿过，提在手中，轻轻敲打，冰块发出穿林而过的响声。用这件自造的玩具，模仿打春牛，很有个性，自己制造的玩具又如此完美，孩子很得意，走起路来似乎都是不一样的感觉了。

孩子很会玩，对于老年的杨万里来说，满满的都是回忆，回忆里的那个自己，也曾淘气过，也曾是个发明家。回忆里满满的诗情画意，满满的童真童趣。

我们貌似用眼睛来看世界，但实际上是用心来看世界。你是什么样的人，就会看到什么样的世界。忧伤的人看不到飞舞的笑容，欢乐的人则会自动屏蔽烦恼来袭；乏味的人抓不住笑点，有趣的人才会看到人间处处皆欢喜。显然，杨万里就是个有趣的人，情商很高。

《孟子·离娄下》曾言：“大人者，不失其赤子之心者也。”但凡伟大的人都是童心未泯的人，永远以一种孩童般的新奇和纯真面对这个世界。

杨万里就是这样的一个人，所以他的诗歌中有不少是写儿童的，其实也是在写自己，回味自己的童年。如《桑茶坑道中》：“晴明风日雨干时，草满花堤水满溪。童子柳阴眠正着，一牛吃过柳阴西。”写牧童放牛，睡眠正酣，牛儿已经走远了。再如《舟过安仁》：“一叶渔船两小童，收篙停棹坐船中。怪生无雨都张伞，不是遮头是使风。”写无忧无虑的两个孩子充满童趣的行为。又如《初夏睡起》，午休之后，闲来无事，“闲看儿童捉柳花”，等等。下面要讲的《宿新市徐公店》，也是这样的一首诗。

童真童趣写萌娃

（杨万里《宿新市徐公店》）

“泉眼无声惜细流，树阴照水爱晴柔。小荷才露尖尖角，早有蜻蜓立上头。”清泉，细流，树阴，轻风，小荷，蜻蜓，娇嫩轻柔，生机盎然。这是南宋“中兴四大诗人”之一的杨万里营造的自然空灵、玲珑剔透的“小清新”意境。儿童童真、童趣十足，自带小清新气质，那么当擅长“小清新”创作的诗人，遇上小清新萌娃，会有什么效应呢？

杨万里《宿新市徐公店》一诗写的是童趣。

篱落疏疏一径深，树头花落未成阴。
儿童急走追黄蝶，飞入菜花无处寻。

孩童最纯真、最本真、最天真，小清新与孩童很搭。恰巧杨万里就是小清新制造高手，他的《小池》最为典型。

杨万里还是写生高手，是高级摄影师。他用他的笔，画出了一个个趣味盎然的小场景；他用他的笔，抓拍了一个个稍纵即逝的小情趣，所以他的诗画面感极强，镜头感极强。此诗选了一个颇富转折的画面：急急忙忙捉蝴蝶，感觉马上要捉住了，但是蝴蝶飞进菜花不见了。孩童瞬间来了一个“变脸”大法，期待、欢喜的面容变成了失落、不解，着实一枚小萌娃。

清代袁枚也有一首写童趣的诗《所见》：“牧童骑黄牛，歌声振林樾。意欲捕鸣蝉，忽然闭口立。”也是写了一个转折，他是“变声”大法，本来是引吭高歌，因要捕蝉，突然收声不语。此二诗，颇有异曲同工之妙，着实让人忍俊不禁。

最后蝴蝶“飞入菜花无处寻”，画面定格，诗歌停笔，孩子哭没哭，有没有捉到蝴蝶，有没有捕到蝉，都没有实写，此等写法韵味悠扬，留给读者无限想象空间，耐人寻味。

杨万里的诗作，在当时评价就很高，同为“中兴四大诗人”的陆游直言自己不如杨万里，“文章有定价，议论有至公。我不如诚斋，此评天下同”（《谢王子林判院惠诗编》）。

如此小清新，能发现童趣的杨万里一定是个波澜不惊、心境平和的人吧？其实，这只是一面，历史上的杨万里还是一个铮铮铁骨的硬汉。他刚正不阿，直言敢谏，不畏权臣。有一次，炙手可热的权臣韩侂（tuō）胄营造私家园林，以高官诱惑杨万里，希望杨万里为此事写记，但杨万里断然拒绝，官可以不做，文章绝不能写。结果可想而知，韩侂胄当权时期，他闲了十五年。杨万里力主北伐，收复失地，然而在权臣专权当道的时代，却是报国无路，唯有孤愤在心，最后也是因为听闻韩侂胄用兵之事而愤慨不已，痛哭流涕，忧愤而终。

恰恰是这样一个命运波折、心中不平的人物，却写出了那样一些可以柔化人心的作品，这便是“硬汉也有柔情”。

原因无他，杨万里是个有温度的人。

杏花雨·杨柳风

（志南《绝句》）

春日细雨，溪边一艘带篷的小船，缓缓靠岸。一位老和尚慢慢走下船，走到了一棵参天古树下，缓缓地拿出斗笠戴在头上，继续往前走去。老和尚的节奏是缓慢的，年纪大了，身手不敏捷了，走路得需要拐杖了。老和尚一人走在空寂的路上，却没有一丝寂寞，没有一点孤单，那拐杖显然就是他的伴，而且是他最为依赖的伴。走过小桥，老和尚迎着春风细雨，一路往东寻找春色。细雨沾衣，似湿非湿，春风拂面，不见寒意。粉粉白白的杏花，细雨微拂，分外可怜；杨柳迎风飘荡，像是在跳着舞欢迎着他，老和尚静心感受，惬意游赏。

南宋僧人志南，只留下了一首诗，名为《绝句》，但一首便让他扬名。

古木阴中系短篷，杖藜扶我过桥东。
沾衣欲湿杏花雨，吹面不寒杨柳风。

此诗有四美：
时间美，写的是温暖的春天，春天带来新生的希望。

画面美，杨柳依依，细雨轻柔，杏花润泽，有红有绿，色彩靓丽。

感觉美，细雨沾衣不觉湿，风吹拂面不觉寒。

意境美，一僧一船一杖藜，一风一雨一小桥，自然无声，随心而动，走出了清幽，走出了情趣，就是一幅幽静惬意、自然高妙的春雨图，有人，有杖藜，本应有声，却是无声之境。

朱熹深爱这首诗，认为它格力闲暇，没有蔬笋气，没有清寂、清苦的僧诗之风。

朱自清的散文名作《春》中，曾引用“吹面不寒杨柳风”这句诗，写了春天的风，“像母亲的手抚摸着你”；也写了细雨，“像牛毛，像花针，像细丝，密密地斜织着，人家屋顶上全笼罩着一层薄烟”。朱自清肯定深受志南这首诗歌的影响，他把诗歌的语言敷衍成为散文，当然也是美文。可见，志南抓住了春天普遍而典型的特点来结构诗作，观察细致，描摹生动。

中国种植杏树很早，甲骨文中已有“杏”字，但是杏花真正进入诗词世界，最早见于南北朝时庾信的《杏花》：“春色方盈野，枝枝绽翠英。依稀暎村坞，烂熳开山城。好折待宾客，金盘衬红琼。”此诗被誉为杏花诗的开山之作。宋代杏花诗繁盛，“杏花风”“杏花雨”“杏花天”“杏花村”等意象，成了宋诗的常客。

杏花被称作“二月花”，江南二月风雨过，梅花开尽杏花红；也被称作“清明花”，一般在清明左右开放。与不同地域气候条件有关，不同地区杏花开放的时间略有差异，但不管怎样，杏花带来的是春天的气息，你看宋诗中有言：不寒不暖杏花天、惠风和畅杏花天、清明时节杏花天、欲晴欲雨杏花天。

清明前后雨水多，杏花正当开，所以便有了杏花与雨的结合，春天的雨轻柔、细密、绵长，杏花在春雨的滋养下，娇艳、润泽，更添美态。杏花与雨共同装扮了春天，也留下了优美的杏花雨意象。

拒之门外的惊喜

（叶绍翁《游园不值》）

春日寻芳，一大美事。春之美，可见于溪边杨柳枝；春之美，可见于小河青草香；春之美，可见于天上莺鸟飞；春之美，可见于沙暖睡鸳鸯。如果能将此美景，集于一处，一时看尽，既能阅尽春日绚烂之色，又能节省时间，更是一大美事。有这么一处小园，即是春日美景的收割机，闻名遐迩。这一日，诗人兴致冲冲，闻名而去。不料想，迎接他的是紧闭的厚柴门。敲了半天门，也无人应声，诗人顿时有些失望，难不成这无限的春光就这样被关在了里面，与已无缘了？恋恋不舍的诗人，失望郁闷之中，忽见一枝红杏跃出墙头，涌入眼帘，书写着无限春光。这一枝红杏，顿时在诗人头脑中幻化成满园姹紫嫣红的春色，也让被拒绝的沮丧添了一丝喜悦。这又何尝不是人生呢？什么也阻挡不了一颗永远向上的心。这又何尝不是书写哲思呢？山重水复疑无路，柳暗花明又一村。

《游园不值》是宋代诗人叶绍翁的名篇，古今传诵。

应怜屐齿印苍苔，小扣柴扉久不开。

春色满园关不住，一枝红杏出墙来。

尤其是“春色满园关不住，一枝红杏出墙来”两句，更让这首诗歌广为人知，后来也被赋予了一些诗歌之外的意义。

钱锺书说，叶绍翁的这首诗，脱胎于陆游的《马上作》：“平桥小陌雨初收，淡日穿云翠霭浮。杨柳不遮春色断，一枝红杏出墙头。”实话实说，陆游的这首诗写得也很精彩，不过，它的确没有叶绍翁的诗知名度高。为什么？首先一个原因可能是，陆游诗歌多，好诗多，广为传诵的也不少，所以其中一些好诗就被淹没了，没有凸显出来；再者，陆诗在前，叶诗在后，后出转精，叶诗第三句确实更加惊警；还有更重要的一个因素是，叶绍翁这首诗是后人不断修饰共同完善的，是集体智慧的结晶。

说这首诗是集体创作，是因为这首诗有很多版本。先说后面两句，这两句异文较少，主要就是“春色满园”与“满园春色”，这是一首绝句，平仄要求严格，从平仄（二四六分明，色与枝对，仄对平）来看，“春色满园关不住”应该是正确的。

前面两句的版本异文为：应嫌屐齿印苍台，十扣柴门九不开，差异之字为：嫌、十、门、九。现存较早的版本，如《江湖小集》《南宋群贤六十家小集》中的《靖逸小集》都是如此。

其中，《江湖小集》的编纂者是陈起，收录的叶绍翁《靖逸小集》中就有一首《赠陈宗之》，陈宗之，即陈起。可见陈起与叶绍翁二人是有交往的，他所录的版本应该是更加接近叶绍翁诗作原貌的。

不过，现代人几乎众口一词地认为后来流传的通行版本更佳。这说明一个问题：一个经典文本的最终生成，有时是需要不断累积的层层修改的。

除此之外，这首诗的传播，还有赖于经典选本，如古代启蒙读物《千家诗》

中就选入了这首诗。《千家诗》是古代影响深远的儿童普及读物，它的传播效应，不容小觑。明代冯梦龙编纂的《古今谭概·谈资部》中记录了一则酒令笑话：明代一个官员刘采回乡居住，县里的有些官员轻视慢待他，都不想见他。适逢宴会，刘采提议出酒令来助助酒兴，要求各咏诗歌一句，再加上方言，前后要有联系才行。刘采先说："一枝红杏出墙来，见一半，不见一半。"县里有些人对他待搭不理的，这含有讥讽的意思。一个文人说："旋斫生柴带叶烧，热灶一把，冷灶一把。"有位慢待刘采的官员说："杖藜扶我过桥东，我也要你，你也要我。"原来他慢待刘采也是有原因的，得站队。三个人的酒令，虽吟诗不同，后面表达的都是人情世故，又不直说，却在较劲，很有意思。当时在座的都高声叫好，广为传诵，认为是绝唱。

需要补充的是，三人行酒令所引之诗全部出自《千家诗》，刘采所引，正是叶绍翁的《游园不值》，另外两首，分别出自杜荀鹤的《山中寡妇》、志南和尚的《绝句》。酒令所引必须有广泛的群众基础才行，否则无法交流。这一方面说明《游园不值》已经彻底普及基层了，另一方面这种活动肯定会让诗歌更加流传，不断稳固其经典的地位。

进一步探究，这首诗歌的知名度及其经典地位的稳固，还与由此诗歌形成的一个成语——红杏出墙有关。诗歌中是实写，用来表达春色正浓，春意盎然，后来却用之比喻女子出轨，有了外遇。

把杏花和墙连在一起的，叶绍翁不是第一个，陆游也不是，但叶绍翁写的更具影响力。把墙内美丽的杏花和阻隔内外的墙连在一起，而杏花总喜欢漫过墙头，红杏出墙的引申和联想就自然而然了。比较早地使用这种意义的，可能是宋代话本《西山一窟鬼》。话本写人鬼结婚、道人除怪的故事，其中写到书生鬼妻身边的小丫鬟时，有这样一句话："口捻青梅窥小俊，似骑红杏出墙头。”这就有点“撩”的意思了。元代的剧作家白朴以《西山一窟鬼》的故事为框架，创作了杂剧《裴少俊墙头马上》，影响更大。这种用法，在元代用得较多，意义才逐渐被固定下来。

闲愁最能催人老

（辛弃疾《摸鱼儿·更能消几番风雨》）

暮春时节，风雨时至，繁华却成落红。还未好好感受，春日就要离去，无限怨情，无限期许，落脚在那屋檐下的蜘蛛网上，辛勤织着的网，沾满了无数的柳絮，似乎展示着春日还在。大汉天子的长门里，被冷落的皇后陈阿娇，日日看着春光，数着日子，盼着等着，默默深情，无人可诉。即便文采如司马相如，也说不尽自己的深情与愁绪。岁月悠悠，阿娇在可供挥霍的时光里回忆着往昔的恩爱，回忆着被人妒忌而成的陷害。当然，阿娇也在日复一日的愁绪中坚信着那些羡慕嫉妒恨终将归入尘埃，一切成空。她不敢登上高楼，那落日残阳、斜阳坠落烟柳，会让她悲不自胜，伤心断肠。悲泣的阿娇每日里就在深宫里那样待着，待着成了她生命的全部，但是，这样的生命还有什么意义呢？

辛弃疾一生主张恢复失地，曾献《美芹十论》《九议》等抗金北伐的建议书，但是却被主和派排斥，排斥到江西、湖北、湖南做地方官，负责治理荒政、整顿治安，无缘北伐抗金事业。

《摸鱼儿·更能消几番风雨》作于宋孝宗淳熙六年（1179），其前小序言：“淳熙己亥，自湖北漕移湖南，同官王正之置酒小山亭，为赋。”辛弃疾时年四十岁，被调任湖南转运副使。

更能消、几番风雨，匆匆春又归去。惜春长怕花开早，何况落红无数。春且住，见说道、天涯芳草无归路。怨春不语。算只有殷勤，画檐蛛网，尽日惹飞絮。

长门事，准拟佳期又误。蛾眉曾有人妒。千金纵买相如赋，脉脉此情谁诉？君莫舞，君不见、玉环飞燕皆尘土！闲愁最苦！休去倚危栏，斜阳正在，烟柳断肠处。

这是一首伤春词，又是一首感伤自己的词，还是一首哀悼国家的词。

辛弃疾感叹春日流逝，这春日，既是现实中的暮春近晚，也指他的“春日”，人生渐晚，人到四十，大有作为的时光还有几何？又指南宋朝廷的抗金复国大业的“春日”，不加珍惜，不加把握，时机就在手掌心中慢慢溜走了。

此词的核心，是四个字“闲愁最苦”。或许对很多人来说，闲下来是一种理想，代表了一种惬意、舒适，但是对于辛弃疾来说，闲下来是一种折磨，是一种煎熬。他的理想恰恰是要在金戈铁马的忙碌中实现的，他本是手握武器冲锋陷阵的人，如今却负责掌管粮运，这种工作，在辛弃疾看来是闲职。如今的闲，或许真的要埋葬掉他的理想。他的词作中愁情很多，愁字也很多，《满江红·暮春》亦言“无说处，闲愁极”，大多与壮志未酬有关。无所事事，然又无可奈何，只能将满腹的不平与忧虑，写进这无尽的闲愁之中。

宋词写闲愁，多是男女之情，著名者有李清照的“一种相思，两处闲愁”，这是相思之情。贺铸的“试问闲愁都几许？一川烟草，满城风絮，梅子黄时雨”，表达了愁情之多。而辛弃疾则超越了一人一家之愁，上升到家国情仇，将自己的闲愁与国家的命运联系在一起，遂令闲愁添豪情。

辛弃疾还写到了闲愁之痛：“休去倚危栏，斜阳正在，烟柳断肠处。”闲愁之时，千万不要去登楼凭栏眺望，那轮即将沉落的夕阳，令人断肠，不堪忍受。忍受不了的断肠之痛，甚至会让人纵身一跳，了结此愁。

此诗是“男子作闺音”之作，是借用男女之情写君臣之事，用“蛾眉见妒”，抒发自己被奸人陷害的悲愤，抒发对宋朝兴衰命运的思考。对国君，尚脉脉含情，对奸人，则无比讽刺，“君莫舞，君不见、玉环飞燕皆尘土”，别嘚瑟，别看你们今日闹得欢，明日一转，将化为尘土无人知。此种写法，远绍屈原，而辛弃疾的“闲愁最苦”恰恰是屈原人生后期心理的真实写照。

辛弃疾的闲愁，其实一点都“不闲”。

辛弃疾的生态农业

（辛弃疾《西江月·夜行黄沙道中》）

夏日夜晚的山村，人们休息了，辛弃疾还在赶路。不过，这次赶路，不仅不辛苦，反而收获颇丰，他绘出了一幅图，写出了一首词。朗月当空，清新如水，惊起了枝头上的鹊儿；清风徐来，阵阵清凉，蝉儿发出了一阵阵的鸣叫，与白天的焦躁不同，夜晚的蝉鸣很是清幽。稻花飘香，蛙儿呱呱叫，预示着一年好收成。七八个星星，疏朗地挂在天空，两三点细雨，轻柔地落在山前。溪头的路口边，一间茅店，出现在社林边。一片画境，一个诗人，一份安宁，一份喜悦。

宋孝宗淳熙八年（1181），辛弃疾被罢官，回到上饶带湖家居。

上饶县西四十里有黄沙岭，岭高约十五丈，深而敞豁，可容百人。下有两泉，水自石中流出，可以浇灌十几亩地。这一带不仅风景优美，有山有水有田，也是农田水利较好的地区（《上饶县志》）。在上饶期间，辛弃疾经常来此游览，他描写这一带风景的词现存约五首，《西江月·夜行黄沙道中》是其中一首，也是最知名的一首。

明月别枝惊鹊，清风半夜鸣蝉。稻花香里说丰年，听取蛙声一片。

七八个星天外，两三点雨山前。旧时茅店社林边，路转溪头忽见。

此词写的是夏天，半夜，去黄沙岭途中。

一路上的所见所闻，集中了视觉、听觉、嗅觉来写整体的感觉，有清风、明月、疏星、微雨，也有鹊声、蝉声、蛙声，有茅店、社林、小溪，还闻到了稻花香。都是些乡间特有的，特有的声音，特有的景色，特有的味道，特有的生活气息，以及油然而生的欣喜。

“稻花香里说丰年，听取蛙声一片”，写扑面而来的遍野的稻花香，从稻花香里仿佛闻到了即将到来的丰年景象。不过这丰年的景象，是由一片蛙声说出来的，俨然听到群蛙在稻田中齐声喧嚷，争说丰年。都说“瑞雪兆丰年”，而以蛙声说丰年，这是辛弃疾的创造。

青蛙吃害虫，蛙声一片，也说明雨量充足，由蛙声一片联想到丰收，范成大的《四时田园杂兴》中也曾这样写过。《晚春田园杂兴》中说：“薄暮蛙声连晓闹，今年田稻十分秋。”按照现在的话来讲，这就是生态农业了。

在这样的清幽夜色中，在这样的朴野乡土中，辛弃疾似乎忘掉了壮志雄心，忘记了金戈铁马，几乎沉浸在月夜的静谧中，缓缓地走着，慢慢地感受着，不知不觉间，一抬头，竟然快要到达目的地了。这就是乡村的魅力，乡村的美好，宁静，疏淡，它可以使人暂时淡化烦恼，忘却忧愁。

可惜这是梦

（辛弃疾《破阵子·为陈同甫赋壮词以寄之》）

友人相聚，分外欢喜。同游胜景，把酒言欢，叙叙旧情，谈谈当下，发发牢骚，吹捧吹捧，一切尽是情意。真正情投意合的朋友，未至之时，两人皆已期待万分，因为那个人分明就是另外一个自己，在他身上，我可以看到我的欢喜我的忧，在我眼中，他又能读出他的理想他的路。与他人不可言者，与他人不能言尽者，与他人无法言透者，在他那里，一切都如一泓清泉，汩汩流淌，温润心田，获得情感的共鸣。他们的梦，他们的壮志，他们的无奈，他们的悲恸，一切一切，都会增倍，力量增加，愁情也会加倍。

宋孝宗淳熙十五年（1188）的冬天，辛弃疾的挚友陈亮（字同甫）专程前往江西铅山，拜会罢官闲居多年的辛弃疾。

陈亮写过《中兴五论》《上孝宗皇帝书》，积极建言献策，期待以“堂堂之阵，正正之旗，风雨云雷交发而并至，龙蛇虎豹变现而出没，推倒一世之智勇，开拓万古之心胸”（《甲辰答朱元晦书》），这是他的期许，也是他的所长。自然，他与辛弃疾是有共同语言、共同志向的。

陈亮留十余日，二人共议国事，诗词唱和，同抒情怀。二人分手之时，辛弃疾作词一首，赠给陈亮，与陈亮共勉。此词即为《破阵子·为陈同甫赋壮词以寄之》。

醉里挑灯看剑，梦回吹角连营。八百里分麾下炙，五十弦翻塞外声，沙场秋点兵。

马作的卢飞快，弓如霹雳弦惊。了却君王天下事，赢得生前身后名。可怜白发生！

这首词写的是梦。

总共十句，只有第一句和最后一句写的是现实。起句是梦前，醉酒舞剑；末句是梦后，感叹年老无功；中间八句写的全是梦境。

梦是一个雄壮的梦：大碗喝酒，大块吃肉，号角声声，沙场扬尘，骏马嘶鸣，弓弦震耳，驰骋沙场，一定河山，万古扬名。词人将梦境写得如此酣畅淋漓，自己的爱国之情和豪情壮志都因此表现得非常充分，一览无遗。

其实，这首词的重心在最后一句，前面全是铺垫，结句跌回现实，前面铺、铺、铺，最后五个字戛然一转，有千钧之力，让整个事件彻底翻转，让梦境和现实形成强烈的对比，也让自己壮志难酬、报国无路的一腔悲愤袒露无遗。

梦境愈是雄壮，愈是快意恩仇，蓄势愈足，现实愈显无奈。扬得愈高，跌落愈深，冲击力愈大，震撼愈强。

这首词虽然自称“壮词”，可实际上是悲词，是愤词；表面上是奉寄给陈亮的，实际上也是写给自己的，暗寓了自己满腔的悲伤。

一株墨梅写平生

（王冕《墨梅》）

元代诸暨的一个小村落里，一个衣着破旧的孩子，赶着一头水牛，来到碧水荡漾的湖边。湖边碧草青青，杨柳垂荫，牛儿在树荫下尽情地吃着青草。孩童趁此机会，从怀中分外珍惜地拿出一本书，读了起来。牛儿吃饱喝足休息了，孩子又观察起了湖里的荷花，颜色、形态、精气神，一点也不放过，观察完了就画荷花。晚上孩子又跑到附近寺庙的长明灯下读书。这孩子便是王冕。年复一年，日复一日，王冕长大了，与他共同成长的，是他的学识、画技与人品。科举不第，他放弃，举荐做府吏，他拒绝，直言有田可耕，有书可读，有画可画，何必朝夕抱案立于庭下，供奴役之使！从此他便隐居山园，一书一画一耕田，相伴终老心淡然。

《墨梅》一诗是元代王冕的代表作。

我家洗砚池头树，个个花开淡墨痕。

不要人夸好颜色，只留清气满乾坤。

王冕是诗人，也是画家。小学语文课本有一篇课文专门讲王冕小时候一边给人放牛，一边观察荷花、学习画画的故事。王冕性格孤傲，如同梅花，傲骨迎风，挺霜而立。他在老家浙江诸暨隐居，种梅千株，咏梅、画梅，爱梅成癖，结茅庐三间，自题为梅花屋，自号“梅花屋主”。

《墨梅》是一首诗，写的是一幅画，画的是一朵朵梅花花瓣，此画现藏于北京故宫博物院；也有人径直将墨梅理解为淡墨色的梅花，这是梅花中的珍品。这样理解虽也能讲通，可能并非王冕的本意。总之，梅、画、诗，这是王冕的标志。

这首诗很有名，但是版本很多，故宫博物院所藏的《墨梅图》上的题诗是：“吾家洗研池头树，个个华开澹墨痕。不要人夸好颜色，只流清气满乾坤。”这是王冕的真迹，当是《墨梅》一诗的最早面貌，但是我们现在常见的版本则是：“我家洗砚池头树，个个花开淡墨痕。不要人夸好颜色，只留清气满乾坤。”这一版本出自明代叶盛《水东日记》卷六的《王元章画梅》。小学语文课本版本亦不统一，除以上两版本外，尚有“我家洗砚池边树，朵朵花开淡墨痕。不要人夸颜色好，只留清气满乾坤”等版本。多种版本的出现，说明《墨梅图》《墨梅》诗深受人们喜欢，传播广泛，传播形式多样，多次传抄，以致在传播过程中出现了异文。

这首诗前两句是叙述，后两句是议论。

叙述的是梅花的样貌。画中只有梅花，并没有画出这是哪里的花，《墨梅》诗则交代了地点：洗砚池。洗砚池，是有典可寻的。曾巩《墨池记》言王羲之“临池学书，池水尽黑”，说王羲之学习刻苦。王冕与王羲之，为同姓，所以这是“我家”的、“吾家”的，这是一层意思。还有一层意思不妨就取其表面意义，将洗砚池看作王冕练画的地方，也是见证其努力的地方。两种理解都能讲通。如此重要的地点，恰巧有一株自己喜爱的梅花树，而且此时池边的梅树上朵朵梅花竞相绽放，群相争艳，多么欢喜啊。这一写法，其实是王冕的创造。宋人画梅，大都疏枝浅蕊，自王冕始转向花繁枝杂。

两句议论，“不要人夸颜色好，只留清气满乾坤”，既是写墨梅，也是写自己。墨梅色淡，不求人夸，只愿给人间留下淡淡的清香。其实，最后一句用“流”字更形象，梅花的清气从淡淡的梅花中流出来，溢出来，色虽淡，不减清香，在空气中弥漫着，这就使静止的色香动起来，源源不断，灵动，有活力。这两句不纯粹是夸梅，王冕是以梅自喻，他不只表达隐居幽静的意趣、淡泊自如的境界，同时更有一份孤傲，一份不屑，一份睥睨，一份抗争。不求名声，鄙薄世俗，孤傲自得，安贫乐道。

宋代林逋“疏影横斜水清浅，暗香浮动月黄昏”（《山园小梅》），这是写梅的风韵；明初高启“雪满山中高士卧，月明林下美人来”（《梅花九首》其一），这是写梅的精神；差不多与高启同时的杨维桢“万花敢向雪中出，一树独先天下春”（《道梅之气节》），这是学习王冕，写梅的气节。

时间到了清代，有一个叫吴敬梓的书生写了一部《儒林外史》，那是一场场带血带泪的讽刺剧。这部书的第一个人物便是王冕，也是书里的核心人物、理想人物、标杆人物，他的理想、他的气节，烛照的是痴心科举的变态与蝇营狗苟的官场。王冕的“只留清气满乾坤”，留在了当时，也流向了未来。

虎臣的雄歌与牢骚

（林则徐《赴戍登程口占示家人》其二）

道光十九年四月廿二，公元1839年6月3日，林则徐在虎门公开“直播”销毁鸦片，成为世界头条。虎门销烟，海水石灰，销掉了鸦片，销断了英国人在中国的经济来源，震惊世界，震惊国人，最终也震痛了道光，因为英国人恼羞成怒，兴兵入侵。一声炮响，有人心慌了，有人兴风作浪了，英国人兴兵的原因是虎门销烟，把虎门销烟的人治罪甚至交出去，不就没事了吗？这些大臣不是幼稚不是单纯，而是想借英国人之手除掉心腹大患，因为他们也是鸦片买卖的既得利益者。顶不住压力的道光，以“误国病民”的理由将一品重臣林则徐充军伊犁。

道光十八年（1838），林则徐受命钦差大臣，查禁鸦片。

第二年，林则徐将收缴的二万余箱鸦片，在虎门海滩当众销毁。虎门销烟成为英国发动第一次鸦片战争的借口，林则徐因为销烟、抗英及投降派的诬陷，被道光帝下令革职，从重查办，贬谪充军，发配新疆伊犁。

道光二十二年（1842）阴历七月，林则徐途经西安，与妻子告别时，满腔不平，口占二诗《赴戍登程口占示家人》。其中，第二首很著名。

力微任重久神疲，再竭衰庸定不支。
苟利国家生死以，岂因祸福避趋之？
谪居正是君恩厚，养拙刚于戍卒宜。
戏与山妻谈故事，试吟断送老头皮。

首联两句说自己能力低微而肩负重任，早已感到筋疲力尽。一再担当重任，再而衰，三而竭，以我衰老之躯，平庸之才，是定然不能支撑了。果真如此？非也。这是正话反说。要不是他“力微”“神疲”“衰庸”“不支”，他又因何而降职发配呢？原因显豁，只是不直言。委婉之中，意含讽刺，心怀不满，腹藏委屈。

颔联紧承首联，意思一转，说尽管我能力不足，微不足道；尽管我年龄大了，年老体衰，但是，只要是对国家有利、有意义，我仍然会不顾生死，一如既往，难道能有祸就躲得远远的，有好处就上前抢功吗？

“苟利国家生死以，岂因祸福避趋之”，多么正气，多么慷慨，大义凛然，勇敢无畏。此联百余年来广为传诵，展现的是林则徐刚正不阿的高尚品德和忠诚无私的爱国情操。这里用了春秋时期郑国子产的典故，《左传·昭公四年》记载，子产改革，改革必然会影响一些人的既得利益，所以遭遇到时人的诽谤，子产说：“何害？苟利社稷，死生以之。”怕什么，只要有利于国家社稷，生死随他。《商君书·定分》中言“万民皆知所避就，避祸就福”，这是常人做出的正常选择，子产、林则徐所作所为，不同寻常，恰恰是避福就祸，当然这个祸是个人的，福则是国家社稷的。如果没有这种精神，子产的改革不会成功，郑国国势会一塌糊涂；如果没有这种觉悟，林则徐不会顶住压力虎门销烟，但是如果他妥协，他知道国人会一病不起，被亡国灭种。危急关头，有些事必须要做，有些疮必须要剜，而林则徐甘愿做剜疮挤脓的人。

颈联说感谢皇恩，没有杀我，只是流放，我还是安守本分，做一名普通士兵更合适。这看似逆来顺受，心平气和，但不难体味，其中包含着万丈波澜与抑郁不平之气。

此诗尾联下林则徐自注：

宋真宗闻隐者杨朴能诗，召对，问："此来有人作诗送卿否？"对曰："臣妻有一首云：'更休落魄耽杯酒，且莫猖狂爱咏诗。今日捉将官里去，这回断送老头皮。'"上大笑，放还山。东坡赴诏狱，妻子送出门，皆哭，坡顾谓曰："子独不能如杨处士妻作一首诗送我乎？"妻子失笑，坡乃出。

苏东坡因为"乌台诗案"而被捕，需要关押至京城的监狱。临走之时，妻子儿女都忍不住痛哭起来，苏东坡倒是洒脱，讲了宋真宗时候的隐士杨朴与妻子的故事。杨朴本是隐士，不愿做官，宋真宗却要遍访名隐士，又听说杨朴不仅淡泊明志，而且还擅长作诗，便下诏召见杨朴。此事在杨朴妻看来不是好事，官不好做，说不好就丢了卿卿性命，便写了一首诗送给杨朴，语言幽默，情感真挚。苏东坡用此典故劝慰妻子，妻子破涕为笑。

林则徐也是与妻离别，又受到不公正待遇，重用杨朴典故，再加苏东坡典故，一方面是安慰妻子，另一方面也是抒发牢骚，等于向道光皇帝说，我也不想再侍候您了，我还是去做平民百姓去吧。这是宽慰妻子，也是自鸣不平。顾社稷，言担当，这是作为"官"的职责所在，拼尽一切，在所不惜。

发牢骚，鸣不平，这是作为"人"的心底呐喊，归隐山林，释放心情。

此二者，恰恰是孔子"天下有道则见，无道则隐"（《论语·泰伯》）

的特殊展现，统一于一诗之中。但很显然，遭遇不平的林则徐，牢骚气更足一些，讽刺意很强。其实，像林则徐这样“苟利国家生死以，岂因祸福避趋之”的人，如何能一刻忘怀家国呢！

但是，这首诗出名，却是因“苟利国家生死以，岂因祸福避趋之”一联，形式上对仗工稳而灵活，“生死以”的“以”字作“为”解，是动词；而“之”字是虚词。“以”既表达实义，又借其虚词形式与“之”相对，这就是工稳灵活。更为重要的是，其中展现的为了国家利益不顾个人安危、生死祸福置之度外、虽九死其犹未悔的精神，让人动容。这种精神支撑着林则徐顶住压力，虎门销烟；这种精神支撑着一代一代的士大夫，为国为民，倾尽全力，以坚韧、坚硬、坚强的脊梁撑起了中国的历史。

一个王朝的末世挽歌

（龚自珍《己亥杂诗》第 125 首）

乾隆五十七年（1792），古老中国的最后一位诗人诞生了，他就是龚自珍。他在世仅仅四十八年。这四十八年，恰恰是清王朝盛极而衰的阶段；这四十八年，又是他昂扬激情、热血澎湃的四十八年。他自小敏感多思，自言“我生受之天，哀乐恒过人”，对清王朝的每况愈下、风雨飘摇，了然于胸，清清楚楚。他奋力疾呼，他力主革新，他不断敲响警钟，然而喊声越高，警钟越响，他就越被疏远，被打压。他一生写剑气，“九州生气恃风雷，万马齐喑究可哀”；存箫心，“落红不是无情物，化作春泥更护花”。唯愿风雷激荡，触发一线生机。

龚自珍是近代史上著名的启蒙思想家。他所处的时代是一个风雨飘摇的时代，封建王朝闭关锁国，衰朽没落，帝国列强坚船利炮，虎视眈眈。他以清醒的头脑，敏锐的眼光，卓越的才华，慷慨激昂，屡屡揭露时弊，主张革除弊政，抵御外侮，宣传变革，挽王朝于未倒。在整个世界都蝇营狗苟，做缩头乌龟、埋头鸵鸟的时候，龚自珍终因“忤其长官”，触怒群公，不断遭遇顽固权贵的排挤与打压。

道光十九年己亥（1839），龚自珍辞官南归，愤而离京，在途中写下三百一十五首《己亥杂诗》。其中，第一百二十五首，是他在路过镇江时，见当地祭祀玉皇、风神、雷神诸神，应道士之请而写的青词。

九州生气恃风雷，万马齐喑究可哀。
我劝天公重抖擞，不拘一格降人才。

青词，是道教斋醮（jiào）时献给上天的祝文。龚自珍的这首青词，是祝文，似乎无心插柳，但诗歌凝聚了一个正直知识分子的长久思考、清醒认知，凝聚了一个有良知的知识分子崇高的理想和澎湃激情。

不在沉默中爆发，就在沉默中灭亡。

在死气沉沉的氛围中，龚自珍向苍天发出了那个时代该有的最强音，这是他救亡图存的呐喊。他希望借助“风雷”的力量，打破万马齐喑的沉寂，呼吁“天公”拯救危亡，不拘一格地降下大批人才。因此，这首青词成为龚自珍全部作品中最著名的一首诗。

“我劝天公重抖擞，不拘一格降人才”，其实，龚自珍心底最清楚最明白，世间岂无人才？只不过受到压制、遭遇排挤、动辄得咎、不能发声、集体沉默而已。

人在痛苦绝望至极的时候，才会喊天呼地。龚自珍恳求天公降人才，是对人间世界的无奈与绝望。这是文人之哀，也是国家之悲，更是民族之殇了！这最强的呐喊，悲壮凄怆，所以，这首诗歌又是一首封建王朝末世的挽歌。

一首祭天的青词，却道出了晚清那个时代的整体悲哀，道出了广大正直士人的共同心声。同时，这首诗又能超越时代，历久弥新，成为任何时期改革图强的警戒、强音和动力。

后记

中国是一个诗词的国度。只要是中国人，从咿呀学语的幼儿，到满头白发的妇翁，谁不会背诵几首古诗词呢！可以说，在今天，不能随口来几句古诗词，都不好意思说自己是中国人。

中国古代诗词，既可言志，又能抒情，含蓄精炼，意味深长。中国的诗词不计其数，既适合长时间的细致研读，反复涵泳，可作为终身事业；中国的诗词大都形制短小，也适合百忙之中的“走马观花”，浏览一过，有空的时候再去慢慢品味。在知识碎片化成为时代显性特征的今天，这种阅读对形制短小的诗词，倒是适合。须知，天长日久，日积月累，不知不觉间，诗词的涵养会让生命的脚步不再那么匆匆，生命的长度和厚度都在逐渐增长；不经意间，粗糙的生活也有了些许精致，平凡的日子也能过出诗的精彩。

这本小书，是我在零碎时间阅读诗词，瞬间感悟、随手笔记的基础上完成的。中国自古就有评点的传统，或圈圈点点、勾勾画画，标注名句；或于字里行间，纸页留白之处，记录三言两语的感悟。虽然不成体系，理论不足，但发自肺腑，来自体验，故能深入作者之心，往往一语中的。这部小书，就是从我平日里评点的诗歌中选出来的。中国人对数字有讲究，所以选了一百首。在此基础上，又略加改写，稍加敷衍，增加一个标题，使每一首形成一篇文章的样子，然后大致按照时代、作品时间的先后，排比编次，于是就形成了这本书。陶渊明诗歌云“奇文共欣赏，疑义相与析”，故不怕浅陋，献曝献芹。

晋代的陆机《文赋》中讲：“立片言而居要，乃一篇之警策。”这是说文章写作要有经典的句子，有这样的名句支撑，文章才能“站起来”。诗歌亦然。

一首诗歌能够成为经典，从诗歌本身而言，经典名句的存在是一个重要的因素。一些经典诗歌能够被历代反复传诵，不少是从其中的经典名句开始广为人知的。因为名句的惊警，蕴藉的丰富，它甚至能够脱离诗歌原初文本，独立出来，具备超越诗歌本身的意义。因此，对诗歌经典名句的聚焦与解读，一方面，是捕捉到了诗歌的关键与核心，有振领提纲之功；另一方面，并非抓住一点不及其余，而是关注经典名句的文本意义、传承及演化。故本书对诗歌的解读，不追求一字一句的详细解释，不追求一句一联的全面鉴赏，主要是从个人的评点感悟出发，努力立足诗词语境，针对经典名句，抽丝剥茧，旁敲侧击，有话则长，无话则短，前后勾连，左右照应，力图建立另一种理解诗词核心的“语境场”。

经典之所以成为经典，除却诗词本身必须写得好的因素，诗词还必须具备能够时刻指向当下的质素，也就是说，诗歌所写，能够时刻呈现于今天。

虽然不少诗词距离今天已经很遥远了，但是经典诗词仍然能够为我们提供足以借鉴的东西，仍然能够不断刷新我们的审美，仍然能够不断冲击我们的阅读视野与阅读期待，所以诗词的解读不能脱离它产生的时代，更不能离开解读它的时代。这正是诗词生成已久却历代阐释不断、魅力常新的根本原因。

中国古代讲“诗无达诂”，西方文论中说“一千个读者眼中就有一千个哈姆雷特”，这是说文本本身含义的丰富性、读者解读的多种可能性。这本书对诗词的解读不过是个人的理解领悟，至于解读是正解还是误解，误解是正误还是反误，是否符合作者的本来意图，与作者的意图是否比较接近，那就需要读者多多批评了。

王立群

2019 年 5 月于北京

图书在版编目（CIP）数据

王立群妙品古诗词 / 王立群著 . — 北京 : 东方出版社 , 2019.9
ISBN 978-7-5207-1083-1

Ⅰ . ①王… Ⅱ . ①王… Ⅲ . ①古典诗歌－诗歌评论－中国 Ⅳ . ① I207.2

中国版本图书馆 CIP 数据核字（2019）第 132940 号

王立群妙品古诗词
（WANG LIQUN MIAOPIN GUSHICI）

作　　者：王立群
策　　划：王莉莉
责任编辑：王莉莉　廖　婉　安莎莎
产品经理：廖　婉　安莎莎
出　　版：东方出版社
发　　行：人民东方出版传媒有限公司
地　　址：北京市朝阳区西坝河北里 51 号
邮　　编：100028
印　　刷：北京汇瑞嘉合文化发展有限公司
版　　次：2019 年 9 月第 1 版
印　　次：2019 年 9 月第 1 次印刷
印　　数：1—60000 册
开　　本：700 毫米 ×980 毫米 1/16
印　　张：22.5
字　　数：160 千字
书　　号：ISBN 978-7-5207-1083-1
定　　价：48.00 元
发行电话：（010）85924663　85924644　85924641